DREAMBOOKS

FUSION FANTASY STORY & ADVENTURE

사도연 퓨전판타지 장편소설

신세기전

dream
books
드림북스

신세기전 6 반신(半神)

초판 1쇄 인쇄 2016년 12월 16일
초판 1쇄 발행 2016년 12월 27일

지은이 사도연
발행인 오영배
기획 박성인
책임편집 김다슬
표지 · 내지 디자인 공간42
제작 조하늬

펴낸곳 (주)삼양출판사 · 드림북스
주소 서울시 강북구 도봉로 173
대표 전화 02-980-2112 **팩스** 02-983-0660
편집부 전화 02-980-2116 **팩스** 02-983-8201
블로그 blog.naver.com/dreambookss
출판등록 1999년 3월 11일 제9-00046호.

ISBN 979-11-283-9040-1 (04810) / 979-11-313-0648-2 (세트)

드림북스는 (주)삼양출판사의 판타지 · 무협 문학 브랜드입니다.

FUSION FANTASY STORY & ADVENTURE

사도연 퓨전판타지 장편소설

신세기전

반신(半神)

6

dream
books
드림북스

신세기전

목차

32장

우보

동굴을 나서기 전.

심연의 한쪽에서 지호는 손오공과 수없이 겨뤘다.

그리고 그때마다 결과는,

퍼퍼퍼퍽!

복날 개 패듯이 맞았다. 정말 많이 맞았다.

이게 전부야? 진짜? 불알 달린 새끼가 왜 이렇게 약해? 이럴 거면 뭐하러 왔어? 엉아가 까까 사 줄까? 왜 이렇게 엉거주춤거려? 오줌이라도 싼 거니?

손오공이 툭툭 내뱉는 한 마디, 한 마디는 사람의 속을 박박 긁어 놨다.

그래도 다시 달려들었다. 보다 악착같이.

이번에야말로 저 뻔뻔한 면상에다 주먹을 꽂겠다는 일념으로!

그리고 또 얻어맞았다.

맞고, 개기고, 맞고, 개기길 수차례.

겉으로 봤을 때는 그저 일방적인 구타로밖에 보이지 않을 대결이었지만, 사실 시간이 지날수록 지호의 기술은 조금씩 더 정교해졌다.

특히 여의봉과 여의봉이 부딪칠 때.

까아앙, 하고 여의봉이 울리는 감촉이 손끝에서 느껴질 때면 뭔가가 백일몽처럼 눈앞을 스쳐 지나간다.

그건 손오공의 과거였다.

손오공이 말하지는 않았지만 아주 오래전에 심장 속에 묻어 놨던 과거. 영혼의 장막에 가려졌던 것이 조금씩 드러나 지호 앞에 모습을 드러낸다.

화과산에서 태어나 백성들을 다스리던 작은 나라의 왕. 백성들을 지키기 위해 수보리조사 밑에 들어가 선술을 단련하고, 그동안 왕국을 괴롭히던 이웃 나라의 왕인 혼세와 싸움을 벌여 큰 승리를 거둔다.

하지만 혼세는 절교의 사도였으니, 그들과의 악연은 여기서부터 시작되었다.

그 후로도 손오공은 수많은 좌절과 모험을 겪었다.

세상을 누비면서 지금의 동주칠마왕들과 의형제를 맺고, 천계로 올라가 제천대성이라는 관직을 얻으며, 죄를 지어 오행산에 봉인되었다가 삼장법사의 도움으로 남섬부주로 넘어가 저팔계, 사오정, 백룡과 함께 절교가 일으킨 재앙을 수습하기까지.

거기서 보이는 장면 하나하나에서 손오공이 느끼는 모든 감정들이 전해졌다.

그가 어떻게 강해졌는지, 그가 어떤 좌절을 겪었는지, 그가 운명을 어찌 극복했는지, 그가 어떻게 승리를 거머쥐었는지를 알게 되었다.

제천대성.

혹은 미후왕.

또는 투전승불.

달리는 대성야.

수많은 이름과 별칭으로 불렸던 존재가 걸었던 길은 그 자체로 신화고 전설이었다.

그것을 거머쥔다는 것은 웬만해서는 불가능한 일이다.

하지만 지호는 자신의 전생이, 영혼이, 과거가 걸었던 길을 되짚으면서 하나하나를 터득해 나갔고, 이를 체술에 녹여 내리면서 점차 손오공을 밀고 나갔다.

차차차차차창!

지호와 손오공 간의 대결은 점차 결과를 알 수 없을 만큼 팽팽해지다가, 어느 순간부턴가 지호가 앞지르기 시작했다.

여의봉이 현란하게 움직인다. 여섯 개, 일곱 개, 여덟 개…… 도합 서른여 개로 늘어난 여의봉은 손오공을 있는 힘껏 두들겼다.

손오공은 화려한 솜씨로 여의봉을 바쁘게 돌려 공격을 막았다. 하지만 그가 당장 할 수 있는 건 방어밖에 없었고, 결국 손발이 어지러워져 빈틈을 내주고 말았다.

왼쪽 옆구리. 여의봉이 채찍처럼 단숨에 치고 들어와 끝으로 찌른다.

퍼어어억!

"큭!"

손오공이 이를 악물면서 한 발자국 물러선다.

지호는 그때를 틈타 단숨에 파고들면서 왼쪽 팔꿈치로 그의 복부를 세게 두들기고, 동시에 세로로 세운 여의봉의 끄트머리로 녀석의 턱을 후려쳤다.

빠아아악! 하는 소리와 함께 손오공은 뒤로 벌러덩 나자빠졌다.

손오공이 잔뜩 열 받은 얼굴로 곧장 일어서려 했지만, 그보다 먼저 여의봉이 그의 목젖을 겨누었다.

"여기까지입니다."

"치사한 새끼. 야! 좀 물러 줘. 내가 몇 수나 물러 줬는데!"

"말했잖아요? 그딴 거 없다고."

"젠장. 원숭이 같은 새끼."

손오공은 지호를 올려다보면서 이를 바득바득 갈다가 곧 양손을 들어 항복 표시를 했다. 그가 들고 있던 여의봉이 툭 떨어지면서 파스스, 모래가 되어 흩어진다.

"이젠 제법 사람 구실 좀 하네, 애송이?"

"그렇게 굴렸는데도 아무것도 못 하면 혀 깨물어야죠."

"키키키킥. 이제야 주제 맞는 말 좀 하네."

손오공은 가볍게 웃다가 한쪽 입꼬리를 말아 올렸다.

"자신 있냐?"

"예."

순간, 손오공이 진지하게 말했다.

"지금 네가 보고 있는 나는 그저 입문에 불과해. 진짜 나에게까지 닿기 위해서는 가야 할 길이 훨씬 험난하지. 원한다면 지금이라도 집에 보내 주마. 너와는 상관없는 일이니 그냥 무시하고 지내도 좋아."

지호는 콧방귀를 꼈다.

"그동안 뭐 들었어요? 까짓것 다 훔치겠다니까."

"미친 새끼."

손오공은 입술 밖으로 바람 빠지는 소리를 내더니 씩 웃었다.

"좋아. 그럼 뒤를 잘 부탁하마."

그 말과 함께,

파스스스.

손오공, 아니, 정확하게는 지호와 손오공이 빚어낸 상이자 또 다른 인격은 바람에 묻혀 가루가 되어 사라졌다.

고운 입자는 바람을 따라 천천히 흐르다 지호에게 닿았다.

단전이 부글부글 끓는다.

무언가가 용솟음치면서 단숨에 기혈을 누빈다.

―지호야!

곧 청룡의 음성이 들리면서 하얀 빛으로 가득했던 세상이 부서지고, 청룡이 하늘을 날아다니는 심연이 드러났다.

청룡은 이전과 모습이 많이 달라져 있었다.

몸뚱이는 하나를 더 얹은 것처럼 훨씬 굵어져 아름드리나무처럼 단단했고, 미끈한 비늘은 하나하나가 마치 보석을 박은 것처럼 맑고 투명하게 반짝인다.

커진 덩치만큼이나 머리에 난 뿔도 더욱 솟아나 금방이라도 하늘을 찌를 듯 꼿꼿하다. 손에 쥔 여의주는 불그스름한 빛을 발하며 지호만 한 크기를 자랑한다.

지호는 그걸 보고 확신할 수 있었다.

청룡에게서 풍기는 기운이 어딘가 낯설면서도 익숙했다.

"나후구나."

─응응! 정말 맛있었어!

그나마 남아 있던 나머지 나후의 핵이 모두 녹아내려 여의주로 스며든 것이다.

이로써 청룡은 전설 속에 등장하는 신수, 천룡이 되었으니.

하지만 그래도 눈동자는 원래 순했던 모습 그대로다.

지호는 그게 너무 귀여워 마치 녀석을 안으려는 것처럼 양팔을 좌우로 뻗었다.

어찌 보면 그 모습은 날갯짓을 하려는 새의 비상 같이 보이기도 하고, 배광을 뿌리는 부처를 떠올리게 만들기도 하며, 해와 달을 올릴 때 보였던 것으로 비쳐지기도 한다.

의미가 무엇이 되었든 간에 지호의 의념은 신의 의지가되어 심연 전체를 흔든다.

지호를 둘러싸고 있던 심연이 확장된다.

무의식과 의식의 경계선이 흔들리면서 두 가지가 한데

맞물린다. 천장에 떠 있던 해와 달이 요동치면서 조금씩 갈라진다.

해와 달이…… 부서진다.

단단해서 절대 부서지지 않을 것 같던 해와 달은 불어오는 바람에 맞춰 밑동부터 서서히 부서졌다. 고운 입자가 별빛처럼 내려앉아 청룡의 기다란 몸뚱이로 떨어진다.

부서진 만큼 빛을 잃을 법한데도, 도리어 가루가 된 해와 달은 더 시린 빛을 발한다.

붉은 햇빛은 나후가 깃든 여의주로 떨어진다.

푸른 달빛은 묘성이 잠든 청룡의 비늘에 앉는다.

묘성과 나후. 빛을 대변하는 쌍둥이였으나 뜻이 달라 갈라서야만 했던 둘은 드디어 이 자리에서 하나가 되어 갔다.

빛을 관장하는 태곳적의 신.

"그래. 이거였어."

애초 지호가 착각했던 게 있었다.

해와 달의 주인?

분명 그런 신위도 존재할 것이나, 불완전한 것이다.

해는 낮을 밝히고 달은 밤을 내린다. 양과 음, 서로 상반된 이질적인 기운은 하나로 뒤섞일 수 없다.

그런데도 불구하고 해와 달은 빛이라는 하나의 매개체로 이어져 있으니, 하나가 없으면 다른 하나도 없을 수밖에 없는 한계를 지녔다.

그렇기에 이예는 해와 달을 떨어뜨릴 수 있었다.

아주 오랜 옛날, 상고 시대에 해를 아홉이나 떨어뜨린 적이 있던 이예에게는 아주 손쉬운 일이었던 것이다.

하지만 그것을 뒤집어서 생각해 본다면.

해와 달에 연연하지 않고, 이질적인 두 가지를 잘게 부수어 원래의 형태로 되돌린다면.

빛.

태초에 어둠만이 내려앉아 무(無)로 가득했다는 세상에 처음으로 의지를 가져다주고, 유(有)를 창조해 낸 태초의 빛이라면.

이것이라면 이예도 더 이상 떨어뜨리지 못할 것이고, 지호가 열고자 하는 전지의 문과 전능의 힘을 다시 닫지 못할 터였다.

지호는 바로 그 빛의 씨앗을 심고자 했다.

이것이 바로 원래 지호가 가져야 할 두 번째 자리. 완성해야만 하는 자리.

바로 신위였다.

쿠쿠쿠쿠쿠쿠쿠!

해와 달이 청룡에 내려앉을수록.

묘성과 나후가 원래의 모습으로 되돌아갈수록.

요동치는 심연이 무너지고, 의식과 무의식은 하나로 뒤섞이면서,

화아아아아아아악!

지호를 이루던 자아와 외부 세상을 구분 짓던 경계선이 허물어졌다.

심연이 잘게 부서져 지호의 영혼 속으로 깃든다. 와르르 무너진다.

마치 돔의 지붕이 무너지는 것처럼 천장부터 내려앉는다. 조각조각 떨어진 부분 사이사이로 바깥세상의 빛이 안으로 투과된다.

하나, 둘, 셋…… 천장에 난 조각들이 떨어지다가 땅에 부딪치면서 마치 얼음가루처럼 잘게 쪼개져 허공에 녹아 사라진다.

지호를 비추는 빛이 많아지면 많아질수록 붕괴의 속도도 빨라진다.

천장이 무너진 뒤에는 벽에 금이 간다. 벽이 무너진 뒤에는 지반에도 균열이 잔뜩 퍼지다 아래로 움푹 내려앉는다.

무너지는 것들은, 지호를 둘러싼 것들은, 어찌 보면 심연이기도 했고, 지호라는 자아를 세상으로부터 구분 짓고 보호하기 위해 만들어 뒀던 벽이기도 하며, 의식과 무의식의 경계선이면서, 전지와 전능의 조류를 막던 방파제이기도

했다.

그리고 바깥세상의 빛무리는 전지의 세상이며, 삼라만상이고, 이데아였다.

본디 세상은 흐름이다. 또한, 거대한 조류다.

조류에 휩쓸리면 녹아 버려 흔적조차 남기지 못하고 사라진다. 그 조류로부터 자아와 영혼을 보호하기 위해 만든 것이 의식과 무의식의 경계다. 그리고 심연이다.

심연은 무의식의 가장 깊숙한 장소이며, 영혼의 저장고이고, 세상이란 조류에 접촉할 수 있는 외곽 지대.

하지만 이 심연이 무너진다면?

당연히 존재가 사라질 수밖에 없다.

선인이란 존재들도 겨우겨우 심연 너머에 있는 세상의 이치를 엿보기만 할 뿐, 감히 완전하게 경계를 넘어서지는 못한다.

그러나 지호는 과감하게 그걸 치워 버렸다.

당연히 지호란 존재는 그 속에 휩쓸려 사라질 수밖에 없다. 아니, 그래야만 한다.

하지만 지호는 그렇지 않았다.

그의 영혼은 한 번 세상을 넘어선 적이 있던 부처의 것.

세상의 조류에 흔들릴 만큼 작지 않을뿐더러, 이미 지호는 자신의 영혼이 가진 깊이와 크기를 가늠하고 있었다.

이것이 진짜 제천대성이 가진 힘일지니!

"있으라."

손을 뻗는다.

있으라는 지호의 의지에 따라 오른손에는 해를 상징하는 붉은빛이, 왼손에는 달을 의미하는 푸른빛이 감돈다.

두 가지를 한데 포갠다.

자그마한 반발이 있었으나 이미 잘게 부서진 두 빛은 한데 맞물리면서 다른 무엇보다도 시리게 빛나는 황금빛, 빛의 씨앗이 되었다.

지호는 빛의 씨앗을 가슴에 담았다.

씨앗이 영혼에 안착했을 때, 빛의 자리라는 신위가 지호에게 주어졌다.

신의 자격, 첫 번째가 완성되었다.

화아아악!

심연이 완전히 부서져 내린다.

세상이란 조류가, 전지의 세상이, 이데아가 지호를 집어삼킨다.

자아와 이데아가 한데 맞물려 공간이 크게 출렁인다.

왜곡을 따라 곳곳에 잔상이 맺힌다.

바깥세상이 보인다.

"신인! 신인이시여, 돌아와 주십시오!"
"해와 달을!"
"빛을 저희들에게 돌려주십시오!"
"비나이다. 비나이다."

지호가 발을 디뎠던 세상 곳곳에서 사람들은 여전히 치성과 기도를 올리고 있었다. 갑자기 사라진 해와 달이 다시 떠오르기를 간절히 바란다.

그것은 신앙이었다.

그들 모두가 지호의 신도였다.

이로써 두 번째 자격, 신성이 갖춰졌다.

수많은 잔상을 비쳤던 왜곡이 조류에 휩쓸려 사라진다. 대신에 완전한 이데아가 지호를 맞이한다.

그토록 다가가고 싶었던 전지의 문, 그 너머의 세상.

거기에 발을 들인다. 세 번째, 신격이 갖춰진다.

거기서 그치지 않는다.

"있으라."

이어서 지호는 차례로 남은 자격들을 갖춰 나간다.

본디 부처였던 영혼은 원래 있어야 할 신의 자리로 돌아가 신령이 되고, 지호가 해와 달을 되찾기 위해 벌였던 모든 일들은 신화가 되어 마지막 자격이 된다.

이로써 신이 되기 위한 다섯 자격을 모두 갖췄다.

이데아에, 지호란 존재가 단단히 각인되었다.

있으라는 말처럼, 지호는 원래 자신이 거기에 있었던 것처럼 삼라만상의 일부가 되었다.

화아아아아아!

그렇게 지호는, 신이 되었다.

하지만 거기서 그치지 않는다.

손을 뻗어 빛으로 가득한 이데아의 어느 한 곳을 손으로 움켜쥔다.

보이지 않는 곳. 숨겨진 태엽을 잡아 원하는 방향으로 돌렸다.

끼이이이익.

반발이 일어난다.

이데아는 원래 그 자리에 있는 것. 삼라만상은 그 자체로 존재하는 것. 세상을 구성하는 절대적인 요소다.

당연히 신이라 하여 제 입맛대로 함부로 바꾸려 하면 반발이 일어난다. 마치 네깟 놈이 무엇이냐며 성을 내듯 으르렁거린다.

하지만 지호는 자신의 고집을 꺾지 않았다.

"빛이 있으라."

마지막 세 번의 외침과 함께,

콰드드드드드득!

태엽이 다른 방향으로 완전히 돌아간다.

태엽은 다른 태엽으로, 그 태엽은 이어진 수십 개의 태엽으로, 수십 개의 태엽은 다시 수백수천, 아니, 수천만 개의 태엽의 방향을 돌린다.

이데아가 잘게 떨리면서 새하얗던 세상이 갑자기 황금색으로 확 하고 물든다.

금빛은 지호와 손오공, 그들의 영혼을 상징하는 것.

쿠쿠쿠쿠쿠쿠쿠쿠……!

그 색으로 채우는 데 성공한 지호는 다른 곳으로 시선을 돌린다.

그곳에 그토록 찾고자 하던 것이 있었다.

*　　　*　　　*

우끼?

하얀 원숭이가 갑자기 고개를 위로 치켜든다. 여전히 잿빛투성이 하늘을 쳐다본다.

"왜 그러니?"

유라는 자신의 머리 위에서 잘 놀다 말고 갑자기 멈춘 녀석을 보면서 고개를 갸웃거렸다.

섬에서 탈출하는 데 성공해 바다 위에 떠 있게 된 지도 벌써 보름이 넘게 지났다.

언제 도착할지 모르는, 기약 없는 항해.

모두가 지쳐 있을 때쯤에 손오공이 남긴 분신의 행동은 유라를 자극하기 충분하다.

하지만 원숭이를 따라 하늘을 쳐다봐도 뭘 보고 있는지 알 수가 없었다.

다만, 다른 점이 있다면,

"어? 없다?"

언제나 하늘 중앙에 박혀 있던 나후성이 온데간데없이 사라졌다는 점이었다.

혹시 이걸 말하나 싶어 원숭이에게 물어보려는데,

"육지다! 육지가 나타났다!"

갑자기 누군가가 외친 소리에 저절로 고개를 다른 곳으로 돌렸다.

정말 저기 멀리 육지가 보였다.

"신인께서 육지를 찾아 주신 게야!"

"암! 그렇고말고! 모두 신인의 덕택이지!"

유라는 어느새 하늘에 대한 생각을 모두 잊은 채 기뻐하는 사람들의 틈바구니에 둘러 싸여 같이 기뻐했다.

하지만 여전히 하얀 원숭이는 못에 박힌 듯 하늘을 가만히 바라보고 있었다.

*   *   *

정확하게는 손오공이 아닌, 손오공의 흔적.

하지만 그것으로도 충분하다.

녀석을 따라 다른 흔적을 더듬어 가면 되니까.

하지만,

끼리리리리릭.

갑자기 소름 끼치도록 듣기 싫은 째지는 소리가 이데아를 가득 메운다.

지호는 난데없는 소리에 시선을 다른 곳으로 돌렸다.

그가 감았던 태엽이, 원래 방향으로 되돌아가고 있었다.

그것을 바로잡으려고 했으나,

—아직은.

어떤 목소리가 이데아를 가득 메운다.
어딘가 낯익은 목소리.
"나타?"
지호에게 신의 길을 가르쳐 주었던 군신.
그가 어느 곳에서 말하고 있었다.

—아직은 때가 아니니라.

화아아아아—
이데아를 가득 메웠던 황금빛은 다시 있던 곳으로 되돌
아가며 원래의 하얀 빛이 되어 갔다.
나타가 뭘 우려하는지 알 것 같다.
노파심이다.
자칫 수양이 부족한 지호가 이데아에 휩쓸려 사라져 버
릴지도 모른다는 노파심.
동주칠마왕의 과거를 훔쳤다지만 그것은 앞으로 나아가
기 위한 기반을 다진 것일 뿐. 아직 기초에 불과하다.
해와 달을 부숴 태초의 빛을 만들었다지만, 아직 지호가
가진 것은 자그마한 씨앗에 불과하다. 그것을 키워 싹을 틱

우고, 꽃을 열고, 열매를 맺게 해야만 완전한 신의 자리에 앉을 수 있다.

물론 지호는 웬만한 신들을 뛰어넘는 자격을 가졌다.

하지만 '빛'이란 자리가 주는 힘은 그것으로도 한참 부족할 정도로 너무 컸다.

어쩌면 신의 위계, 전체가 흔들릴지도 모른다.

그런데 지호가 실패한다?

자칫 오랜 고생 끝에 겨우 만들어 낸 씨앗이 채 눈을 뜨지도 못하고 사라질지도 모른다. 그리된다면 동승신주라는 세상엔 영영 빛을 가져다주지 못할 터였다.

하지만 당장 지호에게는 부족한 수양을 채울 만큼 넉넉한 시간이 주어지지 못한다.

그래서 황금색과 하얀색이 뒤섞인 이데아를 향해,

"좆 까."

중지를 날렸다.

쾅!

그 순간, 황금빛이 폭사되었다.

*   *   *

동굴 속에서 지호는 눈을 떴다.

분명히 빛 한 점 들지 않는 어두운 곳이건만.

어째선지 동굴은 금색으로 물들어 빛나고 있었다. 다른 어느 때보다 화려하게 반짝이는 화안금정의 광망이 동굴을 밝히고 있었다.

"조금 아깝네."

나타의 의지를 거스르고, 이데아의 일부를 제 색으로 물들여 버렸다.

자리에 냉큼 앉아 버린 것이다.

반쪽짜리이긴 하지만.

그래도 아쉽지는 않다.

어차피 언젠가는 앉게 될 자리이고, 이미 제천대성으로서의 각성도 마무리했으니.

반신(半神).

모든 건 지금부터였다.

지호는 여의봉을 뽑아 손에 꽉 쥐었다.

우우우웅.

기분 좋은 감촉과 함께 축지를 밟는다.

바로 바깥쪽에 녀석이 와 있었다.

팟!

"할로! 오래 기다렸지?"

지호가 화안금정을 밝히며 모습을 드러내자, 이예의 얼굴에 경악이 가득 흐른다.

그럴 수밖에. 녀석의 감각을 속이고 나타났으니.

과거 손오공은 승리를 위해서라면 그 어떤 일들도 당당하게 해냈다. 살아남는 자가 강한 것이지, 명예를 운운하다가 죽어 봤자 헛수고인 걸 알고 있었던 것이다.

그리고 그건 지호도 같은 생각이었다.

녀석이 뒤늦게 깨달은 지금이 적기였다!

쐐애애애애애애애액!

여의봉을 꽉 쥔 채로 단숨에 몸을 날린다.

갑작스러운 지호의 등장에 이예는 당황하다가 흠칫 놀라 뒤로 물러선다.

그의 장기는 어디까지나 원거리 공격. 간격을 내주면 위험하다!

하지만 이미 지호는 이예의 품 안에 바짝 들어서고 있는 중이었다. 이예가 어떻게 할 틈도 내주지 않고 왼쪽 팔꿈치를 단단하게 세워 송곳처럼 내지른다.

콰아아아아아아아앙!

둔탁한 타격감과 함께 거친 폭발이 일어나면서,

콰콰콰콰콰콰콰콰—

이예는 그대로 튕겨 나 바로 뒤편에 있던 절벽에 그대로 처박혔다.

충격파가 얼마나 대단한지 그것으로도 모자라 절벽을 한참이나 뚫고 저만치 안쪽으로 파고들어갔다.

이예가 튕겨난 자리로 어마어마한 고랑이 생긴다. 그 위로 먼지도 풀풀 날린다. 그가 처박힌 자리 주변으로는 균열이 잔뜩 퍼지다가,

쿠쿠쿠쿠쿠쿠쿠쿠—

안쪽으로 함몰되더니 절벽이 통째로 무너져 내렸다.

그야말로 무시무시한 위력.

일반 사람이라면 피떡이 되고도 남았을 힘이다.

지호는 무덤이라고 하기엔 다소 살벌한 거대한 낙석 더미 위로 냉소를 던졌다.

"어때? 혈사자후의 맹사자격이란 건데."

사타왕이 직접 봤다면 입을 쩍 벌렸으리라.

혈사자후는 그가 창안한 절기. 맹사자격은 그중 가장 강한 파괴력을 자랑한다.

하지만 단연코 이런 힘을 자랑하진 못한다.

지호는 이미 사타왕에게서 훔친 것을 완전히 제 것으로 삼았을 뿐만 아니라, 자기 식대로 해석을 더해 개량을 하기까지 했다.

하지만 그런데도 지호의 시선은 무너진 절벽에서 떨어지지 않았다.

아니나 다를까.

쩌거걱, 콰아아앙!

안쪽에서 폭발이 일어나더니 낙석 더미가 산산조각 나사방으로 튀어 오른다. 먼지구름을 헤집으며 이예가 천천히 앞으로 걸어 나왔다.

이예의 두 눈은 흉흉하게 빛나고 있었다.

"감히. 감히……!"

이전에는 자신의 옷깃도 제대로 건드리지 못하고 일방적으로 당하기만 하던 녀석이 아닌가.

그랬던 자가 감히 자신을 이 꼴로 만들어 놓다니.

옷깃은 곳곳이 찢어지고, 살갗은 가벼운 찰과상을 입었다. 맹사자격이 부딪친 가슴팍은 갈비뼈가 부러졌는지 숨을 쉬기가 조금 어려웠다.

대체 얼마 만에 입은 상처지?

신격이 탈락해 반신이 되고 난 뒤로도 언제나 무적의 삶을 걸어왔기에 그가 맛본 패배감은 너무 컸다.

이건 굴욕이었다.

절대 있을 수 없는 굴욕.

"감히이이이이이이이!"

콰아아아아아아앙!

이예는 지반이 내려앉을 정도로 땅을 세게 짓밟으면서 지호에게로 쇄도했다. 한 손에는 동궁, 한 손에는 소증. 달리면서 화살을 잇달아 쏜다.

쉬시시시시시시시싀!

빛줄기가 앞으로 쉴 새 없이 쏟아진다.

해와 달뿐만 아니라 마경 곳곳을 초토화시킨 힘답게 위력은 어마어마하다.

이예는 빛줄기에 지호를 가두고, 목을 손으로 잡아 뜯어 버릴 생각이었다.

이미 머릿속에는 우마왕에 대한 생각 따윈 들어 있지 않았다.

자신을 이 꼴로 만든 지호를 잡아야 한다는 생각밖엔 들어 있지 않았다!

하지만,

콰콰콰콰콰콰콰쾅! 콰쾅! 콰콰콰쾅!

지호는 도리어 정면에서 부딪쳤다.

이전에는 근두운을 몇 겹이나 부수고 그를 궁지로 몰아넣었던 소증이었지만, 지금은 도리어 여의봉을 거세게 휘둘러 날아오는 빛줄기를 모두 부수거나 옆으로 튕겨 버린다.

그가 지난 자리로 땅이 무너지고 돌가루가 튀어 오르는 등 폭발이 잇달아 일어난다.

하지만 그 어떤 것도 지호의 돌격을 그치게 하지 못한다. 속도도 전혀 늦춰지지 않았다.

결국 지호는 단숨에 이예 앞에 도착, 여의봉의 끝을 잡으며 녀석의 머리통을 노렸다. 성문을 부수는 파성추처럼 강렬한 일격이었다.

이예는 고개를 옆으로 돌려 공격을 피했다. 고막이 찢어지는 게 아닐까 싶을 정도로 거센 풍압이 아슬아슬하게 볼을 스쳐 간다. 대신에 그는 재빨리 동궁을 어깨에 걸고 소증을 뽑아 지호의 뒤편으로 살짝 돌아갔다. 소증을 단검 삼아서 지호의 등을 찔러 갔다.

아주 오래전이긴 하지만, 그는 수많은 전장을 전전한 전사. 단순히 활만으로 마물을 잡지는 않는다. 박투술은 물론 갖가지 병장기도 활만큼 잘 다룰 줄 알았다.

하지만 그건 지호도 마찬가지였다.

투로가 뒤쪽으로 이어진다는 걸 알고 다리를 재빨리 움직인다.

쉭!

"……!"

지호가 갑자기 제자리에서 사라진다.

소중이 헛되게 허깨비를 찌른다. 이예는 지호를 찾아 몸을 반대로 돌렸지만,

"미안하지만, 여기거든?"

지호가 어느새 이예의 뒤편으로 이동해 있었다.

쾌속을 자랑하는 미후왕의 풍도천천계다.

그리고 이어지는 우용왕의 예도파랑.

콰르르르르르르릉!

"컥!"

여의봉이 마치 날카로운 칼처럼 빈틈을 파고들어가 이예의 복부를 찍는다.

이예는 입 밖으로 피 화살을 토하다가 이를 악물고 소중을 측면으로 돌렸다.

하지만 이미 거기서도 지호는 풍도천천계를 밟아 뒤쪽으로 이동, 이번에는 붕마왕의 봉황맥혈에 따라 여의봉을 쉴 새 없이 휘둘렀다.

퍼퍼퍼퍼퍼퍼펑!

여의봉이 휭, 휭, 하고 거친 바람을 일으킬 때마다 폭발 소리가 뒤를 따랐다.

이예는 본능적으로 소중을 잡아당기면서 여의봉을 일일이 막아 냈다.

하지만 여의봉이 워낙에 불규칙하게 날아오는 데다가,

허초와 실초가 마구 뒤섞이고, 승기가 한 번 저쪽으로 넘어
가자 쉽사리 반전을 노릴 만한 기회를 포착하기가 힘들었
다.

칼바람에 옷이 찢어진다. 여의봉이 일으키는 충격파에
찰과상이 깊어지면서 핏물이 튀어 오른다.

'대체! 대체……! 무슨 일이 있었던 거지?'

이예는 도저히 이 상황이 납득이 가지 않았다.

지금의 지호와 예전의 지호를 도저히 동일인이라고 치부
하기가 힘들다.

이건 마치,

'제천대성?'

손오공을 보고 있는 것 같지 않은가!

이예는 아주 오래전에 우연히 손오공과 마주한 적이 있
었다.

옥황상제의 노여움을 사 신격이 박탈당한 자신과 다르게
귀찮다는 가당치도 않은 이유만으로 부처의 자리를 스스로
벗어던지고 반신의 자리에 앉아 버린 자.

오만이라는 단어는 오로지 그를 가리키는 것으로만 보일
정도였다.

그래서 코웃음을 쳤다.

행복에 겨운 놈이라고.

그러면서도 한편으로는 질시하기도 했다.

기원을 이루고자 수천 년간 아등바등대는 자신과 다르게, 녀석은 단순히 그런 이유만으로 모든 영광을 벗어던져 버렸으니.

그러면서도 두 눈은 언제나 다른 곳을 보고 있었다.

보다 높고, 보다 넓고, 보다 먼 곳을.

그런데 지금 지호가 그랬다.

분명 자신을 상대하고 있는데도 불구하고 두 눈은 자신을 보고 있지 않다.

전혀 다른 곳을 보고 있었다.

'감히이이이이이이이이!'

나를 앞에 두고 어디를 보고 있는 것이란 말이더냐!

너의 예지안을 부순 것은 나인데! 해와 달을 떨어뜨린 것은 나인데!

네놈마저도 옥황처럼 나를 괄시하는 것이더냐!

이예가 울분을 터뜨리고자 했지만,

"미안한데 말이야."

지호는 차갑게 눈을 번뜩이며 손을 뻗는다.

"엉아가 조금 바빠서. 놀아 줄 시간이 없어요."

여의봉이 위에서 아래로 떨어진다.

이예는 소중을 양손에 잡아 교차시켜 가까스로 막는다.

강한 힘이 지반을 짓누른다. 마치 거인이 내려찍는 듯한 어마어마한 힘이다.

일 거형장인!

콰아아아아아아아아앙!

이예는 그대로 땅에 처박혔다. 구덩이가 5미터 이상 깊게 파이면서 어마어마한 압력이 쏟아진다. 사방 십여 킬로미터 전체로 균열이 퍼져 나가 지반을 송두리째 무너뜨린다.

이예의 여의봉을 막아 내는 양손이 부들부들 떨린다. 조금이라도 삐끗거리면 머리통이 부서질 만큼 아슬아슬했다.

지호는 오른손을 뻗어 이예의 멱살을 움켜쥐었다.

그리고 걸음을 옮긴다.

어디선가 본 듯한 걸음걸이. 우보였다.

두우우우우우웅—!

어디서 울렸는지 모를 범종 소리와 함께 이예를 포함한 일대 공간 전체가 단단히 결박된다. 지반이 내려앉으면서 위로 튀어 올랐던 돌조각도, 잔잔하게 퍼지던 먼지구름도 갑자기 정지된다.

마치 이예를 둘러싸고 있는 시간만이 정지된 듯, 모든 것이 동작 그대로 멈췄다.

'어, 어떻게 이자가……!'

이예는 몸이 의지를 벗어나 빳빳하게 굳어 버리는 걸 느끼고 두 눈을 부릅떴다.

우보는 과거 우(禹)가 세상을 잠기게 하려는 홍수를 잡기 위해 밟았다는 걸음걸이.

공간을 속박하고, 시전자의 제어하에 둔다.

저 위대한 72마신조차도 이 구속을 벗어나지 못하고 결국 여의봉에 봉인되고 말지 않았던가!

그만큼 대단한 선술이기에 우를 기준으로 대가 끊겼다가 우마왕에 이르러서야 겨우 복구가 되었다는 기예가, 모든 마의 종주나 되는 이도 겨우 구사할 수 있다는 선술이, 지호의 발아래 펼쳐지다니……!

이 사실에 놀란 건 이예만이 아니었다.

한 발자국 물러서서 지호의 성장을 흐뭇하게 지켜보던 우마왕도 단단히 놀라고 있었다.

지호가 훔친 것은 다섯 마왕과 손오공의 것만이 아니었다.

동주칠마왕 전부.

당연히 우마왕도 그 속에 있었다.

"저건……!"

우마왕은 두 눈을 크게 부릅떴다.

처음 지호가 동굴 밖으로 나왔을 때, 그가 크게 달라졌다는 걸 알았다.

제천대성으로서의 힘을 깨달았을 뿐만 아니라 반쪽이나마 빛의 자리에도 앉았으니.

지호는 생각했던 것 이상으로 자신의 자리를 제대로 찾아 앉았다. 그리고 앞으로 걸어야 할 길까지 확실하게 열었다.

성장을 위한 열쇠로 형제들의 것을 훔치리라고, 누가 생각이나 했을까.

참으로 대견하기까지 했다.

그런데 그것으로도 모자라, 자신의 것까지 훔쳤을 줄이야!

한 마디 언질이라도 해 줬다면 이리 놀라지는 않았을 것을. 그랬다면 우보를 제대로 수련할 수 있게 몇 마디 조언을 해 줄 수 있었다.

아니지. 말하지 않았으니 제대로 훔친 게 맞는 건가?

그래도 이리 고얀 놈을 보았나.

"허허허허허허허허!"

우마왕은 크게 웃음을 터뜨렸다. 세상이 떠나가도록.

이렇게 마음 놓고 웃어 본 게 대체 얼마만이지?

아마도,

'처음 막내 녀석을 만났을 때였지, 아마?'

"당신이 마의 종주라고 들었소. 어디 한 판 떠 봅
시다."

"젠장! 아들내미 잘못 길러 놓고 왜 나한테 화풀
이냐고! 그러니까 아들 간수 잘하라고 했잖아! 이 빌
어먹을 큰형님아!"

"대체 뭐가 그리도 아쉬운 것이오? 이룰 거 다 이
루고, 하고 싶은 거 다 하고 사는 주제에. 이제는 좀
놓고, 베풀고 사시오. 그러다 늙소."

처음 덩치도 쪼그마한 녀석이 나타났을 때는 참 기도 안
찼었지. 어디 듣도 보도 못한 무명소졸이 자기 이름 한 번
알려 보겠답시고 멋모르고 덤볐다 생각했으니.
그러다 크게 한 판 싸워 보고 녀석이 마음에 들었다.
그래서 다른 형제들과 한데 모여 의형제를 맺고, 막내로
삼았다.
그러다 세월이 흐르고 아들과 아내가 어디선가 크게 사
고를 치고 손오공과 부딪쳤다. 아들이 잘못한 건 알고 있지

만, 팔은 안으로 굽는다고 아들이 아닌 그를 대차게 두들겨 패 댈 때 녀석이 내뱉은 말은 아직도 귓속에 맴돈다.

그리고 다시 세월이 흘러 모든 것이 허망해질 무렵. 막내가 했던 말은 가슴에 긴 여운으로 남았다.

여태껏 부수고, 짓밟고, 빼앗기만 하던 삶을 벗어던지고 자신과 비슷한 사람들을 모아 텃밭을 일궜다.

그래서 마경이 탄생했다.

사실 마경을 만든 건 막내나 다름없었다.

막내와 부딪치기도 많이 부딪쳤지만, 사실 지금 돌아보면 형제들 중에서 그와 가장 많은 추억을 공유하고 있는 건 막내였다.

녀석 때문에 웃기도 많이 웃었으니.

그런데 막내를 쏙 빼닮은 녀석 때문에 또 웃는다.

우마왕은 아직 살짝 어수룩하지만 자신만의 방식으로 우보를 펼쳐 이예를 결박한 지호를 보면서 흐뭇하게 미소를 지었다.

'어찌 보면 이것도 운명이던가.'

절대 거스를 수 없는 세상의 법칙, 인과율이 절실히 느껴진다.

우보는 사실 자신의 것이 아니다.

그저 옛 우의 것을 자신에게 맞게 고쳐 썼을 뿐이다.

우보(禹步)가 아닌 우보(牛步)로.

그런데 지호는 다시 원래의 우보로 되돌리려 한다.

우는 우보를 밟아 72마신을 신진철에 가뒀다. 신진철은 훗날 여의봉이 되었고, 지호는 그런 여의봉을 이어받았다. 그러니 어찌 보면 우보도 지호에게 닿는 것이 당연할지도 몰랐다.

그때 지호가 다시 걸음을 내디딘다.

두우우우우우웅.

우보는 북두칠성의 순서에 따라 밟는 일곱 번의 발걸음.

두 번째가 시작되었다.

                    *   *   *

지호가 걷는다.

단단히 결박된 이예와 그를 둘러싼 공간 전체가 떠밀린다. 정지된 공간 그대로 옆에 있던 공간을 밀어내면서 '통째로' 움직이기 시작한다.

'무엇을 하려고……!'

이예가 놀란 눈으로 이쪽을 노려보건 말건, 지호는 세 번째 걸음을 내디뎠다.

축지와 함께 나타난 곳은 선계전이 한창 벌어지고 있는

전장 한가운데.

그 순간, 화안금정이 확 하고 밝아진다.

오른 눈에는 예지안을, 왼 눈에는 천리안을. 두 개의 시야가 하나로 합쳐진다.

마경 전체의 전황이 머릿속으로 들어온다.

마치 하늘 꼭대기에서 아래를 내려다보듯이.

교룡은 마경이 더 이상 파괴되는 것을 막고자 했다. 마경은 우마왕의 일부. 더 이상 피해를 입으면 위험하다. 그래서 일 거형장인을 잇달아 뿌려 사방으로 불어닥치는 불벼락과 얼음 폭풍을 막고자 하지만 쉽사리 진정되지 않는다.

거기다 더해 연옥 중 일부가 옆으로 빠져 유격전으로 교룡을 괴롭히면서 그의 몸에는 점차 생채기가 늘어났다.

"이 개 같은 새끼들이!"

붕마왕은 늑대 착치와의 싸움에서 고전을 면치 못한다. 부채를 흔들어 젖힐 때마다 불길을 동반한 칼바람이 몰아치지만, 착치는 빠른 속도로 칼바람을 피하거나 도리어 집어삼키면서 붕마왕의 다리를 크게 뜯었다. 때문에 붕마왕은 피를 너무 많이 흘려 움직임이 둔해졌다.

착치는 과거 기다란 송곳니로 인간을 잡아먹으며 악명을

쌓았던 마물. 타고난 사냥꾼이기에 붕마왕의 숨통을 끊어 버릴 때만을 노리고 있었다.

사타왕은 멧돼지 봉희와 힘 대결을 벌인다. 발을 놀릴 때마다 지진을 일으킬 만큼 대단한 돌진력을 자랑하는 녀석을 정면에서 부딪친다. 팔뚝에는 핏대가 잔뜩 선다. 눈에는 실핏줄이 터져 피눈물이 흐른다. 그만큼 악착같이 버티고 버티며 쓰러뜨리고자 한다.

하지만 봉희는 집 한 채를 단숨에 짓밟을 만큼 성격이 난폭하고 가죽은 칼이 뚫지 못할 정도로 단단하다. 단순히 사타왕의 힘만으로 거꾸러뜨리기엔 어려워 보인다.

미후왕은 바람에 녹아 보이지 않는 무언가와 쉴 새 없이 부딪친다. 새 대풍은 날갯짓을 할 때마다 칼바람을 휘몰아쳐 상대하기가 여간 어려운 것이 아니다. 그래도 한 자루의 칼을 들고서 악착같이 뒤를 쫓는다.

우융왕은 툰드라처럼 얼음으로 가득 덮인 대지 위를 질타한다. 물뱀 구영이 땅을 파고들어 사라졌다가 나타나기를 반복해 화가 단단히 난다. 이에 주먹으로 땅을 세게 내리쳐 지반을 통째로 뭉개 버린다.

그 아래, 구영이 나타나자 그쪽으로 손을 뻗는다. 하지만 구영도 독니를 드러내며 도리어 와락 달려든다. 몸을 꿈틀거릴 때마다 얼음이 물이 되어 해일을 일으킨다. 우용왕은 물의 소용돌이 갇혀 허우적거렸다.

납탑도인, 혜가, 복마전주는 연옥의 이인자인 알유를 잡고자 합공을 아끼지 않는다. 알유는 과거 하늘의 신이었으나, 곤륜의 불사약을 훔쳐 먹고 되살아나 괴물이 된 자. 당연히 가진 힘은 이예에 크게 뒤지지 않아 그들로서도 역부족이었다.

진무대제의 강신술, 나라연금강의 불길, 복마전주의 마기가 쉴 새 없이 휘몰아치지만, 알유는 정면에서 부수고 또 부순다. 접전은 쉽사리 그칠 생각을 않는다.

싸움은 곳곳에서 벌어진다. 복마전은 정면에서 맞서고, 도화원은 선술을 뿌려 놈들의 발목을 묶고자 한다. 정토는 염불을 외우며 두 곳을 지원하지만, 제 목숨을 초개같이 내던지는 연옥의 살벌함에 이미 기세가 넘어가고 있었다.

전황은 격전의 연속이었다.

연옥은 오랫동안 모습을 드러내지 않은 것이 이상하다고

여겨질 정도로 대단했다.

복마전, 도화원, 정토의 합공에도 아랑곳하지 않고 도리어 밀어붙이기까지 한다.

한때 하계를 멸망 직전까지 내몰았다던 네 마리의 마물과 주인의 기원을 위해서라면 목숨을 초개같이 내던지는 연옥 선인들의 독기.

이 두 가지가 맞물리면서 마경을 서서히 위험한 상황으로 몰아간다.

지호가 이 모든 것을 파악한 것은 그야말로 찰나.

그 안에 판단까지 끝내고, 네 번째 걸음을 디뎠다.

"시끄럽기 짝이 없구나."

두우우우우우웅—!

다시 한 번 범종 소리가 울린다.

그 순간, 온갖 선술과 폭풍이 휘몰아치던 마경 전체가 얼음장처럼 정지한다.

굉음과 폭음이 언제 울렸냐는 듯이 마경 위로 갑자기 침묵이 흐른다.

'이, 이게 무슨……!'

'어, 어떻게 된 거지?'

'우, 우, 우보!'

복마전, 도화원, 정토, 연옥. 마경 내에 있는 선인들 모두가 적아를 막론하고 경악에 잠긴다. 분명 의식은 이토록 뚜렷한데도 몸을 옴짝달싹할 수가 없다.

모든 것이 멈췄다.

대지를 휩쓸던 얼음 폭풍도. 폭우처럼 쏟아지던 불벼락도. 심지어 서로의 목숨을 뜯으려 했던 격전까지도. 전부.

일대 공간, 그 자체를 결박하는 것으로도 모자라 아예 세상으로부터 유리시키다니.

이런 말도 안 되는 일을 해낼 줄이야……!

"어찌 신을 따르고, 신을 기리고, 신이 되고자 한다는 자들이 이리 시정잡배만도 못하는 경망스러운 짓거리들을 한단 말이더냐. 부끄럽도다. 참으로 부끄럽도다."

지호는 노여움을 가득 담아 녀석들에게로 신의 목소리를 내린다.

신벌을 내리고자 한다.

그리고 다시 내딛는 다섯 번째 걸음.

쏴아아아아아아악!

그들을 둘러싼 세상이 바뀐다.

저 아래, 아무것도 없는 황량한 들판이 드러난다.

지호는 전투가 벌어지는 공간 전체를 마경으로부터 똑 떼어다 축지를 펼치는 무지막지한 짓을 선보였다.

덕분에 연옥의 선인과 마물들은 깨달았다.

지호와 함께 마경으로부터 격리된 것은 바로 자신들뿐이라는 것을.

"사라지거라. 잡것들아."

지호가 여의봉을 녀석들에게로 겨눈다.

그 순간, 단단히 결박되었던 공간이 확 하고 풀린다.

마물과 선인들은 위험을 느끼고 사방으로 흩어지려 했지만,

콰르르르르르르르르릉!

갑자기 그들 사이로 어마어마한 격류가 불면서 단숨에 그들을 휩쓸었다.

"휘몰아쳐라."

정지된 공간이 다른 공간을 밀치면서 불쑥 끼어들었다.

당연히 공간은 제자리를 찾기 위해 한데 맞물리면서 물질 간의 충돌이 발발할 수밖에 없다.

여기서 일어난 후폭풍은 어마어마했다.

동주칠마왕을 상대로도 격전을 치렀던 마물들 역시 대항하지 못하고 충격파에 휩쓸렸다. 선인들은 몸이 동강 나거나 어찌 피했다 해도 피를 토하면서 우수수 바닥으로 떨어졌다.

거기에 여의봉의 권능까지 더해지니, 격류는 단숨에 불꽃을 일으키면서 어마어마한 크기의 불꽃 소용돌이가 되었다.

콰릉! 콰르르르르르릉! 콰르르르릉!

콰콰콰콰콰콰콰콰—!

소용돌이는 쉴 새 없이 범위를 확장해 나가며 모든 것을 쓸어 나간다.

잿빛 하늘을 붉은색으로 물들일 뿐만 아니라, 대지 아래로 불꽃과 벼락을 쉴 새 없이 뿌려 댄다.

때문에 겨우겨우 목숨을 구제하고자 했던 선인들의 숨통까지도 마저 끊어 놓았다.

늑대 착치와 멧돼지 봉희는 불꽃을 삼키거나 대적하려다 도리어 송두리째 타 버려 재가 되어 흩어지고, 새 대풍은 날갯짓을 하다 태풍에 휘말려 찢어지며, 물뱀 구영은 사막

속으로 파고들어 도망치려 했지만 쏟아지는 벼락에 부서져
버렸다.

   "살라라."

   불꽃 소용돌이는 이곳에 있는 걸 모두 태워 버리겠다는
듯이 사르고, 사르고, 또 살랐다.
   오로지 황무지밖에 없는 땅이건만, 그 땅마저도 새카맣
게 타 버리면서 그 어떤 생명도 살 수 없는 죽음의 대지가
된다.
   혹시 있을지 모를 마지막 생존자까지도 사르겠다는 지호
의 강한 의지가 반영된 결과였다.
   과연 지호는 알까?
   손오공이 구속을 풀고 화산섬을 불살랐을 때에 일으켰던
선술도 지금과 비슷하다는 것을.
   쿠르르르르르르르르르르—!
   소용돌이는 영원히 그 자리에 있으려는 듯, 끝을 모르고
계속 퍼져 나갔다.

33장

악몽의 바다

"뭐야? 벌써 다 끝난 거야? 야! 내 몫은 남겨 둬야지! 조금만 더 하면 끝낼 수 있었는데!"

"야! 이거 제대로네?"

"흐으으으으음. 모처럼 싸울 만하던 놈이었는데."

"……연옥을 모두 쓰러뜨리다니. 대체…….."

"그나저나 진짜 개판이네. 세상 살면서 사막이 날아가는 건 또 처음 본다."

영원할 것 같던 소용돌이가 그친 뒤.

동주칠마왕과 복마전, 도화원, 정토의 선인들이 지호가 남긴 흔적을 따라 공간을 열고 나타났다.

저마다 한 마디를 던지는 동주칠마왕과 다르게 선인들은 하나같이 입을 쩍 벌리고 말았다.

그들이 알기로 분명 이곳은 붉은 황무지가 넓게 펼쳐진 사막 지역이었다.

하지만 지금은 어떤가.

붉었던 땅은 새카맣게 그을렸다. 단단한 지반은 잘게 부서져 아주 고운 모래로 변했다. 그나마 자랐던 선인장과 사막 식물은 흔적도 찾을 수 없다.

하늘 역시 소용돌이의 여파가 강하게 남아 그렇지 않아도 건조했던 공기가 이젠 아예 텁텁하다. 숨을 쉬는 것만으로도 폐가 타 버리는 듯하고, 산소가 부족해 강한 현기증이 돈다.

오로지 탄내와 매연, 그리고 새카만 모래만이 흩날리는 땅. 그 어떤 생명체도 살아갈 수도, 태어날 수도 없을 땅이 되어 버린 것이다.

게다가 탄내를 따라 전해지는 강렬한 사념은, 연옥의 모든 선인들을 단숨에 쓸어버렸다는 것을 의미한다.

선인들은 쉽게 지호의 옆에 다가설 수 없었다.

흉신(凶神).

어째서 그런 단어가 가장 먼저 떠오른 걸까.

결과만 논한다면, 이미 지호는 재앙을 가져다주는 신과 다를 게 없었으니.

납탑도인과 혜가는 그나마 다른 선인들보다는 나았지만, 그래도 두려워하는 기색을 숨길 수 없었다. 아군이어도 압도적인 힘을 가진 존재는 경외를 넘어 공포가 되는 법이다.

선인들의 머릿속에는 단 한 단어만이 남았다.

'제천대성!'

과거 처음 손오공이 나타났을 때 선계에 줬던 충격에 못지않았다.

아니, 오히려 더 하다.

제천대성을 떠올리게 하는 모습에 해와 달의 주인, 아니, 빛의 주인이라는 신위마저 주어졌으니.

만약 그에게 주어진 힘들을 모두 각성한다면.

제천대성으로서 완전한 힘을 갖추고, 빛의 신위마저 완벽하게 만든다면.

그때는 누가 그를 감당할 수 있을까?

특히나 지호의 성정이 책임감 강하고 진중하기보다는 자유롭고 호방한 기질이 강하기 때문에 우려는 더더욱 클 수밖에 없었다.

'어찌 인과율은 저자에게 이토록 무지막지한 힘을 가져다준 것인가?'

그들 모두 천계의 의지대로 지호를 해와 달의 주인으로 만들고자 모였다지만, 막상 상황을 눈앞에 두니 걱정이 앞서는 건 어쩔 수 없었다.

하지만 선인들과 다르게 동주칠마왕은 지호와 장난을 치기 바빴다.

"교룡이 다 끝내긴 뭘 다 끝내요? 아까 전에 실컷 얻어 터지고 있더만."

"내가 터지긴 뭘 터져! 다 끝나고 있었거든?"

"아, 네이네이."

지호는 알겠다 말하면서도 비웃음을 던졌다.

교룡은 울컥하고 말았다.

"얌마! 너도 할 말 없잖아! 보니까 이예를 놓친 것 같은데!"

순간, 한 발짝 떨어져 있던 선인들의 시선이 이쪽으로 향한다.

이예를 놓쳤다고?

"그, 그게 무슨 소린가! 이예를 놓쳤다니!"

납탑도인의 안색이 딱딱해진다.

이예는 연옥의 모든 것이라 할 수 있다. 다시 그가 자취를 감추고 힘을 길렀다가 나타난다면, 그때는 지금보다 더 큰 혼란을 초래할 수도 있었다.

하지만 지호는 별것 아니라는 투였다.

"에이. 그래도 교룡이랑 비교하면 안 되죠. 실력 부족해서 놓아준 거랑 그냥 놓아준 거랑 어디 같나?"

"그냥 놓아주다니? 그게 무슨 소린가? 자세히 좀 말씀해 보시게!"

대답은 지호가 아닌 다른 사람이 대신했다.

"미끼로 던져둔 것이라네."

우우웅.

다시 공간이 열리면서 우마왕이 나타났다. 복마전이 재빨리 예를 갖춘다. 납탑도인도 따라서 고개를 숙이다가 의문 가득한 얼굴로 그를 쳐다봤다.

"말 그대로일세. 이예는 아마도 연옥이 아닌 막내가 있는 곳으로 갔을 게야. 이 아이는 그걸 쫓으려는 것이고. 그렇지 않은가?"

지호는 대답 대신 미소를 지어 보였다.

"아."

납탑도인과 선인들은 그제야 납득한 표정이 되었다.

그동안 연옥에 정신이 팔려 있어 미처 생각지 못했다.

선계전은 아직 끝나지 않았다.

오히려 지금부터 시작이었다.

절교가 남아 있었으니.

"흘흘흘흘. 이 늙은이의 것도 몰래 훔쳐 가더니 그새 그런 꾀를 부리다니. 정말로 원숭이 같구나."

"영리한 거죠."

"흐흐흐흐흐흘!"

우마왕은 한참 웃음보를 터뜨리다가 흐뭇한 미소를 지었다.

"그나저나 제대로 앉았구나."

순간, 여태 웃던 지호가 눈살을 살짝 찌푸리면서 입술을 삐죽 내밀었다.

아직은 때가 아니라던 나타의 말이 떠오른다.

갑자기 짜증이 확 치밀었다.

"고작 반쪽짜리인데요, 뭘."

"그래도 명색이 천계의 최고위 장수에게 그딴 망발을 한 건 자네가 처음일 거야. 흐흐흐흘! 거드름이나 피고 있을 놈들이 얼마나 당황했을지 못 본 게 한이야. 한."

우마왕은 호탕하게 웃음을 터뜨렸다. 지금 상황이 웃겨 죽겠다는 듯.

그럴수록 지호는 더더욱 짜증 났다.

나타가 뭘 우려했는지는 잘 안다. 그때는 별 안타깝지 않다고 여겼지만, 그래도 막상 놓치고 나니 아쉽다.

"여하튼."

우마왕은 말허리를 살짝 끊더니 눈을 가느다랗게 좁혔다.

깊디깊은 눈.

"막내를 부탁하마."

지호는 무겁게 고개를 끄덕였다.

그가 여태 그렇게까지 신위를 얻으려 했던 이유.

손오공의 행방.

모두의 시선이 그리로 향한다. 특히 동주칠마왕의 눈동자는 다른 어느 때보다 강렬하게 빛나고 있었다.

지호는 그들의 시선을 한눈에 받으며 여의봉을 아무것도 없는 허공에다 쭉 그었다.

찌이익.

비단폭이 찢어지는 소리와 함께 공간이 벌어진다.

저 너머에는 우주처럼 광활하고 새카만 어둠만 있을 뿐.

하지만 동주칠마왕은 그게 뭔지 알 것 같았다.

오랫동안 싸웠던 적장의 무대였으니.

"악몽의 바다……! 막내는 역시 교주와 같이 있었나?"

절교의 수장, 통천교주가 부리는 꿈의 무대.

지호는 그 너머로 발을 디뎠다.

동주칠마왕을 비롯한 선인들도 잠깐 머뭇거리다 바로 뒤를 따랐다.

저들이 마경을 침범한 것처럼, 이제는 이쪽이 저들의 영역을 역습할 차례였다.

*　　　*　　　*

아주 오랜 옛날.

현재를 살아가는 존재들은 도저히 짐작도 할 수 없을 만큼 오래전.

위대한 영웅이자 왕이었던 존재는 백성들을 고통으로 내모는 태양을 아홉이나 떨어뜨렸다. 하지만 아들을 잃은 원한에 싸였던 옥황상제는 영웅이 다스리던 왕국을 무너뜨리는 것으로 복수를 대신했다.

영웅은 아내가 사라지고, 백성이 흩어지고, 나라가 무너진 걸 보고 오열에 잠겼다. 오로지 백성들을 위해 했던 일이 도리어 백성들을 고통에 몰아넣고 말았으니.

더구나 이 일에 대해 옥황상제에게 따져 묻고 싶어도 신격이 박탈당해 더 이상 천계로 오를 수 있는 권한도 주어지지 않았다.

대체 어떻게 해야만 하는 걸까.

이제 뭘 해야만 하는 걸까.

더 이상 이 비루한 목숨을 살 필요가 있는 걸까?

갈 길을 잃은 영웅은 스스로 자진할 생각까지 했다.

하지만 그런 영웅을 막는 사람들이 있었다.

"부디 저희들을 버리지 말아 주십시오."

"저희들을 다시 이끌어 주십시오. 나라를 다시 세
우십시오. 당신께서 가시고 나면 저희들은 어찌해야
합니까?"

백성들이었다.

순진한 백성들은 영웅이 나라를 망하게 만든 주범인데도
불구하고 끝까지 애타게 그를 불렀다.

"나는 너희들을 나락으로 끌고 갈 자다. 저주받은
몸이다. 자격도 없는 내가 어찌 너희들을 이끈단 말
이냐?"

그래도 백성들은 영웅의 곁에 남고자 했다.

"저희들의 복수를 이뤄 주십시오. 사라진 마마를
찾게 해 주십시오. 가족을 잃은 저희들의 울분을 대
신 갚게 해 주십시오."

영웅은 그제야 깨달았다.

이들은 이제 백성이 아니다. 자신과 같이 나라를 잃은 유랑민이었다.

행복을 잃고 원한과 분노에 찬 유랑민들.

결국 영웅은 마음을 바꾸고 그들을 다시 받아들였다.

"알았다. 하지만 나에겐 더 이상 왕이 될 자격이
없다. 그러니."

우리들은 나라를 잃은 자.

원한을 가슴에 품고 분노를 머리에 담은 자.

영원토록 행복해질 수 없고, 살아도 산 것 같지 않으며,
언제나 고통에 찬 기억만을 되풀이해야 하는 자.

반드시 기원을 이뤄야만 하는 자.

그것은 지옥에 있는 것과도 같을 테니,

"우리들 스스로를, 연옥이라 하자."

＊　　　＊　　　＊

빛 한 점 들지 않는 어둠의 바다.

─정신이 좀 드는가?

이예는 깨질 것 같은 머리를 쥐면서 고개를 들었다.

'악몽……인가?'

이제는 가슴속에 품었다고 생각했던 기억이 떠올랐다. 그럴 수밖에 없겠지.

이곳은 악몽의 바다.

꿈 중에서도 악몽만을 반복시키는 곳이었으니.

동시에 어떻게 된 일인지 떠오른다.

"기원을…… 기원을 이루소서!"

"어차피 왕을 위해 살아온 그림자 같은 인생입니다. 이 목숨, 여기서 사라진다 한들 아쉬울 건 없습니다."

"부디 마마를 구하소서."

소용돌이치는 폭풍우 속에서.

한때 자신의 백성이었고 이제는 수하들이었던 이들. 그들은 자신을 살리고자 목숨을 버렸다. 덕분에 이예는 공간을 열어 악몽의 바다로 피신할 수 있었지만, 반면에 그들은 돌아올 수 없는 강을 건넜다.

가슴이 아프다. 찢어질 것만 같다.

"크윽."

이예는 가슴을 움켜쥐었다.

이 짜내지 못할 고통을 어찌해야 할까.

기나긴 세월 동안 자신만을 따랐던 이들을 보낸 고통을 어떻게 해야 풀 수 있을까.

―아쉽군.

그때 머릿속을 울리는 목소리가 이예의 정신을 들게 한다.

고개를 든다.

저 높은 곳에 박힌 한 쌍의 눈이 보인다.

검은 자위와 흰 동자가 꿈틀대는 눈.

통천교주다.

―본래대로라면 마경을 악몽으로 물들였어야 했거늘. 생각했던 것 이상으로 힘들었던 모양이야.

우마왕이 마경 그 자체라면, 통천교주는 악몽이다.

이예와 연옥을 마경으로 침투시켜 그 속을 악몽으로 물들인다. 그래서 동주칠마왕과 모든 선인들을 구속하고 천천히 세뇌시켜 종으로 부리는 게 그들의 목적이었다.

지옥은 이미 손에 들어왔으니 이승만 정리하면 되었을 것을. 또다시 일이 복잡하게 꼬였다.

―광마, 그 작자가 그리도 클 줄이야. 전혀 계산 밖이었도다.

통천교주는 자신이 계산 실책을 저질렀단 사실을 인정해야만 했다.

지호가 연옥을 홀로 감당할 정도로 강해질 줄 누가 알았을까?

역일(易日) 당일에 손오공이 기력을 되찾고 모든 걸 수포로 돌릴 때도 그렇고, 지호가 연옥을 통째로 거꾸러뜨린 것도 그렇고.

어떻게 이 영혼을 가진 자들은 하나같이 자신들의 속을 썩일 수 있는 거지?

과거나, 지금이나…….

당시에나.

—그러나 울지 말지어다, 이예.

통천교주의 눈이 가늘게 좁혀진다.

—저들이 내 영역으로 발길을 들인 이상 이미 모든 것이 끝난 거나 다를 바 없음이니. 더구나 그대가 원한다면 얼마든지 볼 수 있지 않은가? 그대의 백성들은.

이예 주변으로 새카만 어둠이 일렁이면서 뭔가를 비쳐 준다.

지금처럼 악바리에 찬 이예가 아닌, 행복하게 웃는 이예가 보인다. 백성들 틈바구니에서 활짝 미소를 지으며 땀을 흘리는 그가 나타난다.

이제는 오랜 세월 속에 망각했던 행복했던 추억들.

다시 이루고자 하는 기원.

"헛소리 집어치워라."

하지만 이예는 으르렁거렸다.

이곳은 꿈의 세계. 저런 달콤한 유혹에 넘어가서야 녀석의 꼭두각시밖에 더 될까.

다행히 꿈은 다시 어둠 속에 묻혀 사라졌다.

―사람의 배려를 이리도 몰라주는군.

"그보다 녀석은?"

이예는 다시 정신을 차렸다.

고통을 가슴 한편에다 묻어 버린다. 백성들이 준 목숨은 더 길게 이어 나가 끝까지 기원을 이루는 데 바칠 생각이었다. 더구나 악몽의 바다 속에 있기 때문인지 상처도 말끔히 사라졌다.

―여기 있다.

어둠이 좌우로 밀려나면서 무언가가 나타난다.

손오공이 바닥에 한쪽 무릎을 꿇은 채 고개를 푹 숙이고 있었다. 몸 곳곳에 화살이며 창과 도검 따위가 박혀 피가 철철 흘러넘친다. 상처가 즐비하다.

치열한 격전을 치르고 아주 잠깐 휴식을 취하는 모습. 꼭 감은 두 눈과 평온한 숨소리는 기나긴 잠에 들었음을 알려 주었다.

―아주 깊은 꿈에 머물고 있지.

통천교주의 두 눈이 호선을 그렸다.

*　　　*　　　*

교주.

달리 통천교주라고도 불리는 절교의 교주가 소싯적 가졌던 신위는 꿈.

세상에 머무는 존재들이 꾸는 꿈들의 총집합체이며, 동승신주의 그림자이고, 삼라만상의 또 다른 이면이다.

만약 그곳으로 들어선다면?

어떤 꿈을 꾸게 될까?

지호를 처음 맞은 것은 어둠이었다.

위도 아래도, 좌도 우도 구분되지 않는 곳.

너무 깜깜해서 아무것도 보이지 않아 눈을 감고 있는지 뜨고 있는지 알 수 없다. 몸도 만져지지 않아서 공간 감각이 잡히질 않는다.

하지만 지호는 별반 걱정하지 않았다.

어둠은 그와 대적하는 속성.

거기에 대고 신의 목소리를 빌어 말한다.

"있으라."

화아아악!

화안금정이 반짝이면서 마치 깜깜한 방에 전등을 밝힌 것처럼 환해진다.

그러자 나타나는 광경.

지호는 숲 속에 있었다.

지호로서는 까마득하게 고개를 들어야 겨우 끝이 보이는 단풍나무들이 가득하다. 하나하나가 수백수천 년을 먹은 것 같은 굵직굵직한 나무들은 일제히 울긋불긋한 나뭇잎을 화려하게 꽃피운다.

나무 사이사이로 상쾌한 공기가 불어온다. 하늘을 빼곡하게 채운 나뭇잎 사이로 빛이 스며들어와 포근하게 대지를 덮는다.

꿈속이다.

이름 모를 어느 누군가의 꿈.

"열려라."

신의 목소리로 다시 한 번 삼라만상에 의지를 새긴다.

"열려라."

하지만 몇 번을 새겨도 잠시 그때뿐.

공간에 파동이 살짝 잡힌다 싶더니 이내 잔잔하게 퍼져 나가 사라진다.

"역시 안 되나?"

지호는 뒷머리를 벅벅 긁었다.

교주는 수많은 이들의 꿈이 겹치고 겹쳐져 만들어진 존재. 그 안으로 들어왔으니, 아마 이름 모를 어느 누군가의 꿈속에 갇힌 모양이다. 다른 사람들도 전부.

문제는 꿈은 무의식과 심층이라는 견고한 벽으로 둘러싸인 또 하나의 세상과도 같아서 일반적인 방법으로 열 수가 없다는 것이었다.

꿈의 주인이 잠에서 또 깨어나면 모를까.

하지만 그러기엔 언제 끝날지 기약도 없을 뿐더러, 꿈이 깬다고 해도 다른 꿈으로 또다시 갇히지 말란 법도 없다. 하물며 다른 꿈에 갇혀 있을 다른 사람들까지 생각한다면 어떻게든 방법을 찾아야 했다.

일단 방법을 찾아보자는 생각에 숲 속을 난 길을 따라 걷던 중이었다.

"애송…… 아!"

갑자기 한쪽 구석에서 누군가가 숨을 헐떡이는 소리가
들린다.

숲 속 한쪽 구석.

지호는 재빨리 몸을 날렸다.

"교룡!"

도착한 곳에는 교룡이 기다란 창에 복부가 꿰뚫린 채 바
닥에 쓰러져 있었다.

바닥에 피를 흥건하게 흘린 그는 몸을 부르르 떨며 겨우
이쪽으로 손을 뻗고 있었다.

"무슨 일이에요?"

"젠장……! 당했어!"

지호는 다급하게 교룡을 부축했다.

그는 격전을 치른 듯, 수많은 상처로 몸이 도배되다시피
하고, 꺾인 화살이며 창에 꽂혀 장기가 훤히 드러날 정도였
다.

지호는 우선 화살들을 뽑고 재빨리 지혈을 시켰다. 상처
를 입은 몸으로 먼 거리를 기어서 온 건지 화살들은 죄다
부러지거나 파편이 체내에 깊숙이 박혀 있었다.

교룡이 의식을 잃지 않도록 지속적으로 기운을 불어넣는
다.

"아……무래도 놈들에게…… 당한 것 같……아! 이

새…… 끼들 우리가 한꺼…… 번에 덮칠 걸…… 알고……
있었…… 어!"

"너무 많이 말씀하지 마세요. 상처가 벌어져요."

"빨…… 리 다른 사람들…… 을 구하러 가야……!"

교룡이 애타는 목소리로 중얼거리는 순간,

꽈악!

갑자기 지호의 손이 먹이를 문 뱀처럼 교룡의 목덜미를
틀어쥔다.

갑작스레 벌어진 일.

교룡의 눈이 커진다.

"너…… 이게 무슨……!"

우드드득!

하지만 교룡이 뭐라고 하건 말건 간에 지호는 으스러져
라 손에 힘을 잔뜩 주었다. 교룡은 혀를 쭉 내밀면서 목이
뒤로 돌아갔다.

선인이라도 절명할 수밖에 없는 모습.

그러나,

두둑! 두두둑!

"젠장. 걸렸나?"

교룡은 머리가 되돌아간 방향 그대로 180도 회전을 더해
한 바퀴를 완전히 돌아갔다.

싸늘하게 식은 교룡의 두 눈이 지호를 노려본다. 교주의 것처럼 검은 자위에 흰색 동자다. 더 이상 숨도 헐떡이지 않는다.

"어떻게 알았지?"

"교룡이라면 아프다고 소리만 꽥꽥 지르지, 다른 사람들 생각은 안 하거든."

"쳇! 잘못 골랐군!"

녀석이 인상을 팍 찡그린다. 그리고 퍼석 하고 모래가 되어 사라진다.

스스스스.

가짜 교룡과 배경을 구성하고 있던 입자들이 거대한 기류가 되었다가, 저절로 지호에게로 흡수되었다. 음장생이 죽어 기운을 지호에게 내줬던 것처럼.

그 사이 배경도 일그러지다 다른 모습으로 변했다.

황량한 언덕. 불이라도 났던 건지 곳곳에 탄 흔적들이 가득하고, 푸르른 하늘은 짙은 매연으로 덮인다. 불어오는 바람에서는 매캐한 철 냄새와 피 냄새가 뒤섞여 있다.

방금 전에 산뜻했던 것과는 전혀 다르게 살벌하고 음울한 분위기.

그때 지면을 뚫고 뭔가가 올라왔다.

덜그럭. 덜그럭.

원래는 강맹한 병사였을 자들. 하지만 지금은 해골이 되어 땅 위를 걷는다.

손에는 뼈를 갈아 만든 하얀 칼이며 방패 따위를 들고, 후열에 있는 녀석들은 활을 들고 비스듬하게 위로 겨눈다. 가장 후미에는 유령마를 탄 해골이 멋들어지게 차려 입은 채 명을 내린다.

"어쭈?"

군단이다. 그것도 완벽한 전열을 갖춘.

족히 수만 단위는 될 것 같은 녀석들은 지호 주변을 삥에워싸 빠져나갈 틈을 보이지 않았다.

거기다 하늘에는 새카만 하늘을 따라 뼈만 남은 용 한 마리가 날개를 크게 펄럭이며 날고 있었다. 입가엔 녹색 액체가 잔뜩 뭉쳐 언제든 쏟아 낼 것 같다.

스켈레톤 병사에 이어서 본 드래곤? 이게 뭐야? 무슨 RPG라도 되나? 여기 있는 몹들 잡으면 레벨 업이라도 하는 거야?

게임 폐인의 꿈에라도 들어온 모양이네. 아주 잠깐 이곳은 동승신주 사람들의 꿈으로만 만들어진 것이 아닌가 하는 의문도 들었지만,

"일단 청소부터 해야겠지."

그보다 먼저 지호는 앞으로 나가고 있었다.

이걸 어떻게든 처리해야 방법이 생길 테니까!

콰아아아아아아아앙!

쐐애애애애애애액!

거친 열 폭풍을 일으키며 앞으로 주파한다.

붉은 불꽃과 노란 뇌전을 잇달아 일으키면서 불도저처럼 앞에 있는 것들을 닥치는 대로 밀어 버리고, 거기서 파생된 칼바람과 열 폭풍을 사방으로 뿌려 주변에 있는 자들까지 한꺼번에 불사른다.

위에서 봤을 때는 **빽빽**한 하얀 점들 한가운데를 'ㅅ'자 형태의 도구로 그냥 치워 버리는 것처럼 보였다.

'그런데 여기, 어째 낯이 좀 익다?'

어디서 봤더라?

'그리고 보니 오공이 날 부르기 전에……?'

하지만 목을 베어 오는 칼날 때문에 생각이 마저 이어지지 못한다.

녀석들이 칼을 내려치면 팔뚝으로 막아 모가지까지 같이 분지르고, 방패로 앞을 가로막는다 싶으면 무릎을 차올려 몸뚱이까지 같이 분쇄한다.

하늘을 **빽빽**하게 물들일 정도로 수많은 화살들이 쏟아지지만 지호를 휘감은 열 폭풍을 뚫고 들어오지는 못했다.

아니, 닿지도 못했다.

너무 빨라서.

콰콰콰콰콰콰콰콰콰!

닥치는 대로 쓸어버리다 어느새 군단장까지 닿는다.

녀석은 턱 관절을 덜그럭거리면서 허리춤에 있던 칼을 뽑으려 했다. 하지만 그보다 먼저 지호가 바싹 다가가 놈의 척추를 손으로 잡고 부러뜨렸다.

군단장이 허망하게 쓰러지자 꼭두각시 인형처럼 움직이던 해골들도 갑자기 우뚝 몸을 멈춘다.

파스스.

힘을 잃고 일제히 쓰러지는 놈들을 뒤로하고 높이 뛰어올라 어느새 본 드래곤이 있는 곳까지 닿는다.

녀석은 입에 잔뜩 머금고 있던 독액을 확 뿌렸다.

대기가 녹아내릴 정도로 짙은 산성을 자랑했지만, 지호는 닿기도 전에 축지를 밟아 단숨에 본 드래곤의 머리 꼭대기에 나타났다.

"내려라."

신의 목소리를 따라 뇌벽세가 벼락이 되어 본 드래곤을 관통한다.

정수리에서부터 척추를 따라 발끝까지.

벼락은 단숨에 녀석을 구성하던 음기를 모두 태우고, 굵직한 뼈까지 모두 새카맣게 녹였다.

퍼석. 스켈레톤에 이어 본 드래곤까지 전부 하얗고 고운 입자가 되어 흩어졌다가 저절로 지호에게로 딸려 왔다.

그사이 다시 배경이 변한다.

이번에 나타난 건 새하얀 하늘.

마치 신화 속에서나 등장할 법한 옛 갑주를 차려입은 전사 백여 명이 지호에게로 창을 겨누고 있었다. 하늘보다도 더 영롱한 푸른빛을 자랑하는 청동 창.

하나하나가 강렬한 기운을 품은 자들이다.

어딘가 낯이 익은 자들도 보였지만, 누군지 알아보기도 전에 단숨에 지호에게로 창을 날린다.

"젠장! 이거 대체 언제까지 해야 되는 거야?"

해골에 이어서 이제는 별 이상한 놈들이라니!

지호는 도무지 끝나지 않을 것 같은 싸움의 연속에 버럭 화를 내면서 화염륜을 허공 가득히 뿌렸다.

따다다다다다다당!

콰아아아아아아앙!

하늘에서부터 용이 떨어진다. 지호에게 깃든 용과 비교해도 절대 작지 않은 크기가 땅바닥에 곤두박질을 치자 지진이 일어나면서 먼지구름이 일어났다.

죽어 축 늘어진 용의 시신 위로 지호가 나타난다.

"헉…… 헉…… 헉……! 제…… 기랄!"

지호는 욕지거리를 내뱉었다.

대체 언제까지 이 짓거리를 해야 하는 건지.

주변에는 세 마리의 용이 더 쓰러져 있었다.

녀석들은 이전과 마찬가지로 먼지가 되었다가 지호에게로 빨려 들어왔다.

배경이 바뀐다.

"또야?"

이곳에 들어온 후로 장소만 달라질 뿐이지, 지호는 계속 싸움만 반복했다.

가짜 교룡, 해골, 전사들에 이어서 음장생이 부리던 망량과 짐승들이 들끓던 지옥도 있었고, 갖가지 식물들이 있던 섬, 용암이 쉴 새 없이 쏟아지는 화산, 얼음 거인이 살아 있는 설원, 그리고 지금 네 마리의 용이 나타난 바다 속의 용궁까지.

'여긴 오공의 꿈이야.'

저승. 천계. 용궁. 설원. 화산섬. 사막.

보통 사람들은 평생 살아도 한 번 겪지 못할 수많은 경험을 통해 신화를 써 내려가고, 전설을 만들어 낸다.

하지만 지호는 이와 비슷한 걸 겪어 본 적이 있었다.

동주칠마왕의 기예를 훔쳐 손오공을 엿봤을 때.

영혼의 단면 위로 올라오는 옛 기억을 되짚었을 때에 봤던 것들이었다.

무엇보다 이런 많은 신화와 전설을 겪어 본 사람이 세상에 손오공 말고 또 있을 수는 없는 일이다.

문제는 뒤로 갈수록 난이도도 자꾸 높아진다는 점이다.

처음에는 비교적 수월하게 잡았던 것들이 계속 강해지면서 나중에는 위험하다 싶을 만큼 강했다.

반신에까지 오른 지호가 벅찰 정도로.

손오공이 강해지는 과정을 따라 그렸다면 당연할 수도 있는 일.

하지만 그렇다는 것은,

"이제부터 나올 것은 그 이상이라는 이야기."

과거 손오공을 위기로 몰아넣었던 시련이 나타난다면. 고난이 등장한다면.

뭐가 있을까?

갑자기 무대의 장막이 내려앉는 것처럼 어둠이 짙게 깔리며 빛을 지운다. 처음 이 세상에 들어왔을 때와 같은 모습.

다시 빛을 밝히려는데 갑자기 위쪽에서 맑은 옥 소리가 났다.

"어머. 이게 누구야? 누가 자꾸 시끄럽게 군다 싶었는데 아기 원숭이었잖아?"

지호는 고개를 들다가 살짝 얼굴이 굳는다.

아주 까마득하게 높은 곳에서 한 미녀가 뭔가에 걸터앉아 이쪽을 내려다보고 있었다. 푸른색이 감도는 머리카락을 손으로 쓰다듬으며 방긋방긋 웃는다.

하지만 지호를 멈추게 한 것은 미녀가 아니었다.

그녀가 앉아 있는 것.

비록 어둠에 가려져 잘 보이지 않지만, 굵직한 무언가가 어렴풋하게 굴절되어 나타난다. 그러다 여자만큼이나 엄청 커다란 눈을 떴다.

도마뱀처럼 세로로 찢어진 동공. 붉고 푸른 눈과 함께 여섯 개의 팔과 엄청난 거구가 드러나는 순간, 지호는 경악하고 말았다.

"나후!"

대체 녀석이 왜 여기에 있단 말인가!

크오오오오오오!

나후가 톱니처럼 자글자글한 입을 쩌억 벌리더니 어마어마한 포효를 내지른다.

지호는 강풍에 조금씩 떠밀렸지만 근두운을 일으켜 풍압을 흘려버린다. 그래도 뛰는 가슴은 진정되질 않는다.

이미 핵까지 녹아 잔념만이 여의봉에 봉인되어 있을 녀석이 여기 있을 이유가 도무지 떠오르지 않는다.

손오공의 기억 속에 있는 환상을 되살린 건가 싶었지만, 눈앞에 있는 녀석은 절대 꿈이 만들어 낸 공상 따위가 아니었다.

지호를 향한 분노. 투지. 원한. 살갗을 찌르는 살기.

전부 진짜였다!

"호호호호. 우리 셋째가 많이 반가운 모양이야."

게다가 새치름하게 웃는 여자가 담고 있는 기운 역시 절대 나후에 못지않았다.

어둠 곳곳으로 밝은 도깨비불이 밝혀진다.

"제천대성이 후예를 길렀다더니. 하하하하하! 참으로 재미나지 않은가! 같은 영혼에 두 개의 생명이라! 과연 제천대성이로다! 참으로 기가 막힌 일을 해냈어!"

"무시해서는 안 될 것이다. 어찌 되었건 간에 우리의 형제를 봉인시킨 자이니."

나후의 머리 위에는 사타왕조차도 작아 보일 엄청난 거구의 사내가 팔짱을 끼며 오만하게 서 있고, 나후의 한쪽 손바닥 위에는 기다란 장검을 품에 안은 장년인이 눈을 꼭 감은 채 앉아 있었다.

네 명에서 풍기는 위압감은 폭풍이 되어 지호가 서 있는 곳은 물론, 꿈이라는 장벽 전체를 뒤흔들어 버린다.

지호는 주먹을 꽉 쥐었다.

이제야 녀석들의 정체를 알 것 같았다.

나후에 못지않은, 아니, 그 이상의 기운을 흘리는 자가 셋.

녀석들을 따라 흐르는 마기는 모를 수가 없다.

오래전에 나후와 대적할 시에 현실에서 봤던 구절.

나후는 길흉화복을 점치는 구요성 중 하나로 흉(凶)과 상(喪)을 상징하며, 이를 통해 고대 인도 신화의 한 축을 이루던 아수라의 왕이라 불렸다. 하지만 아수라를 다스리는 데는 총 네 명의 왕이 있으니…….

지호는 나후의 어깨에 앉은 여자를 봤다.

푸른 머리를 손으로 베베 꼬지만 고양이처럼 앙칼진 눈은 흥미를 가득 담는다.

"정말 귀엽게 생겼구나."

바닷물을 높이 치솟게 하는 거라건타.

나후의 머리 위에는 거구의 남자가 어금니와 송곳니를

드러내며 투기를 잔뜩 흘린다.

"흥! 어차피 우리의 적이 아닌가. 귀여워해 줘 봤자 또 갖고 놀다 죽일 셈이겠지."

싸움을 좋아하는 바치.

대검을 꼭 끌어안고 있는 장년인은 다른 이들과 다르게 기운을 흘리지 않았다. 하지만 지호에게는 그것이 거친 태풍이 불기 전의 전야처럼 불길하게 느껴졌다.

"저 아이를 우습게 보아서는 아니 될 것이다. 제천대성이 둔 후예라면 그만한 자격이 있을 테지."

바다에 풍장을 일구며 한때 인드라(제석천)와 대적했던 왕들의 왕, 비마질다라.

나후, 거라건타, 바치, 비마질다라.
이들이야말로 아수라를 다스리는 네 명의 왕일지니.
"아수라왕……!"
악다문 입술 사이로 신음이 흘러나온다.
그뿐만이 아니다.
화르르르륵.

그들 뒤쪽으로 갖가지 크기의 도깨비불이 밝혀진다. 비록 어둠에 가려져 모습은 볼 수 없지만, 하나하나가 아수라왕에 못지않은 기도를 품은 자들이다.

그 숫자가 모두 일흔둘.

72마신.

여의봉에 봉인되어 있던 마신들이 여기에 있었다!

'이거였나!'

이제야 알 것 같다.

어째서 악몽의 바다로 들어왔는데도 불구하고 바로 통천교주가 모습을 드러내지 않고 손오공의 꿈속으로 인도했는지.

교주는 애초에 지호와 직접 부딪칠 생각이 없었다.

그저 손오공이라는 매개체를 통해 심연에서도 가장 깊은 곳, 영혼의 가장 중심부에 자리 잡은 여의봉에 접촉하게 할 생각이었다.

그리고 그 결과는,

"어머. 벌써 시작되었나 보네. 아기 원숭아, 나중에 기회가 되면 또 보자."

72마신이 기나긴 잠에서 깨어나는 것!

푸른 머리 미녀, 거라건타가 지호에게 한쪽 눈을 찡긋거리며 손을 흔들었다.

그리고 홀연히 사라졌다.

엄청난 존재감을 자랑하던 일흔두 개의 도깨비불이 마치 거짓말처럼 어둠 속에 묻혀 자취를 감추자, 지호를 둘러싼 세상이 흔들리기 시작한다.

쿠쿠쿠쿠쿠쿠쿠쿠!

어둠이 금방 부서져 내릴 것처럼 크게 떨리다가 이내 장막이 끊어진 것처럼 아래로 쑥 꺼졌다.

＊　　　＊　　　＊

다시 의식을 되찾았을 때, 지호는 저 멀리 두 개의 커다란 눈동자가 이쪽을 내려다보고 있음을 깨달았다.

두 개의 검은 자위에 흰 동자.

지호는 한 순간에 녀석이 교주란 사실을 알았다.

─어떠한가? 자신의 한쪽 비밀을 본 느낌은?

지호는 짧은 침묵 끝에 이를 악물었다.

"오공은, 어디에 있지?"

─그렇게 원한다면.

두 눈이 살짝 곡선을 그린다.

─내어 주지. 얼마든지.

그 순간, 하늘에서부터 뭔가가 아래로 툭 떨어졌다.

피범벅이 된 백발. 꼭 감긴 눈. 창백해진 얼굴. 온갖 화살과 창에 꽂혀 누더기가 되어 버린 몸. 곳곳에 가득한 상처를 따라 퀭하게 바람구멍이 나 버린 심장.

시체라고 해도 믿을 정도로 심각한 부상이다. 옅은 숨소리만이 겨우 목숨을 부지하고 있다는 걸 말해 줬지만, 그마저도 언제 끊어질지 모를 정도로 위태롭다.

혹시나 하는 불안감이 심장을 지배한다.

그리고 그의 얼굴을 확인한 순간, 불안감은 현실이 되었다.

"오고오오오오오옹!"

콰아아아아아아아아앙!

지호는 공간이 이대로 무너지는 게 아닐까 싶을 정도로 발밑을 으스러져라 박찼다.

화살이 되어 단숨에 허공을 가로지른다.

도중에 손오공을 낚아채며 방향을 뒤튼다. 관성의 법칙이 앞으로 더 끌고 가려 하지만 의지로 무효화시킨다.

"오공! 오공!"

"젠…… 장. 꼴이 이게 뭔……!"

손오공이 한쪽 눈을 꿈틀거리며 지호를 발견하고 헛웃음을 흘린다. 이딴 꼴로 애송이에게 안겨 있다니. 쪽팔려 죽겠네.

지호는 다급하게 가슴팍으로 손을 가져갔다. 제아무리 선인이라도 신이 되지 않은 이상에야 심장이 부서졌다면 당연히 죽는다. 어떻게든 수를 써야만 했다.

공력을 세게 불어넣는다.

우우우우우웅.

부서진 심장팍을 따라 빛무리가 감돌았다.

하지만 휑한 구멍이 너무 커서 상처가 아물 기미를 보이지 않는다. 숨소리도 너무 약해서 금방이라도 끊어질 것 같다.

"젠장……!"

신의 목소리라도 통한다면 쓸 테지만, 이곳은 통천교주의 의지가 닿는 꿈의 영역. 의지가 반영되질 않는다.

그래도 다른 방법이 있을까 싶어 전지의 문을 엿보려는데, 갑자기 머리 위에서 살벌한 기세가 느껴졌다.

쐐애애애애애애애액!

갑자기 지상에서 빛줄기가 허공을 관통하며 지호와 손오공을 노렸다. 그 끝에는 이예가 시위에서 손을 놓고 있었다.

지호는 재빨리 몸을 틀면서 어마어마한 마찰열과 함께 근두운을 잔뜩 일으켰다.

뭉게뭉게 피어난 근두운은 반구 형태가 되어 빛줄기를 막았다. 빛줄기는 수십 갈래로 나뉘어 표면 위를 그대로 미끄러지다 허망하게 뒤쪽 공간에 박혔다.

쿠쿠쿠쿠쿠쿵!

빛살이 닿은 자리. 칠흑빛 벽 곳곳에 붓으로 쿡쿡 찌른 것처럼 붉은 자국이 남는다.

―이예, **공간**을 조심히 다루라.

교주의 충고가 따랐지만, 이예는 코웃음을 치면서 축지를 밟아 지호의 뒤편으로 움직였다.

손오공을 안고 있던 지호는 가까스로 공격을 막은 뒤 반격을 꾀하려 했지만 이예가 자리에 없어 깜짝 놀랐다. 그러다 화안금정이 주는 경고에 흠칫 놀라 위쪽을 본다.

바로 코앞에서 이예가 싸늘한 미소와 함께 시위에 세 개의 화살을 걸어 이쪽을 겨누고 있었다.

퉁.

손에서 시위를 놓는 소리는 너무나 작았지만,

콰콰콰콰콰콰콰콰쾅!

엄청난 굉음과 폭발을 낳았다.

계속되는 충격파에 지호는 손오공을 꼭 끌어안은 채 아래로 곤두박질쳤다.

'뭐지? 갑자기 왜 이렇게 강해진 거야?'

지호는 불과 몇 시간 전과 달라진 이예의 무위에 크게 당황하고 말았다.

하지만 어떻게 보면 당연한 일일지도 몰랐다.

'저놈 때문일까?'

저 위에 매달린 통천교주의 눈을 보니, 녀석이 어떤 수를 써서 이예의 실력을 월등히 키워 줬다고 해도 이상하지 않을 것 같았다.

무엇보다 지금은 어떻게 상대하고 싶어도 공력을 모두 손오공에게 쓰고 있어 다른 곳으로 유동할 여유가 나질 않는다.

'피할 곳이, 숨을 돌릴 곳이 필요해.'

손오공을 어떻게든 보호할 장치를 마련해 둬야 대응이라도 할 수 있을 것 같다.

하지만 녀석들은 절대 그럴 틈을 내주질 않았다.

이곳에는 공간의 구분 따위가 없다.

무저갱처럼 너무 깊고, 우주처럼 너무 넓다.

어디에도 장애물이나 엄폐물이 없다. 숨어서 손오공을 치료하고 생각을 정리하려 해도 힘들다. 녀석들은 절대 쉴 틈을 내주지 않고 밀어붙인다.

지호는 축지를 밟았다.

팟!

놈들과 상당히 떨어진 공간에서 나타난다.

하지만,

파바바바바바바바박!

바로 뒤따라서 공간이 열리더니 빛줄기가 날아들었다. 지호는 고개를 옆으로 꺾어 가까스로 피하면서 다시 축지를 밟았다.

그러나 그곳에도,

콰콰콰콰콰콰콰콰콰!

다른 곳에도,

쿠르르르르르르르르르─!

빛줄기가 꼬리처럼 따라붙는다.

이예의 화살, 소증은 공간마저 꿰뚫는 빛.

당연히 공간을 열어 다른 곳으로 이동한다고 해도 궤적을 따라 나타난다. 녀석은 목표를 절대 놓치지 않는 사냥꾼이었다.

쿠쿠쿠쿠쿠쿠쿠쿵.

도망치는 지호와 이 뒤를 쫓는 이예.

둘의 추격이 계속될수록 어둠에 맺힌 붉은 점도 계속 늘어난다. 처음에는 서너 개였던 것이 열 개로, 스무 개로, 수백 개에서 수천 개로.

검은 배경을 바탕으로 새겨진 크고 작은 붉은색은 어찌보면 지호가 손오공의 꿈속을 누비면서 수없이 봤던 가을철 단풍나무와도 비슷했다.

그런데 이번엔 그 단풍에서 희멀건 것들이 모습을 내비쳤다.

새카만 어둠에 가려져 형체를 알아볼 수 없으나, 크고 작은 크기를 가진 것들은 일제히 지호를 향해 포효를 내질렀다.

크어어어어어어엉!

그것들은 일제히 악몽의 세계로 몸을 던지면서 지호에게로 쇄도했다.

콰르르르르르르르!

"이건 또 뭐야!"

지호는 빛줄기를 피하다 말고 갑자기 허리춤을 감아 오는 충격에 재빨리 팔꿈치를 높이 들어 내려찍었다. 와그작, 하는 소리와 함께 둔탁한 뭔가가 부서진다.

뭔지 확인을 해 보니,

"해골?"

두개골이 잘게 부서져 아래로 우수수 떨어지는 스켈레톤이 있었다.

손오공의 꿈을 전전하다가 마주쳤던 것.

이게 있다는 것은?

"설마?"

지호는 다급하게 하늘을 쳐다봤다.

아니나 다를까.

크오오오오오오오!

하늘에서 뼈다귀로 이뤄진 용, 독룡이 시커먼 어둠을 갑주처럼 두른 채 이쪽을 향해 독을 잔뜩 뿌린다.

녀석의 주변으로는 지호가 부수고 태웠던 해골들이 주둥이를 크게 주억거리며 커다란 군단을 형성하고 있었다.

놈들만이 아니었다.

축지를 밟아 독을 피해 달아나니, 옆쪽의 공간이 좌우로 크게 찢어지면서 거인이 나타나 주먹을 휘두른다. 냉기를 풀풀 날리는 얼음 거인은 설원에서 상대했던 것.

지호는 화염륜을 넓게 펼쳐 녀석의 주먹을 가까스로 상쇄했으나, 이번엔 뒤쪽에서 바람을 가르는 파공성과 함께 거대한 채찍질이 지호의 등에 작렬했다.

"크윽!"

등골이 부서지는 충격과 함께 한참을 튕겨 나다가 가까스로 자세를 바로잡는다.

위쪽에는 용궁에서 사냥했던 거대한 용 두 마리가 거대한 몸체를 흔들면서 다시 이쪽으로 미끄러지고 있었다. 아가리를 쩍 벌려 지호를 집어삼키려 한다.

와그작!

지호는 다시 이걸 피해 어딘가로 피신했다.

그런데 이번엔 디디고 있던 공간이 크게 약동을 하더니

단숨에 화산 지대로 바뀌었다. 거북이 등껍질처럼 벌어진 균열 사이로 흐르는 용암이 지진과 함께 솟구치면서 지호를 덮치려 한다.

모두 손오공의 꿈을 전전하며 봤던 것들.

손오공이 갖가지 활극을 겪으며 만나고 싸웠던 것들이 모조리 소환되어 지호에게로 이빨을 겨눈다.

아니, 정확하게는 지호의 품에 안겨 있는 손오공에게로 향한 것이리라.

그뿐만이 아니다.

천장에 맺힌 단풍에서는 지옥의 짐승들이 떨어진다. 시커먼 어둠은 저들끼리 뭉쳤다가 익숙한 얼굴이 되어 간다.

어떤 것은 음장생이 되고, 또 어떤 것은 혼세가 되어 간다. 십이사도가 줄지어 나타나더니 지호가 쓰러뜨린 악선들도 같이 모습을 내비친다.

녀석들이 뿌린 재앙도 지호를 잡기 위해 소나기처럼 우수수 떨어졌다.

비록 꼭두각시 인형처럼 말도 못 하고 의지도 가지지 않은 것들이지만, 녀석들의 힘과 기술은 능히 살아 있을 때와 크게 다르지 않았다.

이곳이야말로 꿈.

아니, 악몽.

교주는 악몽의 바다를 마음껏 휘젓는 항해사였다.

녀석의 권능이 미칠 때마다 죽었던 것들이 살아나고, 기억 저편에 숨겨져 있던 것들이 강제로 끄집어져 활기를 찾는다.

오로지 지호, 그 하나를 잡기 위해서!

—마음껏 발버둥 쳐 보거라. 제천대성, 광마! 너희들의 악몽 속에서 몇 번이고 발버둥을 치다가, 그렇게 절망을 안고 쓰러져라!

천장에 맺힌 교주의 눈이 다른 어느 때보다 희열에 잠겨 광소를 터뜨린다.

그 아래에서, 이예는 악몽이 빚어낸 산물들을 진두지휘하며 빛줄기를 쉴 새 없이 쏘아 댄다.

이곳은 감옥이자 단두대였다.

어디로 빠져나갈 수도, 헤쳐 나갈 수도 없는 감옥!

"이 빌어먹을 새끼들이, 진짜!"

촤륵. 촤르르륵.

그때 지호의 살갗 위로 푸른 비늘이 돋는다.

용인으로 변한 그는 손오공을 잡고 있는 왼손이 아닌 오른손을 짐승의 발톱처럼 웅크리면서 세게 휘둘렀다.

콰콰콰콰콰콰콰!

다섯 개의 풍압이 날아들면서 여태 지호를 계속 궁지로

몰아넣던 것들을 통째로 쓸어 낸다.

아주 잠깐 이예와 통천교주의 눈까지 가는 길이 깨끗해진다.

지호는 그곳으로 손을 뻗었다.

감옥을 빠져나갈 수 없으면 그냥 부숴 버리면 되지 않는가!

다행히 그에게는 한 가지 무기가 있었다.

신의 힘을 빌려 권능을 부린다는 보패!

"나와라, 여의봉!"

하지만,

"어, 어째서……?"

몇 번이고 여의봉을 부르고 떠올려 보지만 손에는 애꿎은 허공만이 잡힐 뿐이다.

─역시 아직까지 아무것도 모르는 것이로군. 참으로 애석하구나, 거짓된 영혼의 잔재여.

그때 우스워 죽겠다는 교주의 웃음소리가 들린다.

화살과 근두운이 계속 부딪쳐 깨져 나간다.

─아직도 모르겠는가? 그대가 이곳으로 찾아오기만을 여태 고대했던 이유를.

"설마!"

지호의 눈이 커졌다.

소증과 근두운이 명멸을 반복하는 희뿌연 안개 사이, 천장에 맺힌 교주의 두 눈 아래로 누군가가 사이한 미소를 띠고 있었다.

가녀린 체구에 얼음장처럼 차가운 얼굴. 활발한 붕마왕이나 표독스러운 거라건타와 다르게 무뚝뚝한 인상이지만, 그녀들의 모습은 생각도 나지 않을 정도로 너무나 아름다운 미녀다.

하지만 등에는 깃이 다 빠지고 구멍이 숭숭 뚫린 초라하기만 한 두 쌍의 날개가 축 늘어져 있었다.

그녀가 바로 오랜 세월 절교를 다스린 통천교주.

교주의 손에는 여의봉이 들려 있었다.

그녀가 활짝 웃는다.

―이것은 고맙게 잘 받아 가마.

지호를 손오공의 꿈속으로 끌어들여 영혼 가장 깊숙한 곳에 닿게 한다. 교주는 이 틈을 따라 단숨에 파고들어가 손오공의 심층을 깨 버리고, 여기서 여의봉을 뽑았다.

손오공의 왼쪽 가슴에 난 상처. 심장이 부서진 자국은 바로 여의봉을 뽑아 생긴 흔적이었다.

그리고 이렇게 드디어 여의봉이 손에 들어왔다.

언제나 바랐다. 이 상황을.

여의봉만 손에 넣을 수 있다면.

삼신산만 열 수 있다면.

72마신만 깨어날 수 있다면.

형제들만 옆에 둘 수 있다면……!

잃어버렸던 권능을 되찾아, 신위와 신격을 안을 수 있을 것이다!

그리고 그리 하면!

―하하하하하하하하하! 마신들의 봉인함이라니! 꿈을 희생해 이만한 재산을 얻었으면 참으로 많이 남는 값진 장사가 아닌가!

그리한다면, 자신들을 애타게 기다리고 있을 '그'도 되찾을 수 있을 것이다!

―형제들아! 기나긴 잠에서 깨어날 시간이다! 시건방지기 짝이 없는 천교 놈들을 몰아내어 거짓된 세상을 물리고 진정한 신세기를 열 시간이니라!

교주는 환희에 찬 얼굴로 여의봉의 양 끝단을 잡고 있는 손에 힘을 바짝 주었다.

콰직.

―드디어.

콰지지지직.

―드디어……!

그녀의 눈가에 화색이 잔뜩 어린다.

균열이 잔뜩 간 여의봉 사이로 새카만 마기의 소용돌이가 새어 나온다. 수천 년 동안 잠들어 있던 일흔두 개의 마신이 일어난다.

그에 따라 교주를 둘러싸고 있던 '격'이 올라가며 여태 잊고 있었던 힘이 충만하게 차오르기 시작했다. 반쪽짜리 신이 아닌, 진짜 신이 가져야 할 힘이다.

화색은 환희가 되었다.

─드디어 신위를 손에 넣었도다!

＊　　　＊　　　＊

'이래서는 안 돼!'

지호는 이를 악물었다.

위는 이예의 빛줄기. 아래는 악몽의 잔재. 더구나 품에는 손오공의 기식이 점점 줄어든다.

진퇴양난이다.

정말 이대로 여의봉이 허망하게 부러져 마신들이 부활하는 걸 봐야만 하는 걸까?

"애송…… 이, 똑…… 바로 못 하…… 냐……!"

손오공이 지호의 멱살을 쥐며 윽박지른다.

그 순간, 뭔가가 떠올랐다.

"오공도 도움이 될 때가 있네요."

"뭔 개 같은⋯⋯!"

지호는 피식 웃으면서 화안금정을 더 크게 밝힌다.

화아아악!

오른쪽 눈에는 예지안을, 왼쪽 눈에는 천리안을 동시에 만개(滿開)한다.

너무나 잘 보인다.

사각지대를 포함한 꿈속 전체를, 제삼자의 눈으로, 저 하늘에서 지상을 굽어다 보는 신의 눈으로 담아낸다.

거기다 대고 신의 목소리로 말한다.

"깨 어 나 라."

바로 이 빌어먹을 잠에서.

이곳은 손오공의 꿈.

그렇다면 '나'의 꿈도 되지 않을까?

꾸기 싫은 악몽이라면 깰 수 있는 방법은 한 가지.

그냥 일어나면 된다.

"깨 어 나 라."

이것은 '나'에게 전하는 자기 암시. 혹은 자기 최면.

그리고 영혼에게 외치는 신의 목소리.

"꿈에서 깨어나라."

이로써 꿈에서, 잠에서, 악몽에서 깨어난다.

그 순간,

쩌어어어어어어어엉!

맑은 종소리와 함께 저 멀리 붉고 까만 천장 사이로 황금

빛이 폭발하더니, 금세 울긋불긋하던 악몽의 바다 전체를

메워 버린다.

─설마!

교주는 여의봉을 부러뜨리다 말고 경악한 표정으로 천장

을 바라봤다.

마치 화선지에 떨어진 먹물처럼. 물에 떨어뜨린 물감처

럼. 빛은 금세 번져 나가 지호가 바라던 색으로 물든다.

더불어 악몽 전체에 걸쳐 놨던 그녀의 권능을 튕겨 내면

서, 그 자리를 지호의 권능으로 채워 버린다.

와장창창, 마치 유리창이 깨지듯이 검은 조각과 파편들

이 우수수 떨어지고, 붉었던 꿈은 황금색으로 반짝이면서

새로운 통로를 만들어 낸다.

그것은 문이자 통로였다.

각자의 악몽에 격리되어 이리로 오지도 나가지도 못하고 있던 동주칠마왕과 복마전을 풀어 주는 문.

"개새끼! 뒈졌어!"

"으랏차차차차차차!"

곳곳에서 공간이 터져 나오더니 익숙한 얼굴들이 튀어나온다.

교룡은 천장에서부터 내려와 단숨에 독룡에게로 주먹을 날린다. 빠악! 하는 소리와 함께 독룡의 두개골이 터져 나가고, 아래쪽에서는 사타왕이 나타나 닥치는 대로 해골들을 집어던지거나 무릎으로 박살을 내는 등 활개를 친다.

미후왕은 빠른 발놀림을 이용해 용들 사이를 마구잡이로 날뛰어 다닌다. 용들은 미후왕을 잡기 위해 아가리를 쩍 벌리며 뒤쫓지만, 미후왕은 쉽게 잡히지 않았다.

붕마왕은 부채를 꺼내 휘둘러 대며 폭풍을 일으켜 거인을 상대하고, 우융왕은 하품을 쩍쩍 벌리면서 발로 땅을 내리찍었다. 화산이 폭발하다 말고 그대로 가라앉는다.

그 뒤로 나타난 복마전은 하나하나가 바람 속에 녹아 다른 녀석들을 닥치는 대로 베고, 부수고, 무너뜨렸다.

그들은 다른 어느 때보다도 화가 단단히 나 보였다.

그럴 수밖에 없다.

지호가 손오공의 악몽을 계속 겪듯이, 동주칠마왕과 복마전은 그들의 악몽 속을 굴러야 했으니.

세상 사람들 중 어느 누가 사연이 없을까.

하물며 '마'라고 치부될 정도로 세상으로부터 버림을 받은 전적이 있던 그들이었기에, 겨우 잊힌 과거를 되새기게 만든 교주에 대한 분노는 아주 컸다.

콰콰콰콰콰콰쾅!

곳곳에서 폭발이 일어난다.

불꽃과 얼음, 강풍이 불어닥치면서 꿈은 빠른 속도로 붕괴된다.

그러다가,

쿠쿠쿠쿠쿠쿠쿠쿠쿠!

커다란 진동과 함께 검고 붉었던 악몽이 모두 깨지면서 새로운 땅이 나타났다.

그것은 녹색으로 가득 찬 세계였다.

푸른색 하늘이 한가득히 펼쳐지고, 황금색 태양이 따스한 햇볕을 내리쬐며, 녹색으로 가득 찬 땅. 저 멀리 단풍나무와 소귀나무가 만발해 아름다운 경관을 자랑한다.

언젠가 지호가 현실에서 손오공을 꿈꿀 때 보았던 세상이다.

같은 꿈이나, 악몽이 아닌 길몽(吉夢).

지호는 자신의 색으로 가득히 물든 세상에 조용히 내려와 손오공을 조심스레 바닥에 눕혔다.

"이…… 젠 좀 쓸 만해…… 졌구…… 나."

손오공이 입꼬리를 씩 말아 올린다.

지호는 그것이 더할 나위 없는 칭찬이란 걸 알았다.

"한숨 푹 주무세요. 일어나면 꽤 재미있을 테니."

"오냐……."

손오공은 지호의 화안금정을 보며 피식 웃었다.

그새 이 녀석이 이렇게 컸었나?

처음에는 톡 치면 부러질 것 같은 게, 자존심만 더럽게 센 애송이였는데.

이제는 제법 쓸 만하다 싶었다.

그래도 쪽팔리는 건 어쩔 수 없나 보다.

천하의 제천대성이 이런 꼬락서니라니. 어디 부끄러워서 말도 못 할 것 같다.

손오공은 그렇게 생각하면서 조용히 눈을 감았다.

파아아아!

손오공을 따라 황금색으로 반짝이는 빛의 입자가 올라온다. 손오공은 빛무리에 잠기다 서서히 작아지더니 곧 하얀 원숭이가 되었다.

크게 다쳤으니 힘을 비축하기 위해서 가장 작은 모습으

로 변한 것이다.

대신 손오공에게서 떠난 빛의 입자들은 저들끼리 뭉치더니 손바닥만 한 구슬이 되었다. 해처럼 따뜻하고, 달처럼 아름다우며, 별처럼 신비로운 구슬.

손오공의 정수(精髓)가 담긴 내단이다.

비록 심장을 다쳐 대부분의 힘이 빠졌으나, 그것만 하더라도 웅혼한 기운이 느껴졌다.

"어딜!"

저 하늘에서 이예가 위기를 느끼고 소증 다섯 개를 시위에다 건다.

쐐애애애애애애액!

다섯 개의 빛줄기가 지상으로 떨어진다. 빛줄기는 가느다란 수십 갈래로 나뉘었다가, 다시 짧은 수천수만 갈래로 쪼개진다. 소나기가 되어 지호 위로 떨어졌다.

하지만,

"멈춰라."

지호가 다시 신의 목소리로 말한다.

이곳은 길몽. 지호의 권능이 닿는 세계.

당연히 세상의 주인이 가진 의지로 감는 태엽에 따라 모든 게 이뤄진다.

빛의 소나기가 그대로 정지했다.

소나기만이 아니다.

열심히 날뛰던 동주칠마왕도, 마구 칼을 휘둘러 대던 복마전도, 악몽의 잔재도, 짐승도, 이상한 사도들도. 마치 시간이 그대로 정지한 것처럼 멈춘다.

물론 시간 정지는 오래가지 못했다.

지호의 세상이라 하더라도 이예와 교주는 반신. 그들을 계속 구속할 수는 없는 노릇이니, 정지라고 해 봤자 아주 잠깐. 찰나에 불과할 뿐.

하지만 찰나면 충분했다.

지호가 손오공의 내단에다 손을 갖다 대기엔.

파아아아아아—!

내단이 잘게 쪼개지면서 손바닥 안으로 스며든다.

더불어 웅혼한 힘이 지호의 기맥 속을 마구잡이로 돌아다닌다.

천 년을 넘도록 손오공이 쌓았던 것들이 녹아내린다.

영혼이 같기에 그 힘은 버려지는 것 하나 없이, 충돌하는 것 없이, 마치 제집을 찾아온 새처럼 아주 편안하게 단전에 앉는다.

동시에 칠흑빛처럼 새카맣던 지호의 머리색이 뿌리부터

변하기 시작한다.

그것은 순백색.

마치 어느 누구의 침입도 허락하지 않은 만년설처럼 새하얗고, 아름다운 미녀의 치아처럼 순수하며, 손을 댈 엄두조차 나지 않을 정도로 성스러운 순백색이다.

손오공과 차이점이 있다면, 손오공의 백발은 화려하고 허리춤까지 내려오는 장발인 데에 비해 지호의 백발은 고결하고 짧다는 점이었다.

하지만 그것만 하더라도 지호는 손오공이라고 해도 믿을 정도로 아주 비슷했다.

모습도. 눈빛도. 위세까지도!

순백색의 머리와 황금색의 눈. 아주 오랜 세월 동안 절교에게는 악몽을, 세상에는 재앙을 내렸던 제천대성을 상징하는 모습을 하고서 저 하늘에 있는 이예와 교주를 바라본다.

그 순간, 정지했던 시간이 풀리면서 빛줄기가 다시 내린다. 악몽의 잔재도 도로 날뛴다.

변해 버린 지호의 분위기를 확인한 이예는 다시 소증을 시위에다 걸고, 교주는 빨리 여의봉을 부러뜨리려 한다.

지호가 다시 외친다.

"커져라, 여의봉."

여의봉이 부서지기 직전, 갑자기 황금색 빛무리가 여의봉 전체를 휘감는다.

그리고 몇 백, 몇 천 배로 확장되면서 곡선이 되어 휘고, 입가가 벌어지고, 잔혹한 이빨과 성스러운 여의주를 드러낸다.

크오오오오오오오!

지호의 의지에 따라 세상에 현현한 청룡은 다른 어느 때보다도 크게 포효했다.

자신에게 고통을 준 자들을 물어뜯기 위해서!

청룡이 교주를 씹어 삼키기 위해 아가리를 쩍 벌린다. 교주는 두 눈을 부릅뜨면서 넝마처럼 해진 날개를 크게 퍼덕여 재빨리 자리를 피한다.

청룡은 교주를 노려봤지만 뒤쫓지 않았다.

대신에 몸을 뒤로 젖혀 숨을 크게 들이켜더니 확 하고 내뿜는다.

쿠쿠쿠쿠쿠쿠쿠쿠쿵!

푸른색 숨결이 폭포수처럼 아래로 쏟아져 지호를 노리던 소나기를 모두 허공에서 태워 버린다.

하지만 숨결이 노린 건 그것만이 아니었다.

지상에 있던 것들 전부. 악몽이 남긴 잔재들을 모두 지우고자 한다. 길몽에는 전혀 필요 없는 것들을 배제시키려 지상을 처음부터 끝까지, 그대로 깡그리 밀었다.

용들이 녹아내린다. 해골이 잘게 부서진다. 거인은 형체조차 남지 않는다.

동주칠마왕과 복마전은 자신들이 열심히 싸워 대던 것들이 허무하게 사라지자, 경악한 표정으로, 감탄한 얼굴로, 탄성을 지르며 지호를 우러러봤다.

"야! 이렇게 모두 지워 버리면 우리는 뭘 하라고!"

교룡이 투덜거리지만, 입가에는 잔잔한 미소가 걸렸다.

그리고 청룡이 모든 청소를 끝내고 다시 이예와 교주를 돌아봤을 때, 둘의 표정은 딱딱하게 굳었다.

더 이상 교주의 권능은 미치지 않는다. 이예의 빛줄기도 위협이 되지 못한다. 오히려 동주칠마왕과 복마전에 둘러싸인 형국이 되었다.

덫이라 생각했던 것이 도리어 둘을 잡을 덫이 되어 버린 것이다.

더구나 여의봉을 다시 놓치고 말았으니.

흉측한 이빨을 들이대는 청룡. 녀석에게서 풍기는 기세는 절대 자신들의 아래가 아니었다.

"너희 둘이라 괜찮을 거라 생각했지? 그런데 어쩌냐?"

그때 청룡의 머리 위로 뭔가가 떨어진다.

탁!

지호가 청룡의 위에 올라타 팔짱을 낀 채로 비웃음을 날린다. 그 모습이 마치 손오공처럼 오만해 보이고, 묘성처럼 기품이 넘쳐흘렀다.

"우리도 이제 둘인데."

화안금정이 요요히 빛을 발했다.

"너네들 좆 됐어."

*　　　*　　　*

동주칠마왕은 넋이 나간 얼굴로 지호를 올려다봤다.

하얀 머리카락을 닮은 순백색의 근두운과 눈동자를 닮은 황금빛의 광채가 지호를 따라 도도하게 흐른다.

더불어 푸른빛을 번뜩이는 청룡까지.

그 모습이 너무나 위대해 보인다.

저것이 바로 반신.

이 땅에 현신한 신의 또 다른 모습.

동주칠마왕 역시 한때 신이 되기를 갈망했고, 하계에서는 거기에 가장 가깝다고 알려진 이들이기에 크게 탄식을 터뜨린다.

그래서 감탄한다.

"저거 저거……."

"크음! 암만 봐도……."

"막내 같지?"

"……제기랄."

"하아아아아아! 미미 장 보고 싶다."

그리고 우울해진다.

교룡은 인상을 잔뜩 찡그리고, 사타왕은 고개를 절레절레 젓는다. 붕마왕은 난감하다는 듯이 볼을 긁적이고, 미후왕은 그가 할 수 있는 최고의 욕을 작게 내뱉는다. 우융왕은 땅이 꺼져라 한숨을 내쉬었다.

오만한 시선하며 건방진 말투.

어딜 봐도 딱 손오공이다.

막내면서 막내 같지 않게 형제들을 머슴 부리듯이 마구잡이로 부려 먹던 얄미운 녀석.

그런 녀석이 또 하나 더 생기고 말았으니 울상이 될 수밖에 없다.

손오공은 크건 작건 언제나 사건 사고를 일으킨다. 그리고 동주칠마왕은 의형제란 이유로 쓸데없이 휘말렸다.

분명 일을 저지르는 건 손오공인데, 그걸 뒷수습을 하는 건 동주칠마왕의 몫이었다.

그렇지 않아도 요즘 들어 지호에게 많이 부려진다 싶어 불안했는데 아무래도 또 그럴 것 같다.

물론, 지금의 지호를 가리켜 한창 전성기 때의 손오공과 같냐고 하면 미쳤냐고 할 것이다.

그만큼 손오공은 강했으니.

옥황상제와도 겨루고, 우마왕과도 비등했던 게 바로 저 위대한 제천대성이 아닌가.

하지만 지칠 줄 모르고 계속되는 지호의 성장세와 풍기는 느낌을 봐서는 그것도 얼마 남지 않았다 싶었다.

그래서 한편으론 마음도 놓였다.

막내가 하나 더 늘었다는 건,

"이렇게 있지 말고 우리도 나서야지?"

그만큼 기댈 수 있는 곳이 하나 더 생겼다는 뜻이니.

"너희들은 뭐했냐고 막내한테 구박 안 받으려면 뭐 빠지게 뛰어야지."

동주칠마왕은 일제히 빛줄기가 되어 하늘로 솟구쳤다.

천 년이 넘도록 지긋지긋하게 이어지던 절교와의 악연.
거기에 마지막 종지부를 찍기 위해서.

* * *

먼저 움직인 것은 이예였다.

'여기서! 여기서 기원을 포기할 수 없다!'

어떻게 잡은 기회던가.

천 년?

웃기지 마라.

너희들, 동주칠마왕과 절교가 얼마나 오랫동안 싸움을 벌여 왔는지는 모르겠다만, 어찌 내가 간절히 바라며 지내 온 시간에 견줄 수 있단 말이냐.

자그마치 수천 년이다.

너희들이 지긋지긋하다 여길 정도로 싸웠다는 기간을 몇 바퀴씩이나 돌리고 또 돌린 장구한 시간 동안, 나는 어느 누구의 시선도 닿지 않던 연옥에서 웅크리고만 있어야 했다.

그렇게 해서 노리던 기회다.

백성들이 죽음으로써 겨우 되살려 준 기회다.

그런데 그걸 이제 와서 놓으라고?

드디어 볼 수 있을 거라 여겼던 그녀를, 다시 그때처럼 눈앞에서 놓치라고?

"웃기지 마라!"

이예는 분노를 가득 담아 소증을 다시 건다. 동궁이 부러 져라, 시위가 끊어져라 세게 잡아당긴다. 팔뚝을 따라 핏줄이 터질 듯이 팽팽하게 부풀어 오른다.

"사라져라, 잡것들아."

이예는 거의 직각으로 구부러진 시위를 놓았다.

쐐애애애애애애애애액!

소증이 다른 그 어느 때보다 거세게 날아든다.

마치 오래전, 아홉 개의 태양을 떨어뜨렸을 때처럼!

동시에 소증은 팟 하고 터지면서 수천 개로 불어나 허공에다 기나긴 궤적을 남긴다.

크허어어어어어엉!

거기다 대고 청룡이 크게 울부짖으며 몸을 뒤척인다. 자신의 몸 색깔만큼이나 푸르른 하늘 위를 그대로 미끄러지면서 다시 한 번 숨결을 내뱉는다.

쿠르르르르르릉, 마치 천둥을 닮은 소리와 함께,

콰르르르르르릉, 수십 개의 벼락을 한데 응축시킨 것처럼 빛이 화려하게 뿌려졌다.

퍼퍼퍼퍼퍼퍼퍼펑!

수천 개의 빛줄기가 숨결과 만나자 허공에서 산산이 부서진다.

그 모습이 아름답기까지 하다.

폭발이 하늘을 가득 흔든다. 꿈이 울린다.

하지만 이예와 청룡은 폭발과 먼지가 가득한 곳으로 몸

을 날린다.

청룡의 아가리가 크게 찢어지면서 이예를 삼키려 콱 하고 닫힌다. 먼지까지 한꺼번에 삼킨다.

하지만 완전히 닫히기 전에 이예는 양팔을 위로 뻗어 위쪽 아가리를 강제로 막았다. 톱니처럼 자글자글한 이빨이 손을 찢었지만, 이예는 눈 하나 깜빡하지 않는다.

청룡은 인상을 잔뜩 찡그리면서 아가리에 바짝 힘을 준다. 어마어마한 압력이 이예를 짜부라뜨리기 위해 쏟아진다.

이예는 갑자기 왼손을 뒤쪽 전통으로 가져가 소중을 역수로 들었다. 동시에 빠른 속도로 아가리 속을 빠져나와 청룡의 턱을 따라 데구루루 굴렀다.

소중을 그대로 비늘 사이로 찍어 누르면서,

좌아아아악!

단숨에 소중이 턱에다 기나긴 상처를 남긴다. 꼬리 쪽까지 쭉 달려 그어 버렸다.

보석처럼 아름답게 반짝이던 비늘이 찢어지면서 피가 분수처럼 쏟아진다.

구우우우, 고통에 찬 청룡의 비명 소리가 꿈 속 가득히 퍼져 나간다.

하지만 청룡은 쓰러지기는커녕 도리어 분노를 키웠다. 커다란 두 눈에서는 태양을 연상케 하는 붉은 눈동자가 활

활 타올랐다.

지이이이이이이이잉!

그 순간, 청룡이 손에 들고 있던 여의주가 새하얀 광채를 뿌린다.

동시에 푸른 하늘을 따라 먹구름이 잔뜩 꼈다.

우르르르르르르, 콰콰콰콰콰쾅!

천둥이 울리는가 싶더니 수십 개의 벼락이 이예의 머리 위로 떨어진다.

이예는 재빨리 청룡에게서 멀찍이 떨어졌다. 그래도 벼락이 그가 있는 곳으로 떨어지자, 축지를 밟아 최대한 간격을 벌린다.

허리춤에 걸었던 동궁을 다시 뽑아 왼손에 쥔 소중을 걸려 했지만,

쿠르르르르르르르르!

이번엔 갑자기 강풍이 불어닥치더니 이예의 균형을 흩뜨려 놓는다.

더구나 먹구름에서 칼처럼 날카로운 폭우와 낙석처럼 무거운 우박이 대거 쏟아져 이예가 자세를 고칠 수 없게 만들었다.

호풍환우!

바람을 부르고 비를 내린다.

이것이야말로 전설 속 청룡의 모습이 아니던가!

"고얀!"

이예가 으르렁거린다. 감히 이깟 잔재주를 부리다니! 고작 이따위 것으로 이 이예를 방해하려 해?

하지만 청룡 역시 호풍환우 정도로 이예를 잡을 수 있을 것이라 생각지 않았다.

이것은 그저 놈의 발목을 잡기 위해 부린 권능일 뿐.

놈을 쓰러뜨리기 위한 권능은 따로 있었다.

화아아아악!

이예가 호풍환우를 떨쳐 내는 동안, 마치 순간이동이라도 한 게 아닐까 싶을 정도로 아주 빠르게 청룡이 이예 앞에 당도했다.

육안으로는 도저히 따라잡을 수도 없을 정도로 빠른 속도라, 이예도 당황하고 말았다.

그의 눈에 비치는 것은 쩍 벌린 아가리와 그 사이로 보이는 목젖. 그리고 무저갱처럼 시커먼 식도를 따라 터져 나오는, 새빨간 불꽃이었다.

"……!"

콰르르르르르르르르르—!

비, 바람, 구름, 벼락, 우박, 그 모든 걸 모조리 태우고서 흘러나온 불꽃은 용암처럼 뜨거웠다.

그래서 이예가 오래전 잃었던 전투의 감각을 되찾아 본능적으로 피했을 때, 반쯤 타 버린 동궁을 들고 위로 가까스로 몸을 내뺐을 때, 청룡의 시뻘건 눈동자를 마주했을 때에 인정해야만 했다.

이놈은, 오래전에 세상을 돌아다니며 해치웠던 그 어떤 요괴나 마신보다도 강하다는 걸.

이미 청룡은 어린 성아가 아니었다.

지호의 성장에 따라 그 역시 힘을 되찾아 묘성의 때로 되돌아가 있었다.

해와 달을 밝히던 바로 그때로!

해와 달을 떨어뜨린 이예와 해와 달을 삼킨 청룡.

둘의 싸움은 이제부터 시작이었다.

*   *   *

그리고 그 아래.

세상에 어둠을 덧칠하는 교주와 빛을 밝히는 지호.

둘의 전투 역시 한창 진행 중이었다.

쾅! 쾅! 콰콰콰콰콰콰콰쾅!

둘의 싸움은 도저히 육안으로 따라잡을 수 있는 게 아니었다.

검은 궤적과 황금빛 빛줄기.

마치 전투기가 지난 자리에 제트 기류가 길게 남듯, 두 빛은 하늘에다 마구잡이로 흔적을 남긴다. 그리고 흔적이 서로 만난 자리는 꿈이 이대로 부서지는 게 아닐까 싶을 정도로 크게 흔들렸다.

그리고 또다시 한 번 부딪친다.

콰아아아아아앙!

교주의 목을 베어 가던 지호의 손날이 녀석의 단단한 팔꿈치에 막혀 전진하질 않는다. 이미 서로의 공격이 닿은 부분은 피륙이 찢어져 피가 철철 흘러내린다.

하지만 피는 엄청난 에너지의 충돌에서 발생한 열기 때문에 금세 증발했다.

지호는 손날을 옆으로 흘리면서 왼손을 앞으로 내밀었다. 목표는 교주의 머리통.

손바닥 안쪽에는 수천 개의 벼락이 한데 응축된 샛노란 구슬이 맺혀 있었다.

콰르르르르르르르릉!

구슬이 터지면서 뇌전이 거미줄처럼 퍼져 나간다.

교주는 어느 정도 지호의 동작을 짐작했기에 당황하지

않고 침착하게 고개를 옆으로 젖혀 공격을 흘린다.

뇌벽세가 닿은 뒤쪽 산의 끄트머리가 우르르르, 무너진다.

자연 재해라 할 수 있는 위력이다.

자칫 머리가 터지는 건 물론 영혼이 부서질 수도 있는 위기였는데도 불구하고, 교주는 눈꺼풀 한번 꿈틀하지 않고 반격을 노린다.

품속으로 파고 들어가 팔꿈치를 곧추세워 때렸다.

마치 성문을 꿰뚫으려는 공성구처럼 단단하고 랜스 차징을 하는 기사처럼 호쾌한 일격!

파아아아아앙!

일대 주변의 대기 전체가 떠밀리면서 검은 빛줄기가 가시처럼 일직선으로 쏘아진다.

뒤쪽에 있던 구름에 쾡한 구멍이 남는다. 공간이 찢어져 거기서 강풍이 불어닥쳤다.

하지만,

"그거 알아?"

지호는 왼손으로 교주의 공격을 옆으로 흘린 뒤였다.

"아까 전부터 느낀 건데."

교주의 눈이 커진다. 꽤 전력을 다한 공격이었기에, 무위로 돌아간 걸 믿을 수가 없다.

"너, 다 보여."

—어떻게……?

지호가 씩 웃는다. 다른 어느 때보다 환하게 빛나는 화안금정이 호선을 그린다.

그 순간, 교주는 깨달았다.

화안금정은 진실을 꿰뚫는 눈.

예지안과 천리안마저 내려앉은 지호의 눈은, 교주가 펼치려는 공격의 모든 방식과 결과를 꿰뚫어 보고 있었다.

그렇다면 대응책을 마련하는 건 일도 아닐 테지.

교주의 팔을 잡아 이쪽으로 당긴다. 교주가 날개를 퍼덕여 물러날 새도 없이 끌려오는 것과 동시에 지호는 오른쪽 손바닥을 활짝 펼쳐 장저(掌低, 손바닥 밑부분)로 녀석의 턱을 쳐올렸다.

콰아아아아아앙!

화포가 터진 듯한 굉음과 함께 교주의 몸이 둥실 떠오른다. 막대한 충격이 두개골을 흔든다. 이대로 정신을 잃는 게 아닌가 하는 충격을 받았다.

하늘이 울린다. 대기가 떨린다.

파문이 몇 번이고 쭉쭉 뻗어 나가 이미 그들 주변에는 구름 한 점 남아 있지 않았다.

거기서 생긴 잠깐의 틈.

"전에는 안 보이던 것들이, 지금은 너무 잘 보여서 미치겠어."

지호는 기회를 놓치지 않았다.

연격(連擊)을 내지른다.

퍼퍼퍼퍼퍼퍼펑!

순식간에 교주의 옷깃이 찢어지고, 살갗이 터진다.

화염륜이 진한 화상 자국을 남기면, 뇌벽세가 근육을 망가뜨리고, 유수행이 피부와 핏줄과 근육을 통째로 얼려 괴사(壞死)시키고, 금강포가 그걸 통째로 뭉개 버린다.

그때마다 하늘이 부서질 듯이 휜다. 쾅, 쾅, 쾅, 형체가 없는 천둥과 벼락이 일제히 땅에 내리꽂힌다.

그것은 차라리 천신의 포효라고 해도 될 정도였다.

교주는 삽시간에 피투성이가 되고 말았다.

―어…… 떻게?

입가로 핏물이 터져 나온다.

압도적인 힘의 차이.

도대체 어떻게 된 거지?

교주는 도무지 정신을 차릴 수가 없었다.

"어떻게는 뭘 어떻게야? 다 보인다니까. 너무 잘. 너무 쉽게 보여."

―경험…… 을, 제천대성…… 의 힘…… 을 삼킨 건……

가?

교주는 피를 울컥 토하면서 이를 악물었다.

그녀가 제아무리 오랫동안 싸움을 벌여 왔다 한들, 수천 년간 세상과 싸웠다고 한들, 어찌 그걸 손오공에 견줄 수 있을까.

그녀가 살아온 생에 비하자면 손오공의 삶이란 티끌에 불과할지도 모른다. 하지만 손오공은 그 티끌만 한 시간 동안, 한평생 싸움을 쉰 적이 없다.

그런 경험이 고스란히 지호에게 닿았다.

영혼이 자신의 가야 할 길을 알아서 찾아가듯, 지호는 전생에서 손오공이 열심히 닦아 놓은 길을 따라가기만 하면 되었다.

그의 모든 노하우가 고스란히 체득되는 것이다.

어떻게 싸워야 적을 이길 수 있는지를, 어떤 상대를 어떤 방식으로 대해야 이길 수 있는지를, 힘의 격차가 차이 나는 상대는 어떻게 해야 이길 수 있는지를.

손오공은 이길 수 있는 방법을 가르치고 있었다.

―하지만 어떻게……?

그렇기에 교주는 이 상황을 더더욱 이해할 수 없었다.

제아무리 손오공의 정수가 지호에게 닿았다 한들, 둘은 걷는 길이 다르다. 영혼이 같다 하여도 살아온 환경이 다르고, 성격이 다르고, 재능이 다르다. 자아가 다르다.

모든 게 다른 존재이기에 손오공의 정수는 '지침'은 될 수 있을지언정, '거울'은 될 수 없다.

그런데 어떻게 그걸 똑같이 따라 하는 거지?

지호의 재능으로는 아무리 손오공을 따라 해 봤자 뱁새가 황새를 따라잡으려는 격밖에는 되지 않는다.

그런데 지금, 교주의 눈에는 지호가 영락없이 손오공의 재림, 그 자체로 보였다.

─그런 것인가. 그런 것이었나……!

마침내 진실에 닿았을 때, 교주는 경악을 내질렀다.

─그대가 바로 제천대성이구나!

"이제 알았냐?"

지호는 비웃음과 함께 어떻게든 발버둥을 치려 하는 교주의 팔을 통째로 감아 눌러 뼈를 부러뜨리고,

우두두두두둑!

녀석의 뒤쪽으로 돌아가 팔꿈치를 척추 부근에다가 강하게 쑤셔 넣으며,

콰드드드드득!

이어서 팔을 감은 상태 그대로 뛰어 올라 놈의 어깨에 올라타 발에 잔뜩 힘을 준다.

어깨를 짓밟는다. 탈골을 시키는 게 아니라 아예 뜯어 버

릴 작정으로 팔까지 뽑아 올린다.

콰지지지지직!

교주의 오른쪽 팔이 통째로 뜯긴다. 넝마처럼 추레하던 날개도 같이 뽑힌다.

하지만 그런데도 얼음장처럼 차가워 보이는 아름다운 얼굴은 이를 잔뜩 악물기만 할 뿐. 두 눈에 불을 잔뜩 켠다.

지호는 화염륜을 일으켜 팔과 날개를 태우며 송곳니가 훤히 드러나도록 웃었다.

그래. 참을 수 있으면 계속 참아 보아라.

오공은 너희들에게 농락당할 때에 그보다 더한 고통과 치욕을 감당했을 테니.

그러니 부디 아프다 하지 마라.

고통스럽다며 비명을 지르지 마라. 절규하지 마라.

끝까지 버티고 버텨라.

아직 끝나려면 한참 남았으니까.

"사실 네 덕분이야. 네가 가르쳐 주었거든. 영혼에 대해서."

지호의 말뜻을 알아챈 교주는 안면을 일그러뜨렸다.

"영혼 깊숙한 곳에 닿지 않았더라면, 거기서 마신 놈들을 보지 않았더라면, 어떻게 여기까지 닿을 수 있었을까?"

그렇지 않아도 지호는 제천대성이 되고자 수많은 기억을

헤집고 다녔다.

그런데 거기에 손오공의 힘이 더해졌으니······!

이미 지호는 제천대성의 화신(化身)이라 해도 틀리지 않았다.

"그러니 제천대성으로서, 명하마."

지호는 송곳니가 훤히 드러나도록 웃었다.

"뒈져, 새꺄."

지호는 매의 발톱처럼 손을 구부리더니 그대로 교주의 가슴팍을 찍었다.

퍼어어어억!

손가락이 늑골을 부수고, 심장을 으깨고, 척추를 박살 내며 등 뒤쪽으로 튀어나온다.

교주는 작살에 맞은 고기처럼 고개를 뒤로 젖히며 입을 쩍 벌렸다. 고통을 호소한다. 몸이 부르르 떨린다. 그런데도 끝까지 비명을 지르지 않는다.

지호는 녀석이 손오공에게 했던 그대로 가슴을 망가뜨린 채 전력으로 뇌벽세를 발출했다.

콰르르르르르르르르르릉!

샛노란 뇌기가 녀석의 체내로 스며든다. 심장을 파고들어가 혈관을 따라 전신으로 퍼져 나간다. 수천수만 개의 벼락을 한데 응축시킨 힘이기에, 제아무리 교주라 하여도 감당하지 못한다.

벼락은 교주 밖으로도 퍼져 나와 허공을 가득 메웠다.

콰릉! 콰릉! 콰르르르르르르르르!

마치 뿔이 잔뜩 난 황소가 몇 번이고 소리를 질러 대듯이 굉음도 계속 그 뒤를 따른다. 태양이 발하는 빛도 뇌벽세의 화려한 광채 아래에서는 없는 것이나 같았다.

쿠르르르르르르르르—

이윽고 모든 뇌벽세가 끝나고 노랬던 하늘이 다시 푸른색을 되찾을 때, 교주는 꺼억, 꺼억, 숨만 겨우 내쉬고 있었다.

까맣게 익어 버린 살갗이 부풀어 오르고 터진다. 칠공으로 새카만 연기가 뭉게뭉게 새어 나온다. 근육은 이미 쓸모가 없어져 피가 철철 흘러내려야 하지만, 그마저도 엄청난 열기 때문에 대부분 증발해 까만 진물만이 꾸역꾸역 나온다.

파직, 파지직, 살갗을 타고 흐르는 전류는 여전히 체내에 엄청난 양의 뇌기가 휘돌고 있음을 말해 준다.

하지만 교주는 핏대가 잔뜩 서 충혈이 된 상태로 죽지도 않고 더 세게 노려본다. 마치 이걸로 끝나지 않는다는 듯이.

지호는 차가운 눈빛과 함께 오른손을 뽑았다. 다섯 개의 손가락 자국에서 검은 진물이 꾸역꾸역 토해진다. 손날을 바짝 세워 놈의 목을 쳤다.

서걱!

아름다웠으나 새카맣게 타 버려 생김새를 알아볼 수 없게 된 머리통이 허공으로 튀어 오른다.

수천 년간 이승을 몇 번이고 거꾸러뜨리고 천계마저 넘보던 자의 죽음치고는 너무나 허망한 최후였다.

지호는 팽이처럼 뱅그르르 회전하는 머리통을 보면서 인상을 잔뜩 찡그렸다.

"어이. 간 좀 그만 보지?"

그 순간,

—확실히. 이만하면 될 것 같군.

갑자기 허공에 붕 떠올랐던 머리통과 목 부근 사이에 살점이 고무줄처럼 늘어나 연결되더니, 도로 안쪽으로 잡아당긴다.

끈적끈적한 점액이 머리통을 목에 다시 붙인다. 녀석의 입꼬리가 살짝 올라간다. 공허한 목소리가 울린다.

—그럼 재롱을 본 대가로 이번엔 이 몸이 나서 보지. 어디 한 번 어울려 보아라.

그 순간, 교주의 몸뚱이가 풍선처럼 빵빵하게 부풀어 오르더니 펑 하고 터졌다.

츄츄츄츄츄츄츄츄촷!

폭발과 함께 수천 개의 육편이 쏟아진다. 육편은 하나하나가 끝이 뾰족한 검은 깃털이 되어 지호에게 사정없이 꽂혔다.

지호는 양팔을 교차해 얼굴을 가리면서 발을 재빨리 굴렸다. 대기와 마찰이 세게 일어나면서 새하얀 연기가 피어올라 반 구체 형태로 지호를 둘러싼다.

따다다다다다당!

검은 깃털이 지호에게 닿지 못하고 근두운에 가로막힌다. 하지만 충격파가 너무 대단해 지상에 착지하고도 한참이나 떠밀리고 난 뒤에야 겨우 멈췄다. 그가 지난 자리로 두 개의 고랑이 깊게 남았다.

숨을 돌리면서 재빨리 팔을 내리고 튕겨 난 곳을 올려다본다.

그곳엔 검은 빛줄기가 세로로 하늘을 쪼개고 있었다.

마치 새벽녘의 밤하늘처럼 칠흑빛으로 가득한 빛줄기가 두 개로 비스듬히 갈라진다.

하늘을 날기 위해 날갯짓을 하는 새의 날개처럼 크게 펄럭이자, 그 아래로 검은 입자들이 마구 떨어졌다. 날갯짓을 하고 난 뒤에 떨어지는 무수히 많은 깃털처럼.

파아아아아아—!

하늘을 뒤덮는 큰 두 날개 끝에는 교주가 차갑게 웃으며 서 있었다. 짓뭉개지고 그을렸던 모습은 온데간데없이 사라진 상태다.

죽었다가 살아난 교주.

그 모습이 마치 되살아났던 음장생과 십이사도를 떠올리게 한다.

"……역시 부활인가?"

교주는 자신의 커다란 날개에서 깃털을 한 조각 뽑아 가볍게 흔들었다.

검은 깃털이 길게 쭉 늘어나더니 창의 형태를 띤다.

보패다.

그것도 여의봉과 비견할 만한 보패.

그 순간, 교주가 커다란 날개를 펄럭였다.

지호는 생각을 재빨리 접고 주먹을 세게 쥐었다. 녀석이 무슨 수로 부활을 했는지는 몰라도, 지금은 일단 보패부터 막아야 했다.

하지만,

쉭!

교주는 어느새 지호 앞에 도착해 있었다.

너무나 빠른 속도.

여태 지호를 상대했던 것과는 전혀 다른 모습이다.

교주는 먹이를 낚아채는 매처럼 차갑게 눈을 번뜩이며 창을 깊게 찔렀다.

지호는 이번에도 재빨리 마찰열로 근두운을 일으켜 막으려 했지만,

콰아아아아아아아아아앙!

근두운은 너무 쉽게 박살 났다.

통천창!

닿는 것이라면 하늘마저도 부숴 버린다는 보패는 지호에게 닿자마자 연쇄적으로 폭발을 일으킨다. 공간이 통째로 박살이 나는 통에 아주 잠깐이지만 지호의 신격도 흔들릴 정도였다.

지호는 금강포로 손날을 단단하게 만들어 창날이 살갗에 닿기 전에 가까스로 창두를 잘라 냈다. 동시에 왼손을 꼿꼿하게 세워 교주의 심장을 찌른다.

퍽!

하지만 교주는 고통스러워하는 기색 하나 없이 심장이 부서진 상태 그대로 반격을 시도한다.

휘리리리릭!

천계의 장수들도 탐내 할 보패를 아까워하는 기색도 없이 바닥에다 버리더니, 허공에서 몸을 뒤틀면서 돌려차기로 지호의 머리통을 노린다.

녀석의 정강이에는 어느새 각반(脚絆, 다리에 차는 갑옷)이 달려 있었다. 빨간 불길과 하얀 연기로 만들어진 각반.

교주가 자랑하는 또 다른 보패, 만리기운연이다.

콰릉! 콰릉! 콰르르르르르르릉!

불꽃이 번쩍일 때마다 지상에서부터 하늘까지, 높다란 불기둥이 몇 개나 솟아난다.

그때마다 지호는 몇 번이고 뒤로 쭉쭉 밀려났다.

지호가 교주를 밀어붙일 때처럼, 교주는 지호에게 틈을 내주지 않겠다는 듯이 쉬지 않고 다리를 놀렸다.

매끈하게 잘빠진 다리가 지호를 강타할 때마다, 불기둥은 거친 화룡이 되어 지호를 물어뜯으려 한다. 지반도 몇 번이고 내려앉으면서 충격에 뒤로 계속 밀려난다.

어느새 지호는 언덕과 구릉을 밀어 버리고 뒤쪽에 있던 단풍나무 숲까지 밀려났다.

쿠르르르르르르르!

단풍나무의 색깔만큼이나 붉은 화룡이 숲을 모조리 불사른다. 열 폭풍이 마구 펴져 나가면서 그나마 남아 있던 우거진 나무들을 강제로 부러뜨린다.

물론 지호도 가만히 있지만은 않았다.

만리기운연의 속성은 불꽃.

그렇다면 거기에 맞춰 대응하면 될 일이 아닌가!

기회를 노리다, 교주의 몸이 크게 뒤틀리면서 잠시 생겨난 틈을 향해 정권을 내지른다.

유수행. 주먹 끝에 냉기를 최대한 응축했다가 폭발시킨다.

쩌저저저저저저정!

냉기가 폭사하면서 단숨에 불바다에 잠긴 숲을 통째로 얼려 버렸다. 부서진 나무 끝에 맺힌 고드름이 추위를 말해 주었다.

만리기운연 역시 불꽃과 연기로 이뤄져 형체가 없었지만, 지호가 빚어낸 추위에 순간적으로 얼었다가 그대로 바스러졌다.

절대 영도가 내려앉아 모든 것이 얼어붙은 숲 속.

교주의 몸도 얼음 수정 안에 갇혀 있었다.

쩌걱! 쩌거거걱!

얼음이 잘게 부서지면서 교주가 산산조각이 난다. 하지만 떨어지던 얼음 조각들은 금세 녹아내리고, 그 속에 있던 살점들이 서로 고무줄처럼 늘어나 다시 얽히고설키다가 교주의 형태로 돌아갔다.

교주는 다시 한 번 깃털을 뽑아 새로 만든 칼로 지호의 정수리를 내려친다.

반면에 지호는 뇌벽세를 장심에 잔뜩 끌어모아 칼에 맞섰다.

콰아아아아아아아아앙!

폭발과 함께 모래 기둥이 치솟고 땅거죽이 뒤집히면서

그나마 남아 있던 숲이 통째로 무너진다. 단풍나무가 가득하던 곳에는 암석으로 이뤄진 언덕이 자리 잡았다.

하지만 그마저도,

파지지지직! 파지지지지지직!

샛노란 그물망이 퍼져 나가면서 모조리 싹 밀려 평지가 되어 버린다. 잘게 부서진 암석이며 모래가 강풍을 따라 수십 킬로미터 밖으로 밀려났다.

어마어마한 후폭풍이 쉴 새 없이 불어 닥치며 꿈 속 세계를 뒤흔들어 놓았다.

콰르르르르르르─!

몇 겹이나 되는 먼지구름이 물러가고 또 물러간 뒤에야 평지가 드러난다.

그곳에는 아름다운 단풍나무도, 울창한 숲도, 높다란 산도 하나 남지 않았다.

그저 땅거죽이 몇 번이고 뒤집어져 풀 한 포기 자라지 못하는 황무지가 되어 버린 땅만 있을 뿐.

지호는 그 중심에 홀로 서 있었다.

먼지를 잔뜩 뒤집어써 순백색의 머리와 황금색 눈만 요요히 빛난다. 하지만 빛나는 두 눈은 잔뜩 일그러져 있어 이 상황을 도무지 받아들이지 못하는 눈치였다.

─이 정도로는 손오공의 반쪽이라 하기에 부끄럽지 않으

냐? 더 열심히 이 몸을 죽이고 또 죽여 보아라.

교주가 또 어느새 하늘에 날아올라 오만한 눈빛으로 이쪽을 내려다본다.

그럴수록 지호의 낯은 더더욱 일그러졌다.

바드득!

이렇게까지 격전을 치르는 동안 녀석을 몇 번이나 죽였는지 모른다.

백 회? 이백 회?

아니다.

모르긴 몰라도 족히 수백 회는 될 것이다.

하지만 녀석은 그럴 때마다 계속 되살아났다.

불로 지져도, 얼음으로 얼려도, 강풍으로 쓸어도. 몇 번이고 부활을 반복한다. 마치 제 목숨이 일회용품이라도 되듯이 아끼지 않고 마구 남발한다.

대신에 대가로 지호에게 치명타를 입히고자 한다.

몇 개나 되는지 모를 대단한 보패를 뽑고 또 뽑아 터뜨리고, 부수고, 휘두른다.

하나하나가 여의봉과 견주어도 결코 뒤지지 않을 대단한 보패들. 웬만한 선인들은 하나만 쥐여 줘도 반신에 준하는 힘을 얻을 수 있는 대단한 것들이었다.

그런데 그걸 마구 남용한다. 그리고 쉴 새 없이 쏟아진다.

대체 이걸 어떻게 설명해야 하는 걸까?

무한한 목숨과 무한한 보패.

최고의 방패와 최강의 창.

말 그대로 모순(矛盾)된 존재가 아닌가.

"그 보패들, 역대 사도들이며 호법, 악선, 절교의 신도들이 갖고 있던 것들인가?"

검은 동자와 흰 자위로 이뤄진 교주의 두 눈이 초승달 모양으로 휘어진다.

─그런대로 잘 맞추는구나. 화안금정인가? 참으로 몇 번이고 보아도 적응이 되질 않는 권능이로다. 어찌 배덕자 따위에게 그런 힘이 전해졌을까?

배덕자?

지호는 그 말뜻을 알 수 없었지만, 다른 데에 생각이 먼저 미쳤다.

"그렇다면…… 역시나 넌 여기에 없는 거로군."

─그러니라.

"이승은 아닐 테고."

─호오? 어디 한 번 말해 보려무나. 어디까지 알아냈는지 궁금하군.

지금 눈앞에 있는 교주는 교주가 아니다.

교주를 가장한 꼭두각시에 불과하다.

다른 이들의 시야가 닿지 않는 곳에 숨어 꿈이라는 무대 위에다 마음 편하게 인형 놀이를 하는 것이다.

그렇다면 녀석의 본체는 대체 어디에 있는 걸까?

지호는 화안금정으로 몇 번이고 교주를 구성하는 모든 요체들을 파악했다. 하지만 어디에서도 본체의 위치를 찾을 수 없었다.

그렇다면 남은 곳은 하나다.

예지안으로도 천리안으로도 찾을 수 없는 곳.

화안금정으로도 꿰뚫을 수 없는 곳.

이곳 세계의 법칙이 통용되지 않는 곳.

인과율이 닿지 않는 곳.

"저승인가?"

＊　　　＊　　　＊

유황불이 강처럼 흐르고 죽음이 만연한 곳.

절규와 비탄이 자리 잡은 세상.

산 사람과 죽은 사람, 그 어느 누구도 오고 싶어 하지 않는 장소.

세상은 이곳을 일컬어 지옥이라 부른다.

벽유궁.

무저갱처럼 끝없이 아래로 향하는 8개 지옥의 가장 깊숙한 곳, 무간지옥의 중심에는 천계에서도 쉽게 보지 못할 어마어마한 크기의 성곽이 자리 잡고 있다.

반듯하게 닦아 놓은 청판을 따라 수많은 사람들이 일사정연하게 모여 무시무시한 위세를 풍긴다.

그들의 행색은 가지각색이었다.

머리가 없이 몸뚱이만 돌아다니는 자. 얼굴이 흉측하게 일그러져 두 눈에 귀화만 태우는 자. 수많은 병기를 등에 이고서 차가운 표정을 짓는 자.

하지만 모습은 다를지언정, 그들을 따라 검은 연기처럼 휘도는 음기와 마기는 모두 똑같았다. 금방이라도 소용돌이를 치면서 무간지옥을 살라 버릴 것 같다.

이들이야말로 수미산이 네 개로 나뉜 이래, 가장 극악하다고 알려진 자들일지니. 쌓은 악업(惡業)이 도저히 윤회의 고리로도 정화가 되지 않아 영원한 봉인에 처해진 죄수들.

헤아릴 수 없을 만큼 기나긴 세월 동안 무간지옥에 갇혀 고통에 허덕여야 할 자들이 형벌에서 벗어나 전열을 가다듬고 있었다.

귀화를 태우는 그들의 눈은 하나같이 희열과 기대심으로 가득 찼다.

천계를 곧 불태울 수 있단 사실에!

자신들을 이 꼴로 만든 저 신들을 끄집어 내리고 천계를 우리의 것으로 삼자! 그들이 쌓은 풍요와 재화를 모두 안아 우리들만의 세상을 만들자!

이제는 우리가 신이 되는 것이다!

죄수들은 한시라도 바삐 명령이 떨어지기만을 기다렸다.

그들의 머리 위로 커다란 깃발이 하늘을 덮을 것처럼 크게 펄럭였다.

절교.

용사비등한 글씨로 적힌 단어였다.

"모두 떠날 준비를 갖추고, 교주님의 명령만 떨어지기를 기다리고 있습니다."

"먼 길을 가야 한다. 한 번 떠나게 되면 다시는 돌아오지 못하니, 몇 번이고 다시 재점검을 하도록 하라. 이제 곧 격무(覡舞)도 끝날 것이니. 문이 열리는 즉시, 진군을 시작할 것이다."

"명!"

부관은 고개를 숙이며 밖으로 나섰다.

벽유궁의 심처, 어둠이 장막처럼 내려앉은 곳에서 천천히 궁궐의 주인이 고개를 든다.

검은 동자에 흰 눈.

이승과 저승을 통틀어 단 하나밖에 없을 눈의 소유주, 통천교주는 차갑게 웃더니 다시 눈을 감았다. 천계의 문을 열려면 이승에 직접적으로 손을 댈 수밖에 없다. 하지만 이미 저승에 몸이 옭매인 교주가 넘어갈 수는 없는 법.

그래서 필요한 매개체가 바로 '꿈'이었다.

이미 진격을 위한 모든 준비는 끝났다.

여의봉을 확보했고, 격무가 진행 중이고, 제사가 마무리되어 간다. 그리고 그토록 기다리던 역일(易日)까지 찾아왔으니 어찌 이 기회를 놓칠 수 있을 것인가!

이제 다시 꿈을 꿀 차례였다.

"그리고 꿈을 이룰 때이지."

교주는 차갑게 웃으며 잠에 들었다.

*   *   *

—하하하하하하하! 역시 그대는 제천대성, 그 자체로다!

교주, 정확하게는 교주의 꿈은 박장대소를 터뜨렸다.

하지만 웃음소리는 나지 않았다. 인형극 위의 꼭두각시가 고개만 들고서 흔들어 대듯이.

교주는 다시 고개를 내렸다. 벌어진 입가 사이로 송곳니가 짐승의 것처럼 뾰족하게 빛난다.

―그리고? 그걸로 끝이더냐?

"정확하게는 저승 중에서도 지옥이겠지."

―호오오오. 참으로 깊이도 알아냈도다.

교주는 고개를 절레절레 흔들었다.

―정말 함부로 대할 수가 없겠어. 지난 수천 년간, 아무도 알아내지 못한 사실이거늘. 신도들을 제자리에 되돌리고 나면 크게 한 번 꾸중을 해야겠군. 이리도 보는 눈들이 없어서야. 쯧!

교주는 군단 정열에 열중하고 있을 사도와 호법들을 떠올리면서 혀를 가볍게 찼다.

―그러니라. 그대의 말대로 이 몸은 지금 이승이 아닌 저승에 있지. 그것도 너희들이 말하는 지옥이란 곳에.

"그래서 지옥으로 떨어진 것들을 도로 이리로 보낸 건가?"

―신위와 신격이 없어졌으니, 마땅히 그 정도 잔재주라도 있어야 조금이나마 보충이 되지 않겠는가?

"그게 어떻게 가능한 거지?"

묘성이 남긴 기억의 잔재에 따르면, 염라대왕은 결코 호락호락한 사람이 아니었다.

엄하기로는 둘도 없을 정도이고, 융통성이 없어 다른 신들과도 친분이 거의 없었다. 때로는 신들의 제왕인 옥황상제와도 맞서 싸울 정도로 강단이 있는 자라니, 교주의 뒷배가 된다는 것이 말이 되질 않는다.

무엇보다 염라대왕은 신 중에서도 최상위이다.

모든 죽은 망자들을 다스리는 위치는, 지호가 올라서려하는 빛의 자리와 비교해도 절대 뒤지지 않는다. 어디까지나 그는 하나의 세상을 다스리는 제왕이니.

그런 그가 아주 오랜 옛날에는 강했다지만, 지금은 한낱 반편이에 불과한 놈에게 쉽게 당할까?

하지만 이유가 어찌 되었건 간에 교주는 지옥을 제 영역으로 삼았다.

아마 그곳에는 수많은 병사들이 있을 것이다.

지난 세월 동안 여러 세상을 몇 번이고 혼란으로 몰아넣었던 최악의 존재들이. 어쩌면 마신보다 더 한 존재들이 있을지도 모르는 일이었다.

'결국 오공이 다쳤던 이유가 이거였어.'

억겁처럼 계속 굴러가는 싸움 속에서, 제아무리 손오공이라 해도 당해 낼 재간이 없었을 것이다.

이미 길몽에도 자잘한 상처가 계속 남아 끝내 균열이 생겨났다.

쩌걱. 쩌거걱.

결국 푸른색 하늘이 유리창처럼 부서진다. 그 사이사이

로 황금색 물결과 검은색 물결이 서로 난잡하게 뒤엉켜 있는 게 보인다.

길몽과 악몽이 뒤죽박죽 난잡하게 섞이는 중이다.

이를 두고 환몽(幻夢)이라 해야 하는 걸까?

꾸어도 개운하지 않고 오히려 심신이 피로해지다 결국 영혼까지 잡아먹히는 환몽.

이대로는 지호도 손오공처럼 당할 수밖에 없다.

그리된다면 72마신의 봉인도 풀릴 것이고, 꿈이란 매개체를 통해 지옥의 군세도 이곳으로 넘어오게 되겠지.

그리고 역일에 맞춰서 삼신산을 건널 것이다.

나후성을 지나…… 천계에 다다르겠지.

그럼 그 뒤는?

천계와 절교의 전쟁이 벌어지고 나면, 그 여파는 이 세상에 어떻게 와 닿을까?

이승과 저승이 뒤죽박죽 섞이고, 천계와 하계의 구분이 사라질 텐데. 그렇다면 이 세상은 물론이고 가족과 동료들이 살아가는 저쪽 세상도 문제가 생길 테지.

그런 일만은 막아야 한다.

"하아아아아……! 나은에게 또 한 소리 듣겠구나."

지호는 한숨을 내쉬다가 곧 인상을 굳히더니 교주에게로 손을 뻗는다.

―쓸데없는 짓을 하려 하는구나. 그냥 포기하면 편할 것을. 그래. 그렇게 미련하게 덤비는 건 너나 제천대성이나 똑같겠지.

교주는 지호가 다시 덤빌 것이라 여겼는지 허공에다 손을 가볍게 흔들었다. 그녀의 주변으로 허공에 검은 물결이 출렁이면서 네 자루의 검이 나타났다.

사선검.

함선, 주선, 육선, 절선.

선인을 죽이는 네 가지 방법에 대한 이름이 담긴 이 네 자루의 쌍둥이 검은 소싯적에 옥황상제를 죽기 직전까지 몰아간 적도 있는 보패였다.

교주가 거대한 날개를 퍼덕인다. 사선검과 함께 검은 궤적이 되어 지호를 덮쳐 간다. 이예 역시 갑자기 청룡과 싸우다 말고 시위를 지호쪽으로 겨눈다.

쉬시시시시시시시식!

하얗고 까만 수십 개의 빛줄기가 환몽 여기저기를 할퀴면서 지호를 엄습하는 그때.

지호는 천천히 교주를 향해 손을 들었다.

이곳은 '나'의 꿈.

깨는 것이 가능하다면, 그 반대도 가능하겠지?

"나은아, 미안."

짧은 혼잣말과 함께 신의 목소리를 빌어 외친다.

"잠들라."

순간, 세상이 정지한다.

부서지던 환몽이 도중에 멈춘다.

꿈을 꾸기 싫으면 잠에서 깨거나, 그냥 깊게 잠들면 그만
이다.

지호는 이 꿈이 싫었다.

너무나 지독히도.

그래서 다시 한 번 외친다.

"잠에 들라."

그리고,

쿠쿠쿠쿠쿠쿠쿠쿠—!

다시 시간이 흐른다.

환몽이 작아지기 시작했다.

하늘이 내려앉는다. 땅이 솟구친다. 그들을 둘러싼 세계
전체가 작아진다. 마치 되돌려 감기를 한 것처럼 꿈이 하나

의 지점을 향해 축소된다.

—대체 무슨 짓을 저지른 것이냐, 제천대서어어어엉!

교주는 지호에게로 달려들다 말고 방향을 선회하면서 하늘로 날아올랐다. 마음 같아서는 이딴 짓을 저지른 지호의 목을 냉큼 쳐 버리고 싶었지만, 지금은 그럴 겨를이 없었다.

꿈이 무너지면 모든 게 헛수고로 돌아간다.

반드시 그것만은 막아야 했다!

작아지는 세상을 어떻게든 막아 보기 위해 사선검을 휘두른다.

퍼버버버버버버벙!

사선검은 교주가 가지고 있는 최강의 보패.

사선검이 환몽을 할퀼 때마다 부서진 조각들이 우수수 떨어진다. 폭발과 폭발이 연이어 터지면서 어떻게든 꿈의 축소를 막기 위해 발버둥 쳤다.

하지만 이미 황금색 물결로 가득 찬 환몽은 장막처럼 내려오면서 모든 걸 삼켰다.

폭발도. 파괴도. 발버둥도. 절규도.

—안 된다! 안 된단 말이다! 이대로는 안 된단 말이다아아아아!

끝내 사선검까지 먹어치워 버린다.

—멈춰! 멈추라고오오오오!

교주는 지호가 했던 것처럼 신의 목소리로 삼라만상을 움직이려 했다.

하지만 이미 이곳은 지호의 색으로 물들고 말았으니.

그것은 그녀에게 있어 사형 선고나 다름없었다.

오천 년을 넘도록 꿨던 꿈을 여기서 멈추라는 것이 말이나 되느냐 말이다!

―제천대서어어어어어어엄!

이예는 재빨리 방향을 아래로 선회했다.

이게 전부 지호 때문이라면. 저놈 때문이라면! 놈을 죽여 꿈의 권한을 빼앗으면 되지 않는가!

쐐애애애애애애애액!

날개를 펄럭인다.

검은 빛줄기가 되어 지호에게로 쇄도했다.

이예도 화살을 마구잡이로 쏘아 댔지만 환몽은 꿈쩍도 않았다.

이제 모든 게 끝났다고 생각했다.

드디어 기원을 이룰 것이라 생각했건만……!

눈앞으로 지난날의 일들이 주마등처럼 스쳐 지나간다.

행복한 마을. 따스한 가족. 하늘을 메운 열 개의 태양. 고통스러워하는 백성들. 해를 겨누는 화살. 떨어지는 아홉 개의 태양. 옥황상제의 분노.

흩어진 가족들. 사라진 아내.

그리고 기원을 이루라던 백성들의 죽음.

그걸 다시 겪을 수는 없었다……!

"죽어라, 광마!"

이예는 소증을 지호에게로 겨누었다. 꿈이 닫히기 전에 놈을 죽이면 이 빌어먹을 꿈도 무너질 것이다.

탁.

시위를 놓는다.

콰아아아아아아아아!

하얀 빛줄기가 허공을 거세게 할퀴었다.

검은 빛줄기와 하얀 빛줄기가 내려오는 하늘.

하지만 지호는 손을 뻗어 가볍게 흔든다.

이곳은 이미 지호의 색으로 물든 세상. 무너지는 중이라지만, 아직 삼라만상은 지호의 의지에 따라 움직인다. 황금색 물결이 길게 늘어지면서 빛줄기와 지호 사이에다가 둥근 무지개다리를 놓았다.

퍼버버버버버버벙!

두 빛줄기는 너무나 허망하게 물결 속으로 사라졌다.

폭발하지도 않는다. 부서지지도 않는다. 그냥 녹아 버린다. 원래 그 자리에 있었던 것처럼.

결국 이제 모든 공연이 끝났다고 객석에다 알리듯이 세상이 황금색으로만 가득 찼을 때, 교주는 끝까지 포기하지 않고 지호에게로 손을 뻗었다.

—조금만! 조금만 더……!

마치 강물에 빠져 허우적대는 사람처럼, 살려 달라며 황금색 물결을 몇 번이고 헤치고 나와 손을 길게 뻗는다. 손톱이 아슬아슬하게 지호의 뺨에 닿으며 상처를 내지만,

"싫은데?"

지호가 비웃음과 함께 도로 교주를 밀어 버렸다.

—안 돼애애애애애애애애앳!

결국 황금색 장막이 그녀의 머리와 팔마저 삼켰다.

그리고,

찰칵!

삼라만상의 태엽이 돌아가는 소리와 함께 장막이 완전히 내려앉으며 문이 걸어 잠겼다.

꿈의 마지막은 숙면.

아무것도 기억나지 않는 깊은 어둠의 연속일지니.

그러니 '내'가 아닌, 이 악몽 속에 있는 바로 너희들.

반편이에 불과한 너희 둘과 밖으로 나오고자 발버둥 치

는 추악한 일흔둘의 새끼 양들아.

모두 이 악몽에 갇혀, 영원히 잠들라.

＊　　　＊　　　＊

"……배! 선배!"

지호는 정신이 몽롱했지만 자신을 부르는 다급한 목소리에 억지로 눈을 떴다.

"선배! 괜찮아요? 정신이 좀 드세요?"

눈앞에는 서은영이 걱정 가득한 눈길로 자신을 바라보고 있었다.

얘가 왜 여기에 있는 거지? 지호는 정신이 번쩍 들어 재빨리 하늘을 쳐다봤다.

"왜 그래요? 대체 무슨 일이 있던 거예요?"

어느덧 서은영의 목소리는 들리지 않았다.

시선도 정신도 모두 하늘에 쏠린다.

별이 총총 박힌 밤하늘. 그리고 중앙에 걸린 보름달.

"……결국 왔구나."

잠에서 깨어난 곳은 바로 현실이었다.

34장

아카식 레코드

　지호는 정신이 멍했다. 자고 있어야 할 서은영은 왜 여기에 있는 걸까?

　"선배? 대체 무슨 일이 있던 거예요? 이건 또 뭐고요! 피 아니에요?"

　지호는 서은영의 동공에 비치는 자신의 모습을 보고 정신이 번쩍 들었다.

　피투성이와 상처로 가득한 몰골. 이상한 옷. 황금색으로 물든 눈. 품에 안은 아기 원숭이.

　원숭이?

　지호는 그제야 자신이 알비노처럼 털이 새하얀 원숭이를

안고 있다는 걸 깨달았다. 쌔액, 쌔액, 숨을 몰아쉬는 그것은 꿈의 세계로 안내했던 손오공의 분신과 똑같은 모습이다.

손오공이다.

그것도 분신이 아닌 본체.

거기까지 생각이 미치자, 지호는 일단 이 상황부터 모면해야겠다는 생각이 들었다. 119를 부르려는 서은영을 재빨리 막는다.

"이거 사실 코…… 스프레. 그래! 코스프레야."

변명을 짜내도 꼭 이딴 것밖에 안 나오냐. 밴드 멤버 중에 박민상이 즐겨 보던 게 떠올라 얼결에 꺼내 버렸다.

서은영이 도끼눈이 된다.

"지금 민상이나 하는 말을 제가 믿을 것 같아요? 안 되겠어요. 당장 병원으로 가요. 당장요!"

그녀로서는 다급할 수밖에 없었다.

아직도 생생하게 떠오른다.

지호와의 문자가 끝나고 난 뒤에 갑자기 세상이 시끄러워져라 내려치던 번개와 화려한 불꽃, 그리고 그걸 배경으로 하늘에다 기나긴 궤적을 그리던 지호를.

그래서 뭔가 싶어 부랴부랴 옷을 갈아입고 숙소를 나서던 차다. 하지만 하늘은 거짓말처럼 맑게 개고, 어디에서도 지호를 찾을 수 없었다.

경연 때문에 피곤해서 헛것을 본 게 아닐까. 그런 생각도 들었지만, 뭔가 찝찝했다.

뭔가를 빠뜨린 것 같은 기분.

커다란 어떤 걸 놓치고 있는 듯한 느낌.

그 '이상한' 기분을 떨칠 수가 없어서 30분 넘게 숙소 주변을 배회했다. 평소 가로등이 밝지 않아 밤에 잘 돌아다니지 않던 숙소 주변이었지만 그만큼 다급했다.

그러다 이렇게 지호를 발견했다.

깜빡, 깜빡. 빛이 죽어 가는 가로등 아래. 가득 상처를 입고 피투성이가 된 몰골로 아기 원숭이를 품에 안은 채 멍하니 앉아 있던 모습.

그때는 정말 기겁했다.

그저 혼자만의 망상만으로 끝나길 바라던 게 현실로 나타났을 때에 받은 충격이란.

사실 어렸을 때부터 그랬다. 불길한 느낌이 강하게 들곤하면 꼭 현실이 되었다. 그래도 지호만큼은 피해 가길 바랐는데 어김없이 들어맞았으니.

"일어나기 힘드신 거예요? 그럼 119를 불러야……!"

"미안."

지호는 이대로 있다가는 정말 동네 사람들 다 깨우겠다는 생각에 손을 뻗어 그녀의 미간을 톡 건드렸다.

스르르. 힘없이 무너지는 그녀의 허리를 왼팔로 감싸 안으며 축지를 밟았다.

팟!

지호는 서은영을 숙소의 방에 몰래 데려다주고 조용히 집으로 돌아왔다.

'그걸 봤을 줄이야.'

지호는 내키지는 않았지만 왜 서은영이 그 자리에 있었나 싶어 기억을 살짝 읽었다. 덕분에 망량들과 함께 저쪽 세상으로 넘어가던 게 들켰다는 사실을 알았다.

다행히 손을 써서 기억을 희미하게 만들어 놓기는 했지만 조금 씁쓸했다. 이 아이를 지키려고 했던 일이었는데. 도리어 더 폐만 끼쳤으니.

손오공의 일도, 서은영의 일도 피곤하기만 하다.

지호는 천근만근 무거운 몸을 이끌고 몇 달 만에 집을 찾았다. 집은 잠에 잠겨 고요했다.

시각은 5시.

그렇게 많은 일을 겪었는데도 여기선 고작 30분밖에 흐르지 않았다니. 자기도 모르게 헛웃음이 나온다.

지호는 품에 안은 원숭이를 조심스레 침대에 올렸다.

꿈에서 깨면서 같이 이곳으로 넘어오고, 다친 영혼을 보호하기 위해서 스스로 영락(零落)한 모습.

다행스럽게도 손오공의 숨소리는 평온했다. 달리 다친 곳도 보이지 않았다. 가장 우려된 왼쪽 가슴에 손을 갖다 댔을 때에 미약하게나마 뛰는 심장 박동도 느낄 수 있었다.

그제야 숨통을 옥죄던 긴장이 탁 풀리는 것 같았다.

어떻게 손오공이 무사할 수 있었을까? 분명 손오공은 심장이 부서졌을 정도로 중상이었을 텐데.

'역시 달 때문일까.'

지호가 앉은 빛의 자리는 해와 달을 관장 하에 두는 자리. 당연히 저쪽 세상과 다르게 해와 달이 있는 이쪽 세상에서는 힘이 더 안정될 수밖에 없다.

오랜 격전으로 흐트러진 영혼도 그래서 잡힌 것 같았다. 덕분에 손오공도 부상이 멈췄다.

하지만,

'눈을 뜨지 않아.'

깊은 잠에 들어 회복에 전념하는 것일까. 미동도 않는 손오공을 보고 있노라니 혹시 뭔가 잘못되지 않을까 겁부터 난다. 그렇지 않다는 걸 알면서도.

차라리 그의 험한 말투라도 들으면 마음이 놓일 텐데.

혹시 자고 일어나면 눈을 뜨지는 않을까.

이런저런 생각을 하다가, 지호는 천천히 이불 위로 몸을 묻었다.

일단은 끝났다.

그 생각에 갑자기 피로가 쏟아진다.

수마(睡魔)가 엄습했다.

*　　　*　　　*

'이건 뭐지?'

지호는 자신을 둘러싼 이상한 세상에 눈을 크게 떴다. 분명 아까 전에 잠들었을 텐데?

불에 타 버린 숲. 무너진 가옥들.

약탈의 흔적이 곳곳에서 묻어난다.

"으아아아아아아앙!"

그 중심에서 한 소녀가 주저앉아 울고 있었다.

'꿈이구나.'

지호는 자신이 제3의 시선으로 마을을 보고 있단 사실을 뒤늦게 깨달았다. 정신도 몽롱하다.

지호는 꿈인 걸 알면서도 너무 서럽게 우는 소녀가 안타까웠다. 주변에 널브러진 '것'들은 가족들인지 떨어질 생각을 않는다.

손이 없어도 아이를 달랠 수 있을까 싶어 가까이 다가가

려다가, 갑자기 들린 목소리에 우뚝 멈췄다

"울지 말거라."

그때 한 사람이 소녀 옆에서 자세를 낮춘다.

자신 말고는 아무도 없어야 할 마을에 누가 있다는 사실에 소녀는 화들짝 놀랐다가, 사람을 보고 더 서럽게 울고 말았다.

마치 도깨비처럼 산양의 뿔을 머리에 인 강철 투구. 손에 쥔 철검. 단풍잎처럼 핏자국이 더덕더덕 붙은 갑주. 무엇보다 그를 휘감고 있는 검은 연기.

마을을 이 꼴로 만든 두 군대 중 한 곳의 병사였다.

자신도 마저 다치게 하러 왔을 거란 생각에, 자신을 보호하려다 죽은 가족들의 생각에, 소녀의 눈물은 더 굵어진다.

"우, 울지 마라. 나, 나는 도와주려……!"

"으아아아아아앙!"

병사는 어떡해야 소녀를 달랠 수 있을까 싶어 안절부절 못했다. 처음 보였던 위풍당당한 모습과 다르게 허점이 많아 보였다. 그러다 뒤늦게 자신의 복장이 소녀에게 위협이 된다는 사실을 깨닫고 철검을 내리고 투구를 벗었다.

그러자 폭포수처럼 쏟아지는 검은 머리.

오랜 전투로 땀에 흠뻑 젖었는데도 불구하고 머리카락은 고운 털로 만든 융단처럼 부드러웠다. 거기다 남자답지 않게 하얗고 고운 얼굴과 너무 잘 어울려 마치 잘 빚은 조각 상을 보는 듯했다.

소녀도 순간 자신이 울고 있단 사실을 망각하고 멍 하니 남자를 쳐다보았다.

남자에게 시선을 뺏긴 건 지호도 마찬가지였다.

그만큼 남자가 풍기는 분위기는 투구를 썼을 때와는 너무나 달랐다.

부드럽고, 아름답고, 따뜻했다.

남자는 다행이라는 듯, 안도에 찬 한숨을 내쉬며 부드럽게 웃었다. 손을 내밀면서 산뜻한 목소리로 묻는다.

"나는…… 란다. 너의 이름은 뭐니?"

이름은 마치 노이즈가 낀 것처럼 잘 들리지 않는다.

하지만 지호는 그가 누군지 알고 있었다.

머리색도, 분위기도, 말투도 전혀 다르지만.

어떻게 저 그윽한 황금색 눈동자를 모를 수 있을까.

* * *

"꺄아아아아아아악!"

지호는 잠을 잘 자다 말고 이게 또 무슨 소란인가 싶어 눈을 번쩍 떴다.

웬일인지 지수가 방으로 들어와서는 안색이 새하얗게 질려 있었다.

그제야 지호는 다시 자신의 행색을 떠올렸다.

피투성이 몰골. 이상한 옷차림.

누가 보면 강도라도 맞은 줄 알 거다.

'젠장!'

지호는 거실로 달아나려는 지수를 재빨리 붙잡았다.

"야! 소리 지르지 마! 이거 코스프레야, 코스프레!"

또 되도 않은 변명이 나왔다. 서은영처럼 길길이 날뛸 게 뻔해서 식은땀이 났다. 서은영은 재워서 숙소에 놓기라도 하면 됐지만, 지수는 어떻게 둘러대지?

그런데 지수는 놀라다 말고 갑자기 눈을 가느다랗게 뜨면서 흐응, 하고 웃었다. 그럴 줄 알았다는 듯이.

"큰오빠, 덕후인 건 알고 있었지만 이 정도일 줄은 몰랐네."

지호가 발끈했다.

"야! 나 덕후 아니거든!"

"그럼 D드라이브 뻐꾸기 폴더에 개개비는 뭔데?"

얘가 그걸 어떻게 알아!

"그거는……!"

"왜? 아니야?"

"……아냐. 맞아. 죄송합니다."

지호는 재빨리 꼬리를 내렸다. 동영상으로는 성이 안 차서 그림을 몇 개 좀 다운 받았더니만. 바로 이 신세다. 지금은 그냥 수긍하는 게 편했다.

남자란 생물은 이래서 슬펐다.

쏴아아.

천장에 매달린 샤워 호스로 따뜻한 물이 내려온다. 지난 몇 달 간의 찌든 때가 한꺼번에 씻기는 것 같다.

지호는 한동안 뜨거운 물을 만끽하면서 서 있었다.

여운을 즐기면서도 머릿속은 앞으로 해야 할 일에 대해 빠르게 돌아간다.

'일단 마무리부터 해야겠지.'

손오공을 치료하는 것도 중요하지만 아직 저쪽 세상에서 못다 한 일도 많다.

조각을 모두 수거했다지만 환란을 완전히 종식시키기 위해서는 해와 달부터 올려야 한다. 다행히 이제 이예와 교주가 없으니 작업도 순조로울 거다.

그리고 도와줬던 우마왕과 동주칠마왕에게 고맙다는 인사도 해야 한다. 납탑도인과 혜가에게도 천계가 어떻게 되었는지 물어야 하고. 이나은도 만나야 한다.

그녀에게는 뭐라고 해야 될까? 마경에서 여전히 자신을 기다리고 있을 텐데. 그녀를 떠올리기만 하면 항상 고맙고 또 미안하다.

그러니 빨리 볼일을 마무리하고 손오공을 치료하는 데 전념하자.

그렇게 결정하고 샤워를 끝마쳤다.

간편한 추리닝 차림으로 갈아입고 수건으로 머리를 정리하면서 거실로 나온다.

식탁에는 아버지와 지성, 지수가 TV를 보면서 아침밥을 먹는 중이었다.

TV에서는 지호가 떠억 하니 나와 노래를 부르는 장면을 송출 중이었다. 뉴스에서는 최근 20~30대 사이에서 선풍적인 인기를 끌고 있는 가수라며 지호를 소개하고 있었다.

아침 댓바람부터 자신의 얼굴이 나오는 방송을 봐야 한다니. 뭔가 낯간지럽다.

"……뭐예요, 저거?"

"뭐긴 뭐야. 우리 잘나신 큰오빠의 용안을 감상하고 있는 중이지."

지수가 배시시 웃으면서 아버지에게 보이지 않게 입모양으로 '뻐, 꾸, 기' 라고 말한다.

지호는 알겠다며 도끼눈으로 째려보고는 자신의 자리에 털썩 앉았다.

맞은편에 있던 아버지가 묻는다.

"방송은 어떠냐. 재미있냐?"

"예. 좋아요. 즐겁기도 하고요."

사실이다.

서은영의 주변을 맴돌면서 망량을 해치우기도 하고, 손오공을 찾으러 돌아다니느라 정신도 없었지만, 그럼에도 즐거운 건 다시 노래를 부를 수 있다는 사실이었다. 그리고 그 노래가 대중에게 인기를 얻고 있다는 것 또한.

"그렇다면 다행이다. 난 평생 네가 내 등골 브레이커나 하지 않을까 싶었는데."

"……그 정도는 아닌데요."

근데 이 아버지는 대체 등골 브레이커란 말은 어디서 들으신 거래?

"아니긴 뭐가 아니야. 너 이번에 평점이 얼마 나왔는지 알아?"

벌써 성적표가 나왔던가?

"그, 글쎄요."

지호는 게슴츠레하게 뜬 아버지의 눈을 슬쩍 피했다.

하지만 답변은 옆에서 들렸다.

"1.78."

"우와아아아아! 어떻게 그 점수가 나오지? 아메바도 그거보단 잘 나오겠다!"

"……둘 다 좀 닥쳐 줄래?"

"내가 왜?"

"싫은데? 싫은데?"

지성은 무뚝뚝하게 국그릇을 내리고, 지수는 깐족거린다.

지호는 동생들을 한 대씩 쥐어박고 싶은 마음이 굴뚝같았지만 아버지가 보고 계셔서 꾹 참아야 했다.

"거기다 이미 학사경고도 누적이 3번. 조금만 더 낮았어도 제적이야, 제적. 사실 너 이번에도 별다른 거 없었으면 확 망석에다 말아다가 네 할아버지 중국 여행 가시는 데 같이 실어 보내버리려고 했다. 알아?"

지호는 이대로 있다가 본전도 못 찾을 것 같다는 생각에 재빨리 화제를 돌렸다.

"아, 아버지. 생신도 곧 다가오는데 갖고 싶은 거 없으세요? 이번에 저작권료도 꽤 많이 들어올 것 같아요."

"일 없다. 산삼주나 도로 채워 놔."

역시 철벽이다. 쉽게 안 넘어오신다.

그때 지수가 바로 치고 들어왔다. 어울리지 않게 아버지의 팔짱을 끼고 아양까지 떤다.

"에이이. 아빠! 아빠! 그래도 큰오빠가 요즘 돈을 얼마나 많이 버는데. 이번에 우리도 가족 여행 가자, 여행. 응? 요즘 그리스랑 터키가 그렇게 싸다던데. 가자아아."

"가족 여행?"

아버지도 흥이 동하는지 지호를 쳐다본다.

"응응. 그리고 좀 더 뒤엔 내 생일도 있으니까 샤넬 한정판으로다가 부탁해도 되지? 사랑하는 여동생인데. 헤헤헤헤헤."

이년이 아예 뽕을 뽑으려 드네? 여기서 당할 쏘냐.

"아버지."

"왜 그러냐?"

"혹시 발렌타인 30년산 확인해 보셨어요? 그거 지수 방에 있던데."

순간, 지수의 표정이 딱딱하게 굳었다.

"손지수, 너 또!"

아버지가 재빨리 지수의 방으로 돌진했다.

"아, 아, 아빠! 기다려 보라니까. 내가 제대로 설명할 테니까. 아빠? 아빠!"

잠시 후.

"손지수우우우우우우!"

손씨네 집에서는 흔하게 볼 수 있는 광경.

지호는 지갑이 굳었다는 사실에 만족하며 속 시원하다는 얼굴로 국그릇을 비웠다. 지성이 기가 막힌다는 표정으로 쳐다봤지만 깔끔히 무시했다.

"잘 먹었습니다."

＊　　　＊　　　＊

떠들썩하고 소란스러운 집.

저들에게는 어제도 봤던 얼굴일 테지만, 지호는 몇 달 만에 봤던 가족들의 모습이다.

그래서 더 즐겁고 행복하다.

이러한 소소한 일상을 만끽할 수 있단 사실에. 자신이 돌아올 곳이 있다는 사실에 너무 감사했다.

방으로 돌아와 손오공의 상태를 확인해 본다.

여전히 아기처럼 가느다란 숨만 내쉰다. 크게 회복된 기미는 보이지 않지만 이전보다 안색도 평온했다.

"금방 다녀올게요."

지호는 빨리 남은 일을 마저 마무리하고 손오공을 치료하는 데 전념할 생각으로 금고아에다가 공력을 불어 넣었다.

하지만,

"……어?"

금고아가 꿈쩍도 않았다.

몇 번이고 공력을 넣어 보지만 받아들이기만 할 뿐 떨리지 않는다.

차원의 문이 열리지 않았다.

＊   ＊   ＊

따지고 보면, 금고아가 열리는 게 이상한 일이었다.

금고아는 영혼을 매개체로 지호로 하여금 손오공이 있는 곳까지 오고 갈 수 있도록 만들어 주는 보패. 손오공의 힘에 의지하는 게 크다.

하지만 손오공과 같이 이쪽으로 넘어온 지금이라면?

당연히 저쪽 세상으로 넘어갈 방법이 사라진다.

하나의 알이었던 수미산이 네 개로 분리되어 각 세상마다 커다란 장벽이 세워진 이래, 지호처럼 다른 세상을 오고 가는 사람은 없었으니.

손오공이 과거에 이쪽 세상으로 넘어온 적이 있다지만 석가여래로부터의 벌을 속죄하기 위해서였으니 그 방법을 확실히 알 리 없다. 안다 해도 의식 불명이니 물을 수도 없고.

"어쩌지?"

지호는 머리를 쥐어짰다.

이곳에서는 아주 잠깐에 불과한 일들이 저쪽에서는 몇 날 몇 년이 지나는 경우가 허다하다.

지금 이 시간에도 저쪽은 빠르게 변하고 있을 터였다.

정말 방법이 없을까?

아니. 하나 있긴 하다.

하지만 할 수가 없다.

'꿈을 열라고? 말도 안 돼.'

저쪽에서 이쪽으로 왔던 그대로. 방향을 되짚어 돌아가면 된다.

하지만 그렇게 되면 꿈의 세계를 열어야만 한다.

교주와 이예, 칠십이 마신을 한꺼번에 가둬 버린 꿈을.

그들이 이쪽 세상에 쏟아진다?

생각만 해도 소름이 끼친다.

결국 지호는 방법을 달리해야 했다.

뭔가에 부딪쳤을 때면 해결책을 제시해 주는 세상 모든 기록의 집합체.

"전지(全知)."

지호는 눈을 감았다.

끼이이이.

다시 눈을 뜨니 청룡이 맞이한다. 고요한 눈빛으로.

배경은 달랐다.

무의식의 세상은 더 이상 심연을 비추지 않았다.

새하얀 빛으로 가득한 세계.

이데아.

심연의 벽이 허물어지고 삼라만상에 닿으면서, 이제 원할 때면 언제든지 이데아로 접속하는 것이 가능해졌다.

하지만 아직 자격이 반편이에 지나지 않기 때문에 언제나 이곳에 거주하는 청룡의 도움이 필요했다.

아니, 정확하게는 청룡이 쥐고 있는 여의주가 필요했다.

빛의 구슬.

전지의 문을 열게 하는 지호만의 열쇠다.

"나 좀 도와줄래?"

─응웅! 성아에게 맡겨!

청룡은 커다란 머리통을 주억거렸다. 해와 달을 흡수한 뒤로는 덩치도 너무 커져서 이제 앳된 모습을 찾기가 힘들다.

말투는 여전히 어린애였지만.

청룡이 길게 몸을 뻗었다가 지호를 중심으로 크게 똬리를 튼다. 그러면서 여의주를 지호 앞으로 내민다.

지호는 자신보다도 훨씬 큰 여의주를 손으로 건드렸다.

그 순간,

화아아아아악!

새하얀 빛을 발하던 여의주가 황금빛으로 물들면서 이데아를 적신다.

지호가 디디고 있던 곳을 중심으로 녹색 물결이, 머리 위로는 푸른 물결이 퍼져 나간다.

드넓은 평원과 언덕이 만들어진다.

성경에 나오는 낙원이 아닐까 싶을 정도로 아름다운 풀과 꽃들이 하늘하늘 흔들리고, 위엔 새하얀 구름이 두둥실 떠다니는 맑은 하늘이 열렸다.

하지만 지호의 눈길을 사로잡은 건 그게 아니었다.

저 멀리, 땅에서부터 세 줄기의 넝쿨이 솟아나 서로 얽히고설키더니 단숨에 커다란 나무로 자라 하늘에까지 닿는다.

나무는 아주 컸다.

수십 채의 아파트를 갖다 밀어도 부족할 만큼 어마어마한 굵기의 몸통을 가진 나무다. 하늘 가득히 퍼져 가는 나뭇가지 사이사이로 핀 나뭇잎들은 상쾌한 그늘을 만들어 낸다.

지호는 말로만 듣던 어마어마한 나무의 위용과 아름다움에 도취되어 한동안 말을 잇지 못했다.

—예쁘지? 예쁘지? 헤헤헤헤. 여기 되게 오랜만이야.

청룡은 방실방실 웃어 댔다. 하늘을 크게 유영하기도 한다.

하지만 엄청난 몸집의 청룡마저도 굵은 나뭇가지 정도에

지나지 않을 만큼 작아 보였다.

'이것이 세계수.'

이데아의 중심. 세상을 떠받치는 기둥. 생명의 고향. 삼라만상의 저장고. 세피로트의 나무. 이그드라실.

세계수를 가리키는 말은 아주 많다.

하지만 이걸 하나로 축약할 수 있다.

윤회의 고리.

세계수는 뿌리로 지상을 단단히 묶고, 잎으로 하늘을 떠받쳐, 줄기로 지상과 하늘을 연결한다.

뿌리에서 생겨난 온갖 영혼들이 줄기를 타고 올라가 잎과 열매라는 생명으로 잉태되었다가, 수명이 다하게 되면 낙엽이 되어 땅에 닿아 다시 스며든다.

그러다 때가 되면 다시 줄기를 타고 잎과 열매가 된다.

생명의 무한한 반복. 영혼의 끝없는 굴레.

이때 영혼이 쌓은 수많은 경험들은 나무 속에 수없이 기록되어 나무로 하여금 더 무럭무럭 자랄 수 있는 자양분을 공급한다.

이를테면, 세계수는 경이로운 생명과 세계의 중심축이라 할 수 있는 것이다.

—나무도 되에에에게 옛날 옛날에는 지호처럼 아주 쪼그마했대. 그런데 하늘? 알? 하여간 그게 깨지면서 되에에

에에에에게 커진 거야.

청룡은 부족한 어휘력으로 어떻게든 설명을 해 주려 마구 떠들어 댔다.

지호도 반신이 되면서 저절로 '알게 된' 것들이지만 굳이 말리지 않고 웃으면서 들어 줬다.

세계수는 윤회의 고리이기도 하지만, 수많은 신수(神獸)들의 고향이기도 하다.

신수는 태어났을 때부터 윤회를 벗어난 것들.

당연히 세계수의 뿌리가 아닌, 세계수 바깥인 이데아의 한 곳에서 정념들이 뭉치다가 어떤 일을 계기로 자아를 찾아 형상을 갖추며 태어난다.

청룡 역시 이곳에서 태어났으니 간만에 찾은 고향이 너무 즐거웠다.

옛 주인인 묘성과 처음 만나 인연을 맺었던 곳.

─그래서. 그래서. 영혼들이 경험한 것들이 마구마구 세계수 안에 적힌대. 그래서. 그래서. 다른 신들도 마구마구 찾아온대! 나도 다른 신들도 많이 봤어!

"어떤 신을 봤는데?"

─으음! 으음! 누구더라? 이상한 아줌마였는데. 막 못되게 생긴 아줌마!

지호는 어렴풋이 손오공이 했던 말을 떠올렸다.

"서왕모?"

─응응! 맞아 맞아! 역시 지호 똑똑해! 그치만 그 아줌마 나쁜 아줌마 아니야! 성아가 귀엽다면서 맛있는 것도 많이 줬었어!

지호 역시 서왕모의 반도를 먹어 본 적이 있다. 아주 맛있었는데. 그런 귀한 걸 준 걸 보니 서왕모가 청룡을 꽤 예뻐했구나 싶었다.

"고맙다는 인사는 했었지?"

─헤헤헤헤헤헤.

지호는 살짝 도끼눈을 떴다.

"안 했구나?"

─헤헤헤헤헤헤헤헤.

"나중에 다시 만나게 되면 꼭 해야 해. 알겠지?"

─응응! 성아, 고마웠다고 꼭 말할 거야!

크게 고개를 끄덕이는 청룡이 너무 귀엽다.

지호는 피식 웃으면서 말했다.

"그럼 날 저기로 데려다 줄래?"

─응응!

청룡은 머리 위에 지호를 태우더니 그대로 하늘 위를 미끄러졌다.

세계수는 아주 커서 원근법을 무시했다. 가깝다고 생각

했던 거리가 원래는 아주 길었다.

가까워지면 가까워질수록 세계수의 위용은 엄청나 지호
는 일부만 보는 데도 목이 꺾일 것 같았다.

보면 볼수록 세계수는 아름답고, 단단하며, 경이롭다는
느낌을 마구 자아냈다.

나무줄기를 이루는 넝쿨이며 껍질들이 금방이라도 꿈틀
거릴 것 같다.

특히 그 주변을 맴도는 붉고 푸른 빛들은 시골에서 자주
보던 반딧불이 같았다.

"성아, 저건 뭐야?"

―뭐? 뭐? 아! 헤헤헤헤헤. 내 동생들이야.

"동생들?"

―응응. 세계수에서 사는 애들이야. 저게 나중에 마구마
구 크면 성아처럼 대단한 신수나 영물이 되는 거야! 때때로
신이 되기도 하구.

뜻밖의 말에 눈동자가 커진다.

"신?"

―응!

지호는 그게 가능하냐고 물으려다가 이내 이해했다.

신이라고 해서 무조건 위대한 것은 아니다.

본디 신이란 것은 사람들이 생각하는 것과 다르게 숭배

되는 대상이되, 근본은 세계를 구성하는 '요소' 다.

부싯불로 피운 아주 작은 불씨, 포자를 퍼뜨리는 민들레씨, 반짝이는 달빛, 부엌 아궁이에서 나는 연기. 이런 사소한 곳들에도 신이 모두 숨어 있다.

비록 그들에겐 강한 자아가 없고 격이 낮아 숭배의 대상이 되는 경우가 거의 없지만, 때때로 어떤 일을 계기로 각성을 하거나 세월이 지나 신도들이 많아지게 되면 격이 상승하는 경우가 많다.

이를테면, 삼라만상을 구축하고 가동시키는 수많은 장치들 중 아주 작은 톱니바퀴라고 봐도 되는 것이다.

저 빛들은 바로 그런 톱니바퀴였다.

불씨, 포자, 달빛, 연기. 세상을 아름답게 만들어 주고 꽉 채워 주는 것들.

—묘성은 저걸 보고 기(祇)라고 했어.

천신지기(天神地祇)라는 말이 있다.

하늘에 오른 것은 신. 땅에 닿은 건 기.

저게 바로 그 '기' 였다.

지호는 감사하는 마음을 담아 그들에게 작게 기도를 했다.

그사이 청룡은 세계수의 어느 지점에 멈췄다.

—도착했어!

청룡이 도착한 곳은 세계수가 단단히 뿌리를 박고 있는

나무 밑동의 한 구역이었다.

세계수의 줄기에서 가장 굵은 부위.

거기엔 대문짝만 한 문이 하나 크게 나 있었다.

지호보다도 엄청난 크기. 하지만 세계수의 덩치에 비하면 티끌에 불과할 문.

지호는 그 문이 아주 낯익었다.

―저게 지호가 맨날 맨날 열던 거야.

"이게…… 전지의 문이구나."

―응응.

매번 고난에 빠질 때마다 해와 달의 힘을 빌어 억지로 열고는 했었는데.

반신이 되어 격이 상승하게 되니 이렇게 온전한 모습을 볼 수 있는 자격을 갖추게 된 것이다.

지호는 그제야 자신이 앉은 위치가 얼마나 대단한 것인지를 알게 되었다.

이곳 세계수에다 해코지를 하는 것만으로도 삼라만상은 아주 쉽게 틀어진다. 웬만한 인성과 자격이 뒷받침되지 않으면 절대 접촉이 허락되지 않으리라.

사실 따지자면 이곳은 아직 지호에게도 허락되지 않을 장소였다.

하지만 묘성의 후예이자 손오공의 환생이라는 자질 덕분

에 간신히 허락되었다. 무엇보다 청룡이 쥐고 있는 여의주가 가장 큰 열쇠였다.

지이이이이잉.

여의주가 빛을 발하자, 줄기에 단단히 붙들려 절대 열리지 않을 것 같던 전지의 문이 철컥, 하고 열렸다.

끼이익.

활짝 열린 대문 사이로 바쁘게 오고가는 어떤 것들이 보인다.

—여기서부터는 지호 혼자 가야 해. 나는 못 가.

세계수의 내부는 더 큰 자격을 요구한다. 세계수 밖에서 태어난 청룡에게는 허락되지 않았다.

지호는 손으로 청룡의 머리를 쓰다듬었다.

청룡은 마치 주인의 품에 안겨 아양을 떠는 강아지처럼 따스한 손길을 만끽했다.

"여기서 잠깐만 기다려 줄래?"

—응응! 다녀와. 그리고 이거 갖고 가.

청룡은 여의주를 앞으로 내밀었다. 여의주가 녀석의 손을 떠나 두둥실 날아오면서 점차 크기가 작아진다. 지호에게 왔을 때는 손바닥만 하게 줄어 있었다.

"고마워."

여의주는 지호를 상징하는 출입증이나 자격증이라 할 수

있었다. 청룡은 지호를 도와줬다는 사실에 크게 기뻐하면서 다녀오라며 손을 흔들어 주었다.

지호는 천천히 세계수 안쪽으로 들어갔다.

그러자 드러나는 광경.

그것은 하나의 거대한 도서관이었다.

끝을 모르게 이어진 수많은 서고와 책장의 행렬. 책장 안에는 크고 작고 다양한 색을 가진 책들이 빼곡이 들어서 있었다.

어떤 곳에는 양피지를 말아 놓거나, 알 수 없는 글자가 적힌 석판이 수두룩하게 쌓여 있기도 했다.

바닥에서부터 보이지 않는 저 높은 천장까지도 책장이 줄지어 서 있다.

층층마다 쉽게 올라갈 수 있도록 위에서부터 넝쿨로 만들어진 나선형 계단이 쭉 내려왔고, 각 책장에는 다양한 이름표가 붙어 따로 분류가 되어 있음을 말해 주었다.

윤회의 고리를 따라 살아가는 영혼들의 생이 기록된 일기장.

우주의 모든 역사가 저장된 보관함.

세상을 구성하는 수많은 정보들을 일일이 취합한 데이터베이스.

이곳이 바로 허공록. 혹은 아카식 레코드라고 부르는 장소였다.

*　　*　　*

신은 전지(全知)하고 전능(全能)하다.

모든 것을 알고, 모든 것을 해낸다.

그것은 어떻게 부정할 수 없는 진리다.

하지만 정말 신은 전지전능할까?

그렇다면 왜 수많은 신이 존재하는 것일까?

하나면 충분하지 않을까? 유일신(唯一神) 사상처럼.

그럼 왜 수많은 선인들이 신이 되고자 노력하는 걸까? 격은 왜 필요하며 자리는 또 왜 있는가? 혼자서 모두 처리하면 그만일 텐데?

이건 지호도 가지고 있는 의문이었다.

전지의 문을 열면 열수록. 신으로서의 격을 갖추면 갖출수록 가지게 되는 의문.

해와 달을 올릴 수 있고 삼라만상을 제 색으로 물들일 수 있다. 미래를 내다보고 필요에 따라 모든 정보를 취합할 수 있다.

그것만 해도 엄청난 능력이니 여러 주체가 있을 필요가 없다.

그래서 지호는 이렇게 판단했다.

신은 전지하고 전능하나, 불완전(不完全)하다고.

분명 신은 전지하다. 모든 걸 알고 있다.

하지만 완전하지 않기 때문에 '알고 있는 것'이 '잘못' 되는 경우가 잦다.

하루에도 수천, 수만, 수억…… 헤아릴 수도 없을 만큼 많은 행위와 선택이 벌어지고, 여기에 따라 수많은 갈림길이 만들어진다.

갈림길 하나하나는 씨줄과 날줄이 되어 촘촘히 엮이며 하나의 흐름이 되고, 흐름은 천기라는 이름이 되어 세상을 움직이는 원동력이 된다. 그리고 그 원동력을 자양분 삼아 세계수가 무럭무럭 자라나며, 뿌리로 더욱 단단하게 네 개의 세상을 붙잡고, 더 풍성해진 나뭇가지로 천계라는 지붕을 떠받친다. 영혼과 생명이 그 위를 더 크게 돌아다닌다.

거대한 하나의 순환 과정을 이루는 것이다.

양자 역학이니 나비 효과니 하는 과학적이고 철학적인 단계까지 들어갈 필요가 없다.

세상에는 절대 정지란 없다. 오로지 운동만 있을 뿐.

근본이 되는 진리는 존재하되, 진리를 표현하는 현상은 무수히 존재한다.

그래서 세상은 불완전하다.

계속 움직이기 때문에 완전할 수가 없다.

완전해지려면 움직임이 둔해져야 하는데, 시간이 갈수록 도리어 둔해지기는커녕 세상은, 우주는, 만상은 세계 의식의 총집합체가 되어 더더욱 역동적이게 된다.

거대한 하나의 생명체가 되었다고 봐도 과언이 아닌 것이다.

그렇기에 신이란 존재가 더더욱 필요하다.

암세포가 무수히 분열하고 움직인다고 해서 생명이라고 칭하지 않듯이, 생명 기관을 통제할 심장과 뇌라는 장치가 있어야 생명이 되듯이, 세상에는 어디로 튈지 모르는 수많은 행위와 선택에 올바른 길을 제시하고 그리로 갈 수 있도록 통제할 수 있는 관리자가 필요하다.

세상을 구성하는 요소이며 그걸 움직이는 주재자.

그것이 바로 신이다.

신은 모든 것을 알고, 모든 것을 해낸다.

하지만 불완전하기에 모든 것을 모르고, 모든 것을 해내지 못한다.

그렇기에 능력을 오롯이 투시할 수 있는 영역을 구성하고 거기에 집중한다.

그것이 바로 신위다.

하지만 그런 위대한 임무를 아무에게나 맡길 수 없으니

삼라만상의 이치를 통달한 자라야 가능하다.

그래서 신격이 필요하다.

세상을 구성하는 톱니바퀴가 되면 수없이 마모된다. 닳고 닳아도 무너지지 않도록 단단해야만 한다.

그것이 신령이다.

세계수가 거부하지 않을 만큼 동화가 되어야 한다. 영혼에 묻은 티끌을 모두 벗어 버리고 순수했던 때로 돌아가야만 한다.

이것이 신성이다.

하지만 이런 조건들을 갖춘다고 한들, 영혼들이 '인지'할 수 없다면 존재 여부가 사라진다. 숭배 대상이 되어야하니 생명들에게 인식을 심을 필요가 있다.

그래서 신화가 필요하다.

신위, 신격, 신령, 신성, 신화.

이 다섯 가지 조건을 바탕으로 비로소 신이 탄생한다.

하지만 여기에도 수준이 있고 등급이 있다.

신위만 하더라도 '낙엽' 같은 것은 없어도 그만이지만, '해와 달' 같은 것은 없으면 세상이 돌아가지 못한다.

그렇기에 신위에 걸맞은 자격이란 천차만별이다.

지호가 그런 경우다.

단순히 해와 달이 아닌, 빛이라는 자리.

태초, 혼돈만이 가득한 시대에 빛이 있었기에 처음으로 질서가 잡히고 수미산이라는 거대한 알이 잉태할 수 있었 듯, 빛이 주는 의미는 아주 크다.

웬만한 신들은 발아래로 여길 정도로 높은 경지에 올랐으나, 아직 지호가 그 자리에 제대로 앉지 못하는 이유가 그것이다.

그래서 지호는 더더욱 노력해야 했다. 그래서 더더욱 많은 지식을 필요로 했다.

또한, 그렇기에 세계수에 도착한 것인데.

문제는,

"너무 많아."

끝을 모르도록 이어지는 책장의 행렬. 외부에서 봤을 때에도 가늠할 수 없을 정도로 거대했던 세계수다. 그 내부를 가득 채웠으니 얼마나 양이 많을까.

문제는 지금 이 시간에도 세상은 역동적이고, 세계수는 자라고 있으며, 늘어나는 크기에 맞춰서 새로운 기록이 더해지고 있다는 점이다.

우주가 빅뱅 이래 계속 크기를 더해 가듯, 세계수도 그러하다.

수천수만 년을 들인다 한들 이곳을 다 둘러보는 것은 무리이리라.

신들도 자신들이 불완전하다는 걸 잘 알기에 전지를 받아들이지 않고 따로 이곳에다 세계의 역사가 저장되는 도서관을 만들어 놨으니.

"필요한 정보만 어떻게 찾는 방법이 없으려나?"

선인일 때 필요에 의해서 전지의 문을 벌컥벌컥 열 때는 전지의 영역에 들어서기만 하면 모든 걸 다 알고 해낼 줄 알았건만.

이곳에 있으니 자신이 얼마나 작고 초라한 존재인지를 잘 알 것 같다. 그리고 자신이 얼마나 무지했는지도.

그래서 자료를 찾기가 난감하다.

어떻게 포털 사이트처럼 특정 단어를 검색한다고 자료가 주르륵 뜨는 건 아닐 테고. 대체 다른 신들은 여기서 어떻게 필요한 자료를 뚝딱 찾는 거야?

아니, 그보다,

"왜 나밖에 없지?"

이 넓은 장소에 돌아다니는 사람은 자신밖에 없었다.

너무 넓으니 다른 이용자들이 안 보이는 게 아닐까 싶기도 하지만, 분명 세계수 안에는 자신밖에 없었다.

대체 어떻게 된 걸까?

청룡은 세계수 인근에서 묘성을 만나 인연을 맺었다고 했다. 다른 신들도 많이 봤다고 했다.

그렇다는 건 세계수를 방문하는 신들이 평소에도 잦다는 의미다.

거기다 세계수가 올바르게 자랄 수 있도록 도와주는 조경꾼이며 도서관의 책장이 흐트러지지 않도록 기록들을 관리하는 사서들도 있어야 한다.

그런데 아무도 없다.

마치 텅텅 비어 버린 것처럼.

"……."

뭔가 불안한 기분이 든다.

하지만 당장 지호가 이 일에 대해 할 수 있는 건 아무것도 없지 않은가.

일단은 아래부터 둘러봐야겠다 싶었다.

지호가 찾고자 하는 것은 두 가지.

첫째는 세계의 벽을 넘을 수 있는 방법.

둘째는 손오공을 치료할 수 있는 방법.

다행히 기존에 있는 사서들이 어느 정도 관리를 해 놨는지, 두루뭉술하기는 해도 따로 분류는 되어 있었다.

인학(人學), 행록(行錄), 본기(本紀)…….

뜻을 알 수 없는 단어들이 쭉 나열된다.

도통 의미를 짐작할 수 없어 대강 앞에 있는 '인학' 파트에 분류된 책자 하나를 아무렇게나 집어 펼쳤다.

그러자 넘어가는 책장.

좌르르륵.

책장은 도중에 멈췄다.

아무것도 적혀 있지 백지 위로 시커먼 먹물이 올라오며 글자가 성립된다.

전혀 알아먹을 수 없는 글자였지만, 이상하게 보는 것만으로도 바로 이해가 되었다.

곧 있으면 우리 페이트 쨩의 생일인데 뭘 해 주는 게 좋을까? 레스토랑에 데려가서 스테이크를 놔 줄까? 히히. 접원한테 사진도 찍어 달라고 그래야지. 노트북에 사진 담아가면 될 거야. 아, 또 이상한 사진 찍으면 지호 형이 화내려나? 칫!

"⋯⋯페이트 쨩? 뭐야, 이거?"

지호는 별 해괴한 걸 다 봤다 싶었다가 뭔가 이상한 기분이 들었다.

페이트 쨩? 어디서 많이 들었던 단어인데? 그거 민상이 녀석이 하던 말 아니야?

재빨리 책을 뒤집어 커버를 살핀다.

　　박민상

"뭔 개 같은⋯⋯!"
꼭 이렇게 안 좋은 건 잘 들어맞더라.
이건 밴드 멤버, 박민상의 일기였다.
　게임과 애니 오타쿠인 녀석. 왜 베이스를 치게 됐냐는 질
문에 케이온인지 제이온인지 하는 만화에서 어떤 캐릭터가
치고 있는 게 귀여워서 그랬다고 당당히 말했지?
　때마침 종이가 한 장 더 넘어가더니 새로운 글을 써내려
간다.

　　은영이가 갑자기 꿈에서 지호 형이 코스프레를 하고
　　나타났다고 말한다. 멋있었냐니까 엄청 안 어울렸단다.
　　이상한 빨간 물감으로 피를 흘리는 척하고 있더라고.
　　눈도 써클렌즈를 꼈는지 금색이라나? 중2병 오지다고
　　투덜거리더라. 하지만 난 이걸 개꿈 취급하지 않는다.
　　이건 분명히 운명의 데스티니. 지호 형이 드디어 덕의 세
　　계로 들어선다는 미래의 계시⋯⋯!

"자꾸 되도 않는 소리 지껄이고 있어."

지호는 탁 하고 책을 접었다. 계속 보고 있으면 녀석의 정신세계에 빠져 정신이 이상해질 것 같았다.

인학 파트. 여긴 아무래도 사람들의 의식과 행위가 기록되는 일기장과도 같은 곳인 듯했다.

"그래서 그런가. 더럽게 크네."

지구 인구만 해도 자그마치 70억을 헤아린다는데, 네 개의 세상을 총괄하는 기록 보관소라면? 역시 미치도록 크다.

지호는 호기심에 인학 파트를 더 둘러볼까 싶다가 고개를 털었다.

처음에는 지수와 지성의 흑역사라도 들춰 볼까 싶었지만 남의 의식 세계를 엿보려니 미안한 마음이 든다.

무엇보다 예지안으로도 사념을 어느 정도 읽을 수 있는 그에게는 큰 필요가 없는 장소였다.

필요하다면 저쪽 세상 사람들의 상황이라면 모를까.

"저쪽……?"

지호는 문득 든 생각에 재빨리 인학 파트 곳곳을 뒤지기 시작했다.

위로 나 있는 나선형 계단을 따라 재빨리 훑는다.

너무 양이 방대해서 원하는 걸 찾기가 힘들었지만, 다행히 인학 파트도 세세하게 분류되어 있었다.

남섬부주, 북구로주, 서우화주…… 그러다 보이는 동승신주. 거기 내에서도 다시 편을 나누어 선인편을, 선인편에서는 현시대를, 현시대에서도 동주칠마왕을 뒤지다가, '교룡'이라 적힌 책자를 발견했다.

"찾았다."

지호는 재빨리 책자를 꺼내 열었다.

파라락. 종이가 넘어가면서 글자를 내보낸다.

손지호! 손오공! 하여간 손씨 새끼들은 이래서 안 돼! 돌 원숭이 같은 놈들! 뭔 별 거지 같은 곳에다 떨어뜨려 봐! 왜 하필이면 셋째, 이 사나운 계집애의 방이냐고! 니들 때문에 고슴도치가 되고 말았잖아! 씨발! 정수리에 박힌 침은 너무 깊게 박혀서 빠지지도 않는다고! ……뭐, 그래도 덕분에 좋은 건 봤지만. 셋째 녀석, 가슴이 제법 실하다?

"다행이네."

안도에 찬 한숨을 내쉰다. 교주와 이예 등을 꿈속에 가두면서 혹시 동주칠마왕과 복마전도 같이 휘말리는 게 아닐까 걱정을 했었는데, 다행히 그들은 배제된 듯싶었다.

지호는 계단을 따라 아래쪽을 한참 내려와 이번에는 '이나은'을 찾았다.

평범한 사람이라 찾기가 여간 어려운 게 아니었지만, 몇 번 하다 보니 분류법을 알 것 같았다.

> 동주칠마왕과 복마전은 모두 이곳으로 돌아오셨지만 손 공자는 돌아오지 않으셨다. 언니의 말로는 꿈이 깨지면서 어디론가 간 게 아니겠냐고 하시지만…… 꿈 너머에서 손 공자가 무사한 걸 봤다고 하시지만…… 그래도 저는 당신이 이제 밉습니다. 언제나 절 이곳에다 두고 말없이 훌쩍 떠나 버리니까요. 이번엔 또 얼마나 당신을 기다려야 만날 수 있는 건가요?

"……조금만 더 기다려 줘."

당장 할 수 있는 말은 이것밖에 없었다.

지호는 도로 책자를 제 위치에 꽂아 놓고서 훌쩍 자리를 떠나려다가 한쪽 구석에 적힌 파트를 발견했다.

악선편
통천교주
이예

그러고 보니 저 둘은 꿈에 완전히 갇힌 걸까?

갇혔다면 빠져나오기 위해 뭔가를 하려 하지 않을까?

교주는 목전에 두었던 신위가 날아간 데에 대해 크게 분노했고, 이예는 기원을 상실했다는 자책에 포효를 내질렀다.

그러니 어떻게든 빠져나오기 위해서 발버둥을 칠 것이 당연하다.

미리 녀석들의 동향을 파악해 두는 것도 괜찮겠지.

지호는 먼저 '통천교주'를 꺼냈다.

*　　*　　*

흔히 상고시대는 크게 세 가지 시기로 분류한다.

전설 속 삼황(三皇)이 세상 사람들에게 불을 다루는 법과 농사를 짓는 법, 문자를 가르칠 무렵을 선대.

신들이 천신과 마신으로 나뉘어 서로 수미산의 주인이 되고자 했던 중대.

우가 마신들을 모두 봉인하고, 천계와 하계가 나뉘며, 인간들이 제 삶을 살기 시작한 오제(五帝)의 시대인 후대.

특히 후대에는 이미 기나긴 싸움에서 승리를 거둔 천신들이 계보를 완성해 삼라만상을 자신들의 색으로 물들이고 있는 중이었으니.

이중 천신들 중에서도 가장 높은 권좌에 앉은 세 명을 일 컬어 삼청(三淸), 혹은 삼대신(三大神)이라 한다.

그들은 세상을 창조한 여와로부터 세상을 경영하는 법을 배웠다는 홍균 아래에서 동문수학한 사형제지간이었다.

그들은 어린 시절부터 함께했기 때문에 서로에 대해서 너무 잘 알았다.

성격, 취향, 심지어 생각까지도.

그래서 한 사람이 다른 두 사람에게 칼을 겨누었을 때, 다른 둘은 큰 충격을 받고 말았다.

그들이 아는 그 사람은 결코 그럴 사람이 아니었으니.

온순하고, 평화를 사랑하는 사람.

결코 싸움 따위는 모르던 아주 착한 여인이었다.

그래서 남은 둘은 은연중에 그녀를 마음에 품고 경쟁하 던 연적지간이기도 했었는데. 하지만 그녀는 자신을 사랑 하던 두 남자의 심장에 비수를 꽂아 넣었다.

그녀가 바로 통천교주.

혼돈과 어둠과 꿈을 다스린다는 존재였다.

파라락.

지호는 책장을 넘기면서 살짝 이맛살을 찌푸렸다.

"삼대신?"

천계를 다스리는 세 명의 최고위 신.

통천교주가 그중 한 명이었다니.

꿈을 다스리는 위치이기에 소싯적에는 제법 높은 고위급이 아닐까 하는 추측은 했었다.

하지만 이 정도였을 줄이야.

지호가 상대했던 통천교주는 분명 강한 존재였지만, 그만한 경지냐고 묻는다면 고개를 저을 수밖에 없었다.

"신격과 신위를 일부 잃었기 때문인가? 신성도 타락했고."

결과적으로 말하자면 교주의 반란은 실패했다.

제아무리 혼돈과 어둠과 꿈을 다룬다고 한들, 옥황상제와 태상노군은 그리 호락호락하지 않다.

옥황상제는 싸움에서 가장 혁혁한 공을 세웠던 위대한 전신(戰神)이었고, 태상노군은 지혜롭기가 스승인 홍균보다도 더 뛰어난 존재였으니. 무(武)와 문(文), 두 가지 앞에서 교주의 싸움이란 그저 애처로운 몸부림에 지나지 않았다.

모든 반란이 끝난 뒤.

옥황상제와 태상노군은 통천교주에게 물었다.

왜 그랬느냐고.

무엇이 그녀로 하여금 극단적인 선택을 내리게 하였냐고.

하지만 교주는 도리어 비웃음을 날리면서 너희 따위에게는 해 줄 말이 없다고 소리쳤다.

죽일 테면 죽여 봐라. 윤회의 고리로 떨어뜨릴 것이면 떨어뜨리고, 지옥에 가둘 것이라면 가둬라.

옥황상제와 태상노군은 착잡했다.

아무리 중죄를 지었어도 교주가 맡고 있는 자리는 너무 깊다. 그녀를 임의로 처리해서는 이제야 겨우 균형을 잡아 가던 삼라만상이 다시 뒤틀릴 터였다.

아니, 그런 것을 제하더라도 두 사람은 한때나마 그녀를 마음에 뒀다. 아무리 적이 되었어도 한 번 품었던 마음이 쉽게 가실 리 없었다.

그래서 옥황상제는 태상노군의 지지 아래 판결을 내렸다.

신격의 상실. 신성의 타락. 신위의 강탈.

신령과 신화까지는 손을 대지 못하기에 신에게 있어 가장 뼈아픈 것들만을 골라 빼앗아 버렸다.

결국 교주는 어둠과 혼돈의 자리를 이름 모를 누군가에게 내줬다.

신성이 없어졌기에 세계수로부터 거부당했다.

신격을 잃었기에 천계로부터 추방당했다.

넝마처럼 해져 있던 검은 날개.

그게 하늘로부터 떨어졌다는 증거였다.

본래는 세상을 덮는 밤처럼 칠흑빛으로 깊고 달빛처럼 윤기가 흐르는 날개였을 테지.

"하지만 통천교주를 따라 반란에 참여했던 이들까지 용서할 수 없었던 천계는 그들에게 엄한 문책을 물었다……."

어찌 통천교주를 삿된 길로 현혹했냐는 문책이었다. 아랫사람이라면 윗사람이 틀린 길을 가려 할 때 옆에서 바로잡아 줘야 할 의무가 있었으니.

하지만 그들은 도리어 코웃음을 쳤다.

우리는 어디까지나 잘못된 것을 바로잡으려 했을 뿐이다. 그때의 일에 후회란 없다. 만약 당시로 돌아간다 하더라도 똑같은 선택을 할 것이다. 그러니 마음대로 하라. 그들의 주인인 통천교주와 똑같은 말이었다.

옥황상제는 크게 화를 냈다.

오냐. 그것을 바란다면 너희들을 죽지도 살지도 못하는 억겁의 고통 속에 가둬 주마.

그래서 옥황상제는 명령했다.

하계의 발아래. 죽은 자들이 살아가는 저승에 새로운 구획을 만들라. 그리고 그 구획에서도 들어갈 수는 있되, 나올 수는 없는 감옥을 만들라.

억겁의 세월 동안 유황불이 흘러 고통스럽고 어둠이 내려어지럽기만 한 감옥을 만들어 그곳에다 이들을 가두어라.

그리고 다시는 바깥세상을 보지 못하게 만들라.

그렇게 해서 지옥이 탄생했다.

모두 8층으로 이뤄진 죄수들의 감옥.

그중에서도 가장 깊숙한 곳에다 무간지옥이란 이름을 붙이고 이들을 모두 가두기에 이른다.

"무간지옥……."

지호는 문득 떠오르는 것이 있었다.

저승으로 들어 지옥의 군세를 일으키고자 하던 교주.

그 군세가 이들과 관련이 있는 게 아닐까?

지호는 책장을 한 장 더 넘기며 다음 문구를 읽어나갔다.

"당시 통천교주의 반란은 천계뿐만 아니라 하계에도 크게 영향을 미쳐 한 개의 나라가 쇠퇴하고 다른 나라가 중흥하는 등 복잡한 양상을 보이기도 했다, 라."

지호는 손으로 턱을 쓰다듬었다.

익숙한 단어가 보였기 때문이었다.

통천교주와 그녀를 따르는 악선, 요선, 독선, 괴선들 따위가 함께 전쟁을 치른 사건. 천교와 함께 천계를 양분하던 절교가 한낱 선계의 세력으로 격하된 사건.

훗날 이것은 여러 민담과 전설로 남아 어느 문장가가 하나로 엮게 되니.

이를 일컬어,

"상주열국전전, 이른바 봉신방 혹은 봉신연의라 한다."

오제의 시대를 지나면서 상고 시대는 드디어 말기를 맞아 간다.

수미산이 드디어 네 개로 분리되기 시작한 것이다.

이때쯤 하계에는 은(殷)이라는 나라가 있었다.

한때 우가 세운 하(夏)의 정통을 이어 대륙을 떨쳐 울리던 곳이었지만, 점차 흥망을 거듭하더니 주왕의 대에 이르러 망조의 기운이 들었다.

통천교주가 달기라는 희대의 요녀를 주왕에게 붙여 은나라의 조정을 뒤흔든 것이다.

이에 옥황상제는 제자와 자식들을 모아 천교란 조직을 만들어 떠오르는 영웅, 주나라의 무왕을 채택해 은나라를 크게 무찌르고, 절교를 패퇴시켜 그들의 수뇌부를 대거 봉인하는 데에 이른다.

이것이 바로 봉신연의.

이후, 절교는 세력이 와해되고 산하에 있던 조직원들이 모두 뿔뿔이 흩어졌다. 하지만 통천교주는 포기하지 않았다.

도리어 더 분노했다. 포효했다.

어째서인가!

어째서 나는 패배하고 말았는가!

어째서 나를 따르는 존재들은 저런 고통을 겪어야만 하는가!

어째서!

어째서……!

   "진짜 죄인들은 저리 높은 곳에서 떵떵거리며 거
짓된 세상을 열고 살아가는데, 어째서 진실을 열고
자 하는 우리들은 이런 형벌을 받아야 하는가! 고통
을 겪어야만 하는가!"

그래서 교주는 생각을 바꿨다.

오냐. 이번이 안 된다면 몇 번이고 도전해 주마.

그래서 절교는 몇 번이고 세상에 맞섰다. 아니, 천계에
도전했다.

그때마다 교주는 계속 패배를 거듭하며 그나마 남아 있던
권능마저 계속 잃어 갔지만, 그래도 끝까지 물고 늘어졌다.

그녀는 꿈을 다스리는 존재. 꿈이란 절대 부서지는 법이
없었으니.

실제로 몇 번은 성공을 할 뻔한 적도 있었다.

상고 시대 중기에 봉신되었던 마신들을 깨워 천계를 위
협하기도 했다.

실제로 나후는 절교가 떠받드는 신이 되어 큰 활약을 벌
였다. 남섬부주에 큰 영향을 끼쳐 계획이 거의 성공 직전에

이르렀었다.

하지만 그들의 싸움은 다시 어딘가에 가로막혔으니.

손오공.

바로 제천대성이 나타나 의형제들과 함께 절교에 맞서 싸우기 시작한 것이다.

그것이 바로 절교와 동주칠마왕, 천 년을 넘도록 이어져 온 전쟁의 서막이었다.

"어렵네."

지호는 마치 한 편의 영화를 보고 난 기분이었다.

처음에는 그저 단순히 동주칠마왕과 싸우는 존재라고만 여겼었는데.

하지만 통천교주는 손오공을 만나기 훨씬 이전부터 세상과 싸움을 벌이고 있었다.

흥망을 거듭하면서도 끝까지 싸우는 여인.

대체 무엇이 그녀로 하여금 칼을 들게 했을까?

어떤 이유로 상냥하던 그녀는 가슴속에 차가움을 품게 되었을까?

이유는 알 수 없다.

아니, 사실 알 필요도 없다.

원인이 무엇이 되었든 간에 통천교주가 지금 당장 뭘 하려는지가 중요한 것이니.

세상을 부순다고?

"······웃기지 마."

지호는 바득, 이를 갈았다.

그는 저쪽 세상에서 몇 번이고 보아 왔다.

해와 달이 사라진 땅. 환란이 그치지 않는 땅. 모두가 눈물을 흘리는 땅. 희망이 사라진 땅.

놈들은 그런 세상을 만들었다.

통천교주가 말하는 거짓된 세상이 무엇이고, 진짜 신이 무엇인지는 중요하지 않다.

과거 천신과 마신들의 전쟁에서 무슨 일이 있었다 한들, 이미 세월은 반만 년이나 흘렀고, 이 세상은 네 개로 나뉘어 잘 영위되고 있다.

세계수를 보라.

수미산에 심어진 자그마한 묘목에 불과했던 나무는 이제 이만큼이나 자라서 이데아를 덮는다.

그 위에는 헤아릴 수도 없을 만큼 아주 많은 사람들과 생명들이 살아가고 있다.

그러니 그걸 부수는 짓은 용납할 수가 없었다.

"진정하자."

지호는 고개를 털었다.

지금 여기서 화를 내 봤자 달라지는 건 없지.

생각한 것처럼 결국 앞으로가 중요한 거다.

통천교주가 삼신산에 오를 수 없도록, 마신들을 깨울 수 없도록, 천계에 발을 내밀 수 없도록 막으면 되는 것이다.

그리고 영영 꿈에서 나올 수 없도록 만들면 된다.

지호는 책자의 마지막 부근으로 페이지를 넘겼다.

하얀 종이 위로 까만 먹물이 올라온다.

하지만,

"뭐지?"

글자는 적혀 있다. 무슨 생각을 하는 건 분명하다.

하지만 내용이 없었다. 글씨를 알아볼 수는 있는데 눈에 들어오질 않는다. 읽어도 내용이 머릿속에서 부서져 사라진다. 인지가 되지 않는다.

"막아 놨네. 젠장."

아무래도 잠금장치를 걸어 놓은 모양이었다.

지호가 세계수에 들어올 것을 짐작이라도 한 걸까.

혹시나 하는 생각에 이예의 책자를 꺼냈다.

교주 것처럼 앞부분은 읽을 수 있다. 하지만 가장 뒤편에 위치한 현재 생각과 동향은 마찬가지로 인지할 수가 없었다.

"결국 여기까지인가?"

지호는 도로 두 책자를 제자리에 꽂아 넣으면서 이를 바득바득 갈았다.

그러다 흥분을 가라앉혔다.

사실 아무래도 상관없다. 녀석들은 절대 꿈을 빠져나오지 못할 것이니.

그곳은 지호의 색으로 가득 찬 세상. 지호와 손오공이 꾸는 꿈이다.

제아무리 교주가 꿈을 관장하고 이예의 화살이 해와 달을 떨어뜨린다지만 지호의 세상을 망가뜨릴 수는 없다.

밖에서 직접 해제를 하지 않는 이상에는.

어차피 둘의 책자를 살피려 했던 것도 혹시 있을지 모를 반격에 대비한 것이었지, 알 수 없다고 해도 상관없었다.

그렇게 생각을 정리하면서, 지호는 천천히 인학 파트를 훌쩍 떠났다.

*　　　　*　　　　*

지호는 천천히 눈을 떴다.

"결국 못 찾았네."

세계수의 자료는 너무 방대했다. 필요한 서적만 골라낸다고 해도 너무 많은 시간을 필요로 했다.

결국 지호는 처음 생각했던 걸 모두 찾지 못하고 돌아와

야만 했다.

'몇 번을 더 가야 할 것 같은데.'

필요한 자료를 모두 찾고 분석하고 파악하기까지 얼마나 많은 시간을 잡아먹을지.

그동안 저쪽 세상의 시간은 얼마나 흐를지 답답했지만 그래도 최대한 빨리 수를 쓰는 방법밖엔 없었다.

하지만 다행히 가장 중요한 건 찾을 수 있었다.

손오공의 치료법.

정확하게는 다친 영혼을 정화할 수 있는 방법.

지호는 아직까지 깊은 잠에 빠져 있는 손오공의 머리를 손으로 덮어 공력을 불어 넣었다.

근두운의 기운을 담지 않은 아주 순수한 기운.

생명력의 근간. 혹은 영혼의 뿌리라 불리는 선천지기를 쏟아 넣는다.

지이이이이이이잉.

금고아가 거기에 호응하듯이 잘게 떨렸다.

35장

일월창조(日月創造)

기(氣)는 크게 두 가지로 분류된다.

선천지기와 후천지기.

이 중 선천지기는 혼을 따라 돌면서 영혼의 근간을 이루는 요소가 된다.

태초 우주가 생겨 혼란스러웠던 기운이 정화되면서 만들어졌다는 가장 순수한 기운.

그래서 보충할 방법은 어디에도 없다.

모두 소모되고 나면 저절로 모든 수명을 다하게 된다.

선인이 되면 선천지기를 효율적으로 다루어 불로장생을 누릴 수 있다지만, 그들 역시 보충할 방법이 없기 때문에 되도록 잘 쓰지 않으려 한다.

그런데 지호는,

우우우우우우우웅.

그런 선천지기를 끊임없이 손오공에게 불어 넣었다.

이마를 따라 식은땀이 흘러내린다.

반신이 되었다지만, 그에게도 쉬운 작업이 아니었다.

본능이 자꾸 경종을 울려 댄다.

이 이상은 위험하다고.

더 많은 선천지기를 밖으로 내보내게 되면 너 역시 손오공과 같은 꼴이 될 것이라고, 아니, 그보다 더 위험해질 것이라고 경고한다.

그래서 선천지기는 월요일 아침부터 학교 가기 싫다며 징징대는 초등학생처럼 발버둥을 치지만, 어서 일어나서 씻으라는 어머니의 강요 같은 지호의 강한 의지에 따라 억지로 떠밀린다.

선천지기의 반응이 달라지는 건 바로 그 뒤였다.

등교가 싫다며 투덜거리던 아이는 정작 학교에 도착하면 언제 그랬냐는 듯이 친구들 속에 섞여 놀기 바쁘다. 악동이 되어 복도를 뛰어다니고, 점심시간이 되면 축구공을 들고 축구를 하기 바쁘다.

선천지기가 딱 그랬다.

손오공에게 닿자마자 더 활발하게 뛰어다닌다.

어? 놀이터가 있네? 친구도 많네? 그럼 놀아야지!

손오공은 심장이 부서지면서 영락을 거듭한 상태. 언제나 활발한 에너지로 충만했던 체내는 거대하게 넓은 공동만 있을 뿐, 안은 공허하기만 하다.

선천지기는 그 안에서 놀았다.

운동장 한가운데에 덩그러니 놓인 축구공을 들고 뛰기 시작한다. 그러다 심심하면 골목으로 들어가 동네 곳곳에 숨은 친구들더러 나오라고 고래고래 소리를 친다.

공허, 변두리에 자잘하게 남아 있던 기운들이 골목대장을 따라 속속들이 모여든다.

그곳에는 부서진 선천지기의 파편도 있었고, 후천지기의 잔재도 있었다.

하지만 종류가 무엇이 되었건 간에 지호의 선천지기는 그런 녀석들을 모으고 또 모아 운동장으로 향했다.

공허가 채워지기 시작한다.

지호는 그렇게 한데 모은 것들을 도로 자신에게로 유도했다.

선천지기를 따라 거대한 기의 흐름이 시냇물에서 강물로, 강물에서 대하(大河)로 변해 도도하게 흐른다.

황톳물처럼 갖가지로 오염되었던 대하는 지호의 기맥을

따라 주천을 시작하는 순간, 빠른 속도로 정화되기 시작했다.

침전물이 아래로 가라앉으며 물이 맑아진다. 대하는 다시 손오공에게로 깃든다. 그러다 손오공을 크게 한 바퀴 돌다가 또 한 번 지호에게로 향한다.

둘 사이를 쉼 없이 오고 가면서 지호에게는 정화를 받고, 손오공에게는 활력을 심어 준다.

그것은 거대한 순환이었다.

경로를 따라 대하의 크기는 계속 불어나는 동시에 맑아진다.

그러다 지호는 시간이 어느 정도 되었다 싶자 자신의 선천지기를 분리해 거둬들이고, 나머지는 손오공에게 안착시켜 공허를 채우게끔 만들었다.

그러다 천천히 손을 떼며 눈을 뜬다.

손오공은 여전히 깊은 잠에 빠져 있었다. 눈을 뜰 기미를 보이지 않지만, 지호는 검지를 그의 입가에 갖다 댔다.

숨소리가 이전보다 훨씬 편하다. 몸에 자잘하게 남아 있던 상처도 어느샌가 아물었다.

차도가 있었다.

"다행이네."

지호는 의자 등받이에 반쯤 걸치고 누워 안도에 찬 한숨을 내쉬었다.

잘 될까 안 될까 고민을 많이 했었는데.

다행히 성공적으로 끝났나 보다.

양생(養生).

선인들이 다쳤을 때 어떻게 치료를 하나 싶어 자가 치료법을 찾던 중에 발견한 방식이다.

원래는 단식이니 벽곡이니 하는 방식으로 기를 최대한 맑게 해서 면역력을 증강하고 세포에 활력을 불어 넣는 방식이지만, 지호는 그걸 조금 더 개량해서 아예 자신의 선천지기를 이용하는 방식을 창안했다.

자신과 손오공은 어차피 같은 영혼을 공유한 몸.

그럼 신체적 접촉만 이뤄진다면 선천지기도 알아서 같은 몸으로 인식하게 될 테니.

다행히 결과는 성공적이었다.

공허가 너무 크기 때문에 바로 일어나지 못하는 것일 뿐. 아마 이 치료법을 몇 번 되풀이하고 나면 곧 눈을 뜰 수 있을 것이다.

'나도 작지만 성장이 있었고.'

무엇보다 지호는 자신의 몸도 손오공처럼 달라졌다는 것을 느꼈다.

선천지기는 언제나 혼에 묶여 육체를 담당하는 후천지기

를 보조하는 역할을 한다. 그래서 크게 쓰일 일이 없고 차츰 경직되는 경우가 많다.

그런데 이걸 크게 움직여 여태 경직되었던 걸 풀어 주고 도리어 활력을 심어 주었으니.

덕분에 지호의 체내에는 에너지가 넘쳐흘렀다.

감각이 더 날카로워지고, 영혼이 더 단단해진다.

거기에 따라 언제나 벼랑 끝에 선 것처럼 위태롭던 신격과 신위도 더 탄탄해졌다.

더군다나,

"세계수의 방문도 생각 외로 큰 소득이었어."

세계수에 있으면 있을수록 그 분위기에 동화되어 신성도 점차 뚜렷해졌다. 거기다 아카식 레코드를 따라 자료를 찾아볼수록 지혜도 계속 쌓이면서 신령도 안정된다.

손오공의 치료법처럼 세계수 방문도 성장에 큰 도움이 되었다.

"수양의 일환이라는 거지?"

그렇지 않아도 신위를 어떻게 안정시킬까 계속 고민을 했었는데.

방법이 하나도 아니고 둘이나 될 줄이야.

지호는 자기도 모르게 미소를 지었다.

"야! 손지호!"

쾅!

지호가 조용히 의자에 앉아 치료법을 복기하고 있을 때, 갑자기 문이 벌컥 열리면서 지수가 뛰어 들어왔다.

씩, 씩, 뿔난 황소처럼 잔뜩 성을 낸다.

아버지한테 잔뜩 혼이 났는지 눈가는 퉁퉁 불었다.

지호의 고개가 외로 꼬였다.

"야아?"

"그래! 야라고 했다!"

"어쭈. 이제는 막 나가자는 거냐?"

"네가 먼저 시비 걸었잖아!"

"뭘?"

"아빠한테 일렀잖아! 발렌타인!"

"네가 잘못한 걸 왜 나한테 따져?"

"너! 뻐꾸기 아빠한테 다 일러 버릴 거야!"

"그래라."

"뭐?"

지수는 전혀 생각지 못한 반응에 얼굴이 딱딱해졌다. 어? 여기서 빌어야 하는데?

"증거도 없는데 무슨."

"......!"

지수는 후다닥 지호를 밀치고 컴퓨터를 켰다. D드라이브에 들어가서 뻐꾸기 폴더를 찾는데…… 없다? 휴지통에도 들어가 봤지만 보이지 않았다.

"어디 갔어! 뻐꾸기!"

지호는 어깨를 으쓱거렸다.

"모르겠는데?"

"야아아아아아아!"

지수는 분통을 터뜨리면서 발을 동동 굴렀지만 없던 게 나올 리가 없다.

"너 죽여 버릴 거야아아아아!"

"마음대로."

쾅!

지수는 씩씩대면서 문을 세게 닫고 나가 버렸다. 벽에 걸린 액자가 살짝 기울어진다.

"하여간 계집애, 성질머리가 저래서 누가 데려가려고. 걱정된다, 걱정 돼."

지호는 고개를 절레절레 흔들더니 의자를 책상 앞으로 가까이 잡아당겼다. 마우스를 몇 번 딸각거리더니 '숨긴 폴더 찾기'를 누른다.

그러자 나타나는 뻐꾸기 폴더.

히죽.

지호는 자신이 몇 년을 공들여 모은 컬렉션을 흐뭇한 미소로 감상했다.

＊ ＊ ＊

"이게 뭔지 아니? 사탕이란 거다."

"……."

"봐 봐. 쩝쩝. 아이고, 맛있어라. 너도 먹고 싶어지지? 맛있을 거 같지?"

"……."

"……아, 이거도 안 되네."

"이봐, 대장. 그만하고 포기하는 게 어때?"

흑발에 금안. 손오공을 닮은 사내는 땅이 꺼져라 한숨을 내쉰다.

마을에서 데려온 여자 아이는 두 달이 넘도록 말이 없었다. 표정도 없다. 그저 헝겊을 대충 엮어 만든 토끼 인형을 꼭 끌어안으면서 이따금 사내와 동료들을 경계 가득한 눈빛으로 볼 뿐이었다.

사내는 못내 그것이 답답했다.

폐허가 되어 버린 전쟁터. 아무것도 남지 않아 버린 마을에서 발견하게 된 아이이니 더할 나위 없이 소중하다. 그리고 기쁘다.

하지만 아이는 그들에게 마음을 열지 않았다.

마치 벙어리가 된 것처럼 입을 꾹 다물고만 있었다.

그럴 수밖에 없으리라.

사내와 동료들은 그녀의 마을을 쑥대밭으로 만든 두 곳 중에 하나였으니.

저들이 최대한 민간인에게는 피해를 입히지 않게 한다고 노력했다지만, 과연 그들 때문에 죽은 이들이 하나도 없냐고 묻는다면 말을 못할 터였다.

하루아침에 부모도 가족도 친지도 친구도 잃어버린 아이이기에, 마음을 열려면 많은 시간이 걸릴 거란 건 충분히 알고 있었다.

동료들은 그게 답답한지 아이를 인근 마을에다 맡기자고 했지만, 그들의 대장인 사내는 고개를 저었다.

이건 죄책감이었다.

혹은 속죄였다.

그 마을은 한때 사내가 스승으로 모셨던 사람이 살았던 곳.

비록 지금은 일개 산골 마을로 전락했다지만, 한때는 세상에서 가장 크고 활력이 넘쳐흘렀다는 곳이었다.

그렇기에 그곳을 엉망으로 만들었다는 죄책감을 조금이

라도 만회하고자 아이에게 지극정성을 쏟았다.

하지만,

"……."

아이는 여전히 헝겊 인형처럼 말이 없었다.

＊　　　＊　　　＊

딱. 딱.

눈을 뜨니 책상에 놓인 자명종 시계가 돌아간다.

창밖을 보니 벌써 밤이다.

"깜박 잠들었나 보네."

하루 종일 방에 틀어박혀 세계수를 오고 가면서 수양에 정신없이 몰두를 하다 보니 잠들었던 모양이다. 손오공을 더 효율적으로 치료하는 법 외에 차원을 넘을 수 있는 법도 찾다 보니 정신적으로 피곤했다.

"그런데…… 그 여자애는 대체 누구지?"

분명 손오공이 꾸는 꿈인 것 같기는 한데.

지호는 여전히 잠에 든 손오공을 빤히 쳐다봤다.

저 뻔뻔한 낯짝을 가진 손오공이 가슴속에 품은 한이라니.

도대체 그때 무슨 일이 있었던 걸까?

손오공이 여자 아이에게 느끼는 감정은 지호에게도 확
전해졌다.

죄책감. 속죄. 미안함. 후회.

자신이 똑바로 일을 처리하지 못해 벌어진 사건.

조금만. 조금만 더 신경을 썼더라면. 관심을 기울였다면.
그랬더라면 벌어지지 않았을 사건이었는데.

그래서 쑥대밭이 된 마을을 미친 듯이 뒤지고, 동료들이
이만 떠나자는 말에도 대꾸조차 하지 않으며 한참을 뒤지
다가 겨우 발견한 여자 아이.

하지만 벙어리가 된 아이는 손오공의 가슴에다 대못을
박는다.

지호는 얼핏 엿보았던 손오공의 기억 속에서 본 유라라
는 아이를 떠올렸다.

손오공은 이상하게 그 아이에게도 유독 약했었지?

아마 그 나이대 여자 아이에게는 다 약한 게 아닐까 싶었
다.

혹시 꿈에서의 일이 가슴에 남아 있는 건 아닐까.

"근데 거 말투는 되게 안 어울리던데요? 진짜 그쪽이 취
향이거나 하는 거 아니죠?"

지호는 고개를 절레절레 흔들다가 다시 가부좌를 틀었
다.

시간은 언제나 부족하다.

충분히 쉬었으니 또 이데아에 접속해 봐야지.

그러다 휴대폰에 불이 들어오는 게 보였다.

부재중 전화 7건.

모두 밴드 멤버들에게서 온 것들이었다. 이렇게 늦은 시간에 웬일이지?

때마침 휴대폰이 울렸다.

우우웅.

*　　　*　　　*

"이 형이 또 전화 안 받네?"

박민상은 전화를 끊으면서 고개를 갸웃거렸다.

"왜? 또 부재중이야?"

"어."

"원래 연락 잘 받는 편인데? 공연이라도 있으신가?"

"아냐. 내가 알기론 없어. 아니면 잠수라도 탔나."

백동준이 고개를 갸웃거렸다.

본격적인 본선이 시작되는 날.

1시간 후면 카메라가 돌아가면서 미션이 시작된다.

너무 긴장이 되어서, 그 전에 지호의 목소리를 듣고 기라도 좀 받으려고 했건만.

벌써 몇 통째 전화를 안 받는다.

평소에는 재깍재깍 전화를 잘 받거나, 일이 있어도 나중에 꼭 전화를 주거나 문자를 남기곤 했다.

근데 지금은 너무 연락이 없으니. 걱정이 된다.

서은영도 말을 하지 않을 뿐이지 휴대폰을 꼭 붙잡고 노려보다시피 했다. 긴장을 너무 많이 하는 성격이라, 저렇게 있다가는 사고를 치는 게 아닐까 싶을 정도였다.

하지만 유독 하동률이 뭔가 알겠다는 듯이 피식 웃었다.

"아직도 모르겠냐?"

"예?"

백동준과 박민상의 시선이 그를 본다.

"이 시간에 전화를 안 받는 이유라면 하나밖에 더 있겠어?"

"뭔데요, 그게?"

"여자."

"예?"

순간, 서은영이 눈을 번쩍 뜬다. 험악한 눈매를 하고서.

백동준과 박민상은 자기도 모르게 움찔거렸지만, 하동률은 자기 말이 맞을 거라는 식으로 의기양양하게 굴었다.

"그거 말고 또 뭐 있겠어? 안 그러냐? 혹시 알아? 백PD

님이라도 꼬시고 있을지. 둘이 엄청 잘 어울리더만. 으흐흐흐."

하동률은 웃다 말고 시선을 회피하는 백동준과 박민상을 보고 고개를 갸웃거렸다.

"응? 니들 왜 그러…… 으아아아아악!"

"밴드 윌, 다음 촬영 준비해 주세요."

백정연PD가 대기실 문을 활짝 열고 들어오다가 깜짝 놀랐다.

하동률의 얼굴이 퉁퉁 부어 있었다. 백동준과 박민상은 덜덜 떨고 있었고.

유일하게 서은영만 방긋방긋 웃고 있었다.

*   *   *

"녀석들, 잘하고 있으려나?"

지호는 다시 세계수로 돌아와서 책자를 훑어보고 있었다.

그러다 문득 멤버들의 얼굴이 떠올랐다.

녀석들이 전화를 했던 건 봤지만 일부러 연락하지 않았다.

당장 이 일이 급한 데다가, 앞으로의 일은 녀석들이 스스로 해결해야 할 부분이다.

자신이 어떻게 해 줄 수 있는 게 없었다.

"열심히 해라."

녀석들에게는 닿지 않을 응원의 말을 던지면서 다시 책자로 눈길이 간다.

책자는 이 세계의 형성에 대해서 설명하고 있었다.

태초에 이 세상에는 혼돈만이 가득했다. 알의 형태를 띤 혼돈은 점차 세 개로 나뉘면서 삼기(三氣)를 이뤘다.

양(陽)의 맑음은 하늘이 되고, 음(陰)의 혼탁함은 땅이 되었다. 남은 하나는 거인 반고가 되어 하늘과 땅 사이에 서서 두 기운이 섞이지 못하도록 계속 떠받쳤다.

하늘과 땅은 매일 일 장(3미터)씩 높아지고 두꺼워졌다.

반고도 같이 자랐다.

이렇게 1만8천 년이 지나자 하늘과 땅은 지극히 높고 깊어졌으며 반고도 엄청나게 커져, 그 키가 9만 리나 이르게 되었다.

하지만 영원할 줄 알았던 반고는 수명이 다하고 말았다.

이에 황량한 대지를 거닐고 있던 여와가 반고의 시신을 반죽해 세상을 창조하기 시작했다.

호흡은 바람과 구름이 되고, 목소리는 번개와 천둥이 되었다. 왼쪽 눈은 달이, 오른쪽 눈은 해가 되었고, 몸뚱이는 산과 구릉이 되었고, 피는 하천과 호수가 되고, 근육은 지맥이 되었다.

살은 논과 밭이 되고, 머리카락과 수염은 풀과 나무가 되었으며, 치아와 뼈는 금속과 암석이 되고, 골수는 주옥이 되고, 땀은 비가 되었다.

이리하여 하늘에는 해와 달과 별이 반짝이고, 대지에는 산이 치솟고, 강과 바다가 흐르는 천지가 완성되었다.

하지만 세상에는 여전히 여와만 있었기에 이번엔 흙과 물을 섞어 이상한 것을 여럿 만들어 땅에 놓았다.

그러자 그것은 살아서 움직였다. 이상한 소리를 내며 뛰어다녔다.

어떤 것은 날짐승이 되어 하늘을 날고, 어떤 것은 들짐승이 되어 땅을 달리고, 어떤 것은 물짐승이 되어 바다를 헤엄치고, 어떤 것은 사람이 되어 세상 곳곳으로 흩어졌다.

"반고? 여와?"

지호는 손오공에게 몇 번이고 상고 시대에 관한 이야기를 들었지만, 그 전이라 할 만한 태초에 대해서는 전혀 들은 적이 없었다.

세상의 재료가 된 반고와 천지를 창조한 여와라.

하지만 가장 눈에 띈 대목은,

왼쪽 눈은 달이, 오른쪽 눈은 해가 되었다.

지호는 자기도 모르게 두 눈을 매만졌다.

자신도 왼쪽 눈에는 달이, 오른쪽 눈에는 해가 담겨 있지 않은가. 지금은 두 개 다 잘게 부수어 빛으로 환원시켰다지만, 뭔가 묘한 동질감이 느껴졌다.

지호는 마저 뒷부분을 읽어 내려갔다.

여와는 자신이 만든 사람 중 가장 똑똑한 자에게 복희라는 이름을 붙이고 남편으로 삼았다.

복희는 팔괘를 만들어 삼라만상을 제정하고, 글자를 만들어 사람들을 널리 가르쳤다. 그리고 여와와의 사이에서 자식을 여럿 두었으니, 이들은 신이 되어…….

……이로써 씨족이 만들어지고, 부락이 만들어지고,

나라가 만들어졌다. 사람들은 자신들에게 풍요와 번영을 가져다준 이들을 삼황(三皇)이라⋯⋯.

⋯⋯하지만 세상이 넓어지고, 사람도 많아지고, 신도 많아짐에 따라 그들 사이에 갈등이 일어나, 전쟁이 벌어졌다.

이에 풍요와 번영은 사라지고, 비바람이 휘몰아치고, 불길이 논밭을 뒤덮고, 바다가 메말랐다. 땅이 네 개로 갈라지면서 세상도 네 개로 나뉘기 시작했다⋯⋯.

"세상이 네 개로 나뉘었다?"

수미산의 분할이다.

지호는 드디어 원하던 대목을 찾았다는 사실에 다음 부분으로 넘어갔다.

신들의 전쟁으로 사람들은 절규와 비탄에 잠겼다. 그때 사람들 사이로 우(禹)가 나타났다. 우는 마신들을 봉인해 황하에 묻고, 천신들을 하늘로 쫓아 버렸다.

이로써 세상은 사람들의 것이 되었다.

하지만 지호의 눈을 사로잡는 것은 따로 있었다.

신들은 옥황상제의 주관 하에 하늘을 36개로 나누고, 하계와의 연결을 위해 다리를 놓았다. 이로써 해와 달은 순차적으로 낮과 밤을 밝혔다.

"해와 달."

지호는 몇 번이고 두 단어를 입에 되뇌었다.

분명 절교가 노리던 것도 바로 이거였다.

해와 달.

천계와 하계를 잇는 다리.

하지만 이것은 천계에서 삼은 것이기에, 그걸 치워 버리고 나후성을 놓았다.

그렇다면?

"이 다리를 건너면 다른 세상으로 넘어갈 수 있지 않을까?"

해와 달은 어디에나 있다. 이쪽 세상에도, 저쪽 세상에도.

그렇다는 건 어느 세상에서나 천계로 오를 수 있다는 뜻이니, 반대로 이야기하자면 다른 세상은 나눠져 있어도 해와 달로는 서로 연결이 되어 있단 뜻이다.

거기에 생각이 미치자, 지호는 책자를 원래 자리에 꽂아 놓고 다른 기록을 찾아 움직였다.

해와 달을 넘는다는 것은 정말 우주에 있는 해와 달에 도착한다는 뜻이 아니다.

이미 이 세상은 천문학이 너무 발달해 있어 지구가 거대한 우주의 티끌만 한 존재에 지나지 않는다는 것을 너무 잘 아니까.

여기서 말하는 해와 달은 현상이다. 일종의 지표라 볼 수 있는 것이다.

신은 사람들의 인지에 따라 존재하는 것이니, 여기서 말하는 천계와 하계의 가교 역할을 하는 해와 달도 인지에 따라 해석해야 한다.

세계의 구조.

이걸 바탕으로 해와 달을 넘을 수 있는 방법을 찾아야만 한다.

그러다 한 가지를 찾았다.

월궁

다른 책자들에 비해서 아주 얇은 책.

하지만 그 단어는 누구나 잘 안다.

저 달나라에는 토끼들이 떡방아를 찧고 있단다, 라는 전래 동화로 더 유명한 선녀들의 터전.

"여기 있을 텐데?"

지호는 책자를 빠른 속도로 넘기다 한 구절을 찾았다.

"찾았다!"

옥황상제에게는 두 명의 비(妃)가 있으니. 이중 달을 다스리는 상희와의 사이에서 12명의 딸을 낳았다. 하지만 상희와 다르게 딸들은 언제나 호기심이 많아 하계를 구경하고자 한 달에 한 번씩, 사람들 몰래 그믐이 지는 날에 동아줄을 내린다.

"동아줄?"

이건 도대체 무엇일까?

달빛?

아니다.

그믐이라면 달이 가장 없어진 때다.

그렇다면 전혀 다른 뜻일 텐데.

지호는 다른 뜻이 있을 거라 판단하고 월궁에 대한 책자를 끝까지 훑었다.

월궁이 어떤 구조로 되어 있으며, 상희는 어떤 존재이며, 딸들은 어떻게 생겼고, 그중 누군가는 누구와 결혼을 하였고…….

당장 지호에게는 중요치 않은 내용들투성이다. 거의 다 읽었는데도 그 동아줄이 무엇인지는 나오질 않아 다른 책자를 찾아야 하나 싶어 하던 무렵,

"뭐야, 이건 또?"

이상한 문구가 지호의 눈을 사로잡는다.

특히 옥황상제와 상희는 막내딸, 항아를 가장 사랑하였다. 그래서 옥황상제는 장수 이예가 하계를 괴롭히던 요괴를 잡는 데 혁혁한 공을 세우자, 그를 아끼는 마음에 항아를 아내로 내주었다.

"상희의 막내딸을 이예에게 아내로 주었다?"

그렇다는 건 이예가 옥황상제의 사위라는 얘기고. 이예가 떨어뜨린 아홉 태양은 옥황상제의 아들이니까…… 뭐야? 그러니까 쉽게 말해서,

"자기 처남을 아홉이나 쳐 죽인 거네?"

뭔 이딴 막장 드라마가 다 있어?

정확하게는 이복 처남이라지만, 옥황상제가 안 빠치는 게 용할 정도다 싶었다.

그러면서 한편으로는 그런 생각도 들었다.

지금부터 지호는 월궁으로 올라가는 법을 찾아야 한다.

거기서 상희의 도움을 빌어 저쪽 세상으로 넘어가야 하는데, 정작 자신은 상희의 사위와 싸움을 벌이고, 그를 꿈 속 어딘가에 가둬 놓았다.

뭔가 일이 복잡하게 꼬였다는 사실에 지호는 뒷머리를 벅벅 긁었다.

"잠깐만. 그럼 이예가 말하는 기원은……?"

"내 기원을 내놓아라."

이예가 항상 입에 달고 살던 단어, 기원(祈願).

그건 분명히 자신이 옥황상제로부터 저주를 받기 전으로 되돌아가고 싶다는 뜻일 텐데?

이후, 이예가 큰 죄를 지어 지상으로 추락하자, 옥황상제는 막내딸을 강제로 하늘로 끌어왔다. 하지만 이예를 너무 사랑한 항아의 눈물은 매일 지샐 길이 없어, 옥황상제는 분노한 나머지 그녀를 월궁의 깊은 지하에 가둬 버렸다.

"이거구나. 기원이란 게."

이예가 통천교주의 수족이 되면서까지 하늘로 오르려 했

던 이유.

바로 월궁 어딘가에 갇혀 있을 항아를 구하기 위해서였
다.

옥황상제, 상희, 이예, 항아…… 월궁.

그리고 달의 주인이기도 한 자신까지.

지호는 어쩌면 자신도 모르게 이 모든 일들 사이에 인과
율이란 촘촘한 그물이 짜여 있는 것은 아닌가 하는 생각이
들었다.

바로 그 순간,

지이이이이이이잉.

갑자기 허공에 띄워 뒀던 여의주가 빛을 발한다.

―지, 지호야! 나, 아파!

그리고 전해지는 청룡의 고통에 찬 비명 소리.

"무슨 일이야, 성아?"

지호가 깜짝 놀라 여의주를 잡는 순간,

쏴아아아아아.

갑자기 여의주에 빛이 내려앉더니 검은 글자가 적히기
시작했다.

비마질다라, 바치, 경, 궁기공공, 시호…… 나후.

여의봉 끝단에나 적혀 있는 72마신의 명단이 올라오더니 가벼운 떨림과 함께,

파스스스.

자그마한 입자가 되어 사라지기 시작했다.

이런 게 뜻하는 건 딱 하나밖에 없다.

마신의 봉인이 풀리고 있었다!

"젠장!"

이유는 모른다.

아니, 대충이나마 짐작은 갔다.

꿈 속 세계. 통천교주가 뭔가를 저지르고 있는 것이다.

꿈은 모든 것이 가능하다.

지호로 하여금 마신들에게 닿게 만들기도 했고, 반대로 지호가 그들을 가두게 만들기도 했다.

그렇다는 건 밖으로 나가지는 못할지언정, 내부 장악을 끊임없이 시도했단 뜻이 된다.

그 결과가 바로 마신의 봉인 해제.

마신의 명단은 계속 삭제된다. 먹물이 잘게 부서져 허공으로 올라갔다가 사라진다. 처음에는 느릿했던 속도가 점차 탄력을 받는다.

제아무리 꿈의 세계가 단단하다지만, 72마신이 대거 쏟아지는 데도 막을 수 있을지는 모른다.

그들은 격이 떨어진 통천교주와 달리 진짜 신이니.

하지만 그들을 둘러친 것은 지호의 꿈.

지호는 여의주에 손을 얹고는 공력을 불어넣었다.

지이이이이이이잉.

삭제된 명단이 도로 천천히 복원된다.

녀석들은 그걸 막으려는 듯 여의주를 더 크게 울리면서 명단을 삭제시키려 했다. 그럼 지호는 다시 공력을 불어넣어 복원시켰다.

그렇게 명단이 삭제되고, 복원되기를 수차례.

여의주가 금방이라도 깨질 것처럼 부르르 몸을 떤다. 고통에 찬 신음 소리가 지호의 귓가를 울렸다.

바로 그 순간,

"그만. 그럴 필요가 없느니라."

탁!

조막만 한 손이 불쑥 여의주에 올라온다. 그러자 환하게 밝았던 여의주의 빛이 점차 사그라진다.

명단은 어느새 다시 제자리를 갖췄다.

지호는 뭔가 싶어 손길의 주인을 봤다가 깜짝 놀랐다.

콱 깨물어 주고 싶을 정도로 포동포동한 볼살을 방긋 올려 웃는 아이. 하지만 두 눈동자만큼은 노인의 것처럼 아주 그윽하다.

"이곳은 너의 꿈. 아무리 저들이 반발한다 하여도 쉽게 풀릴 수가 있는 것이 아니니. 더구나 내가 있는 한 저들은 절대 나올 수 없단다."

지호는 믿기지 않는다는 투로 그의 이름을 입에 올렸다.

"묘…… 성?"

묘성이 뒷짐을 지면서 씩 웃었다.

"오랜만이구나."

*   *   *

"흐음. 간만에 육체를 가져 보니 감회가 새로워."

자그마한 체구의 아이.

품에 안으면 쏙 들어올까. 귀엽게 생긴 아이는 자신의 몸 이모저모를 신기하다는 듯 살펴봤다.

그럴 수밖에 없다.

죽었다가 되살아난 것이니.

아니다.

신은 죽을 수가 없으니. 달리 말하자면,

"깨어난 것이란다."

묘성은 지호를 보면서 방긋 웃었다. 자신의 두 배가 넘는 큰 키를 자랑하는 지호를 올려다보고 있는 건 묘성인데도,

이상하게 지호는 자신이 올려다보고 있는 듯한 느낌을 받았다.

"나는 너. 너는 나. 우리는 한 몸이 아니더냐."

그 말에 지호는 문득 뭔가를 깨달았다.

"이곳이 세계수라서 현현이 가능한 것이군요."

"바로 알아보는구나. 못 본 사이에 아주 많이 자랐어. 역시 내 후계라고 해야 하는 걸까? 삼장 덕분에 이렇게 좋은 후계를 두었으니 참으로 기분이 좋아."

묘성은 기분 좋게 껄껄껄, 하고 웃었다. 말투며 웃음소리까지 노인네 같아서 겉모습과는 너무 이질적이다.

하지만 지호는 마음 한 편이 따스해졌다.

별다른 대화도 나누지 못하고 나후에게 먹혀야만 했던 묘성.

그에게는 말로 못다 할 은혜를 입었다.

그 덕분에 나후의 강림에 속수무책으로 당할 뻔했던 현실 세상을 구할 수 있었고, 그가 남긴 여의주를 삼켜 용인이 되어 나후에 맞설 수 있었다.

그리고 해와 달의 주인이 되어 빛의 자리에 오르기까지, 묘성의 도움이 없었다면 꿈이나 꿀 수 있었을까.

그렇기에 손오공이 지호에게 떨어질 수 없는 영혼의 동반자라면, 묘성은 스승과도 같았다.

그래서 이따금 생각했다.

만약 묘성이 아직 살아 있었다면 지금 어땠을까?

그런데 그 염원이 나타난 모양이다.

이데아는 삼라만상의 근간이고, 현상의 근원이자, 신이란 존재의 근본이다.

"난 언제나 너를 지켜보고 있었다. 그리고 잘 해내리라 응원하고 있었지. 다행히 이곳 세계수는 신의 요람이라, 덕분에 이렇게 일시적으로나마 의지를 내비칠 수 있는 것이란다."

"그렇군요."

"널 다시 만나게 된다면 이 말을 꼭 해 주고 싶었단다."

묘성은 기분 좋게 웃으며 뒷짐을 진 채로 세계수 안쪽을 돌아다녔다. 그러다 지호 앞에 서서 천천히 그윽한 눈매 안에 그를 담았다.

"그동안 수고가 많았다. 참으로 고생이 많더구나."

"감사합니다."

지호는 그동안의 모든 노고와 피로가 확 사라지는 기분이었다.

그러다 묘성은 악동 같이 개구진 미소를 폈다.

"하지만 아직 어려서 그런가? 자잘한 부분에서 실수가 다소 있더구나. 허허허. 겉으로 봐서는 참 잘하는데, 허점이 있다고 해야 하나. 은근히 허당이란 말이지."

지호는 무슨 말인지 몰라 난감하다는 듯이 볼을 긁적였다.

"가령 이런 것."

묘성이 뒷짐을 풀고 허공에다 가만히 손을 뻗는다.

그러자 저만치 높은 곳에 있던 책장이 살짝 떨리더니,

쏴아아아!

한 줄기 바람과 함께 책이 한 권 뽑혀 두둥실 아래로 내려왔다.

묘성은 그걸 잡아 지호에게 내밀었다.

지호는 얼결에 받았다가 깜짝 놀랐다.

후예사일, 항아분월

후예가 해에 화살을 쏘고, 항아가 달로 달아난다.

후예(后羿)란 말은 한때 천계 최고의 장수였던 이예를 가리키는 말.

간단히 말해서 이예의 기원과 사연을 한눈에 알 수 있는 책자인 것이다.

지호는 순간 허탈해졌다.

이런 게 있는 줄 알았으면 지난 며칠 동안 세계수에 거의 틀어박히다시피 하면서 여러 책자를 찾아 다닐 필요가 없었는데.

더구나 이렇게 쉽게 자료를 찾을 수 있는 거였어? 그럼 나 이때 동안 한 고생은 전부 뭐야?

개고생?

지호는 순간 정신이 핑 하고 어지러웠다.

"……어떻게 한 겁니까?"

묘성은 재미나다는 듯이 가볍게 웃었다.

"네가 전지의 문을 열고 들어올 때와 별반 다르지 않단다. 의식을 세계수에 동화시키고 필요한 자료를 찾고자 하면 바로 그것이 보이지."

지호는 묘성이 시킨 대로 가만히 눈을 감고 의식을 세계수에 녹이고자 했다.

그 순간,

화아아아아아악!

어마어마한 양의 정보가 해일처럼 엄습한다.

처음 전지의 문을 열었을 때와 비슷한 현기증이 돈다.

아니, 그때는 지금과 비교하면 아주 사소한 양에 불과하다.

지금은 네 개의 세계에서 올라오는 모든 양의 정보, 그 기록의 바다 한가운데에 툭 하고 던져진 것이니.

더구나 믿기지 않게도 그것은 어떤 '의지'를 갖고 있었다.

마치 살아 움직이는 것처럼 꿈틀거린다. 마그마가 들끓는 지맥이나 맥동치는 맥박처럼 쉬지 않고 움직이면서 지호라는 아주 자그마한 개체를 집어삼키려 한다.

 —정신 뚝바로 차리거라. 거기서 정신을 잃는 순간, 너란 존재는 나와 다를 바가 없어질 것이 니.

지호는 의식 세계로 침투한 묘성의 목소리에 눈을 크게 뜨면서 의식을 차렸다.

해일에 휩쓸리지 않도록. 어떤 의지에 먹히지 않도록 자신을 보호하면서 천천히 주변을 둘러본다.

그러자 두렵게만 느껴졌던 세상이 다르게 보였다.

마치 아늑하고 따스한 어머니의 품 같다. 푸르른 물결이 시원하게 다가왔다.

 —허허허허. 기분이 좋지?

지호는 고개를 끄덕이려다가 이곳에서는 육체가 없다는

것을 알고 그렇다는 의지를 내보냈다.

다행히 묘성은 바로 알아차렸다.

　　—이것이 세계수가 신의 요람이라 불리는 이유
란다. 달리 남상이라고도 하지. 우리를 잉태하고,
우리를 낳으시고, 우리를 이만큼이나 키워 주셨
으니.

남상(濫觴)이란 말이 있다.

저 거대한 양자강도 술잔에 담길 만큼 아주 작은 시냇물
에서 시작된다는 뜻이다.

　　—이것이 바로 모든 것의 근원. 신의 시초. 세
계의 중심이자, 씨앗. 세계수의 의지. 우주의 사
고(思考). 혹은 대지모신(大地母神). 그래서 이걸
두고서 우리들은 흔히 이렇게 부른단다.

묘성이 재미나다는 듯이 웃는다.

　　—여와.

……!

순간, 지호의 의식이 떨렸다.

저게 반고를 이용해 천지를 창조한 여와라고?

　　—모든 어머니가 자식들이 무엇을 해도 미워하지 않고 보듬는 것처럼, 네가 보고 있는 것 역시 쓸데없는 짓을 하지 않는다면, 이 의지는 언제까지고 너를 영원히 보듬어 줄 것이야.

지호는 처음으로 자신이 '보잘것없다'는 느낌이 확 와닿았다.

신이 되었다고 한들, 아직도 못 보는 것이 너무 많다.

　　—자, 그럼 서론은 이만하면 되었고. 이제 필요한 걸 찾아볼까?

지호는 알겠다는 의지를 보냈다.

　　—우선 어머니에게 안기듯이 안겨라.

지호는 여와라는 이름을 가진 의지에 몸을 맡겼다. 아주 천천히. 경계를 풀고 흐름에 몸을 맡긴다. 대신에 휩쓸리지는 않는다. 의식은 공고히 하되, 경계심을 푼다.

   ―그런 뒤에는 어머니를 따라 주변을 둘러봐라.

서서히 눈을 뜬다.

세계수의 거대한 의지가 시야에서 사라지고, 대신에 거대한 세계수의 내부가 보인다.

끝없이 이어지는 책장의 행렬.

깊이도, 넓이도, 크기도 짐작이 가지 않는다.

하지만 눈으로는 보이지 않아도, 이상하게 보이는 '것' 같았다.

어디에 무엇이 있는지.

무엇이 무엇을 담고 있는지.

무엇이 무엇을 어떻게 하고 있는지.

마치 세계수의 가장 끝에서 저 밑에 있는 지점까지 한눈에 확 담아내는 것 같다.

동화(同化).

지호는 이 순간, 세계수 그 자체가 되어 있었다.

세계수가 보내는 그 거대함에. 따스함에. 황홀함에. 도취

되고 또 도취된다.

밖에서 세계수를 처음 봤던 것과는 비교가 안 된다.

이것이 세계수라는 걸까?

세상이라는 걸까?

여와…… 라는 걸까?

"뭐가 보이느냐?"

묘성이 호기심 가득한 얼굴로 웃으며 묻는다.

"나무가 보입니다."

"그럼 제대로 보고 있는 게 맞구나."

묘성은 검지로 장서들을 가리켰다.

"하면 찾고 싶은 것들을 뽑아 보아라."

지호는 고개를 끄덕이고 세계수에 의지를 보냈다. 세계수를 움직였다. 어머니인 여와에게 부탁했다.

그러자 주변 곳곳의 책장이 흔들리더니 책이 하나둘씩 쏙 하고 뽑혔다. 바람을 타고 천천히 흘러오면서 지호 주변을 뱅그르르 에워싼다.

세상에 대한 구조. 동승신주와 남섬부주의 개략(槪略). 통천교주. 이예. 항아. 월궁. 동아줄. 옥황상제와 상희.

그리고 마지막 손오공의 치료법까지.

거기서 그치지 않는다.

촤라라락.

책 표지가 넘어가고, 책장이 빠른 속도로 넘어간다.

더불어 거기에 담긴 내용이 지호의 눈에 각인된다. 뇌리에 인지된다. 영혼에 새겨진다.

그 막대한 양의 정보 중에서 필요 없는 부분은 과감하게 걸러 내고 필요한 것들만 추려 낸다. 그리고 따로 도출한 정보와 합쳐서 새로운 정보를 만들어 가공한다.

그렇게 얼마나 있었을까?

찾았던 책자들이 모두 넘어가고, 지호가 눈을 감는다.

그러자 책자들이 다시 바람을 따라 원래 제자리로 돌아갔다. 동화도 풀리면서, 지호는 가볍게 숨을 내쉬었다.

"후우!"

"찾고 싶은 건 다 찾았더냐?"

지호는 쓰게 웃었다.

"아직 갈 길이 먼 것 같습니다."

"제대로 찾았구나."

묘성은 뒷짐을 지면서 껄껄, 웃음을 터뜨렸다.

모르는 게 많다.

그걸 자각하는 것부터가 이미 알기 시작했단 뜻이다.

"앞으로 그렇게 계속 찾고 또 찾다 보면 원하는 해답을 찾을 수 있을 게다. 이곳의 시간은 언제나 너에게 열려 있음이니."

지호는 고개를 끄덕이다 씁쓸하게 웃었다.

"하지만 제겐 시간이 부족한 것 같습니다."

"어째서?"

"마신들이……."

"그건 전혀 걱정할 필요가 없단다."

"……?"

무슨 말일까?

"그들이 풀려나는 건 분명 두려운 일이긴 해. 어찌 되었건 간에 아직 반쪽짜리인 너와 다르게 그들은 진짜 신. 격이 위에 있으니 얼마든지 꿈을 깰 수 있겠지."

묘성이 묘한 눈빛을 띤다.

"그렇다면 깰 수 없게 만들면 되지 않느냐?"

"어떻게 말입니까?"

"단단하게 만들어라. 생각했던 것보다 훨씬 더 단단하게. 녀석들이 절대 나올 수 없는 단단한 감옥을 말이다."

묘성의 목소리에 힘이 실린다.

"격을 올려라. 보다 신에 가까워져라. 하루라도 빨리 빛의 자리에 앉거라. 하면 저절로 녀석들을 둘러싼 감옥도 단단해질 테니."

지호는 묘성이 하려는 말을 알 것 같았다.

꿈은 그의 의식을 바탕으로 하는 것.

그렇다면 의식이 강해지면 강해질수록, 외부나 내부에서의 충격을 더 단단하게 감당할 수 있다.

그렇다는 건 녀석들을 둘러싼 세계의 벽 역시 점차 두터워진다는 것이겠지.

희망의 기운이 지호의 눈가에 어린다.

"그럼 결국엔 시간 싸움이겠군요."

"그렇지."

누가 먼저 꿈을 가질 것이냐?

깨지는 게 먼저인가?

아니면 둘러치는 게 먼저인가?

"그러니 하루라도 빨리 신이 되려무나."

"예. 명심하겠습니다."

지호가 자신 있게 고개를 끄덕인다.

묘성은 그게 마음에 들었는지 흡족하게 고개를 끄덕이면서 허공으로 손을 뻗었다.

"하면 말귀를 제대로 알아들은 것 같으니 내 선물을 하나 주마. 지금 찾고 있는 게 월궁으로 오르는 동아줄에 관한 것이었지?"

지호의 눈이 커진다. 설마 바로 해답을 주는 걸까?

"예. 그렇습니다."

"그럼 이게 괜찮겠구나."

묘성의 의지에 따라 한쪽 구석에서 책 한 권이 쏙 하고
뽑혀 나온다.

어린이 권장도서 100선 — 해님 달님

"……."
지호는 자기도 모르게 묘성을 쳐다봤다.
묘성은 짤막한 허리에 손을 얹고서 의기양양하게 웃고
있었다.
"뭐, 이건 웃자고 한 소리고."
묘성이 뒷짐을 진다.
"그래도 동화가 모두 틀린 말은 아니니. 일단 신격을 올
리고 나서는 바로 해와 달부터 만들어라. 월궁을 저쪽과 이
쪽을 잇는 교두보로 삼는 거다."
"그다음에는 뭘 하면 되겠습니까?"
"뭘 하긴."
묘성이 씩 웃었다.
"동아줄을 만들어야지."

*   *   *

우물우물.

지호는 묘성이 따로 챙겨 준 곶감을 입에 물면서 천천히 허공에 손을 뻗어 의지대로 책자 여러 권을 뽑았다.

확실히 맛있긴 맛있단 말이지. 호랑이가 왜 곶감 타령을 하는지 알 것 같아. 그런데 정신세계인 이데아에서 이런 거 계속 먹는다고 살은 찌지 않겠지?

지호는 별의별 생각을 다 하면서 마치 피아노 자판을 두들기듯 손가락으로 허공을 짚었다.

파라락.

여러 권의 책자가 일시에 펼쳐진다.

"하루라도 빨리 신이 되려무나."

묘성이 지호에게 부탁한 주문.

그건 결국 지호가 현재 해야만 하는 일들을 단번에 관통하는 해결책이었다.

꿈의 세계를 두텁게 할 것. 손오공을 깨울 것. 월궁에 오를 것. 저쪽 세상으로 넘어갈 것. 해와 달을 올릴 것.

그렇다면 당장 할 수 있는 게 뭘까?

'격을 올려야 해.'

우선순위에 따라 지호는 차근차근히 일을 하나씩 해결하

리라 마음먹었다.

이때부터 세계수에서 거의 살다시피 했다.

세계수는 이데아의 중심이며 모든 신들의 요람. 이곳에 있으면 있을수록 격도 덩달아 올라가게 된다.

물론 주어진 시간이 무한한 것이 아니기 때문에 조금 더 속도를 박차기로 했다.

그래서 선택한 것이,

"세계를 넘고 싶다면 먼저 세계에 대한 구조부터 파악해야 하지 않을까?"

이 세계가 어떻게 성립되었는지. 어떻게 이뤄졌는지. 어떻게 흐르고 있는지. 왜 있는 건지.

전체를 관통하는 혜안을 지녀라.

한쪽 단면만 보고서야 어찌 신이라 할 수 있을까?

이때부터 지호는 닥치는 대로 도서관의 책자를 읽어 가기 시작했다.

여와의 의지에 동화되고, 세계수의 가장 밑부분부터 차례대로 책자를 꺼내 거기에 담긴 지식을 훑는다.

물론 그 내용이 너무나 방대하기 때문에 정수만 뽑아내고 나머지는 가감 없이 버린다.

무엇이 정수이고 무엇이 자투리인지 구분하는 것은 전혀 걱정할 필요가 없었다.

묘성.

지호에게는 묘성이라는 아주 좋은 안내자가 있었으니.

묘성은 지호가 습득해야 할 것, 읽어야 할 것, 버려야 할 것, 숙지해야 할 것, 몰라도 될 것 등을 구분 지어 가르쳐 주고, 모르는 부분이 있어 물으면 바로바로 해석을 해 주었다.

"수미산이 왜 네 개로 나뉘었는가?"

"그건 세상이 동, 서, 남, 북으로 방위에 따라 나뉘어 있기 때문이니라. 바둑판 모양으로 나눠진 네 개의 대지가 둥그스름한 천계를 떠받치고 있는 형태이지."

"인간이란 우주와 같다."

"사람의 머리는 천체를 닮아 둥글고, 사람의 사지(四肢)는 네 개의 세상을 가리킨다. 발바닥은 땅처럼 평평하고, 두 개의 눈은 해와 달이며, 오장육부는 오행육합으로 치환되고, 삼백육십여 개의 혈도는 삼백육십오 일의 날과 같다."

"동승신주, 서우화주, 남섬부주, 북구로주. 각 세상의 형태는 비슷하되 다르고, 그렇기에 문명의 발전은 각자가 가진 지식에 따라 천차만별이다."

"네 개의 세상, 중심에는 세계수가 있고, 그 세계수 위에는 천계가 있다."

"신들의 계보 또한 어느 정도는 숙지해 두어라. 나쁠 것이 전혀 없다."

"천계는 옥황상제를 중심으로 문과 무를 담당하는 두 명의 재상이 있고, 그 아래에는……."

어렴풋이 짐작은 하고 있었다.

빛의 자리에 오르고 나더라도 그게 끝은 아니라는 걸.

이 세계는, 이 우주는 너무나 넓다.

알면 알수록 점점 모르는 것만 많아진다.

이 넓은 우주에 한계란 게 있는 걸까?

"왜, 그 끝이 어딘지 궁금하더냐? 하면 태고신(太古神)이란 것에 대해서도 말해 주랴? 너희들이 말하는 빅뱅 이전 말이다."

지호는 고개를 저었다.

묘성은 껄껄 웃음을 터뜨렸다.

"알면 알수록 모르는 것이 많아지는 게 바로 이 세계고 이 우주다."

"하지만 또한 그리 어렵게 생각할 것 없다. 누군가가 그랬지. 우주란 단어에서 우(宇)란 천지사방, 즉, 공간을. 주(宙)란 고금왕래, 시간을 말한다고. 시공간. 그게 곧 우주이니, 너를 둘러싼 것 중 가장 가까운 것부터 이해하는 게 우주를 알게 되는 지름길이란다."

그러면서 뒷주머니를 뒤적거린다.

"자, 그럼 휴식도 취할 겸, 곶감이라도 하나 먹으련?"

묘성은 천진난만한 악동의 미소를 띠면서 곶감을 내밀었다.

*　　　*　　　*

며칠이 지났을까?

아니, 어쩌면 몇 달이 지났는지도 모른다.

지호는 거의 집에 틀어박혀 있다시피 하면서 세계수에 집중하는 한편, 접속을 풀고 나면 손오공에게 선천지기를 순환시키는 작업도 병행했다.

덕분에 나날이 격도 상승했다.

몸 곳곳에 힘이 충만하게 올랐다.

"자만하지 말거라. 숙고하고 또 숙고해라. 신이란 존재는 오만해졌을 때, 비로소 몰락하게 되는 법이니."

"명심하겠습니다."

지호가 무겁게 고개를 끄덕이자, 묘성은 참 말을 잘 듣는다며 조막만 한 손으로 지호의 머리를 쓰다듬었다.

묘성이 자신으로서는 전혀 짐작도 할 수 없을 만큼 까마득한 세월을 산 건 알고 있지만, 그래도 겉으로 보기엔 열 살도 안 되는 꼬마에게 귀여움을 받으니 뭔가 기분이 묘했다.

"그래. 그런 마음가짐이면 되는 것이다."

＊　　　＊　　　＊

지호가 매번 수양에만 열심인 것은 아니었다.

세계수의 의지와 동화되는 것에도 한계가 있는 법이었으니.

때로는 휴식도 필요로 했기 때문에, 그럴 때는 접속을 풀거나, 아니면 한쪽 구석에서 다른 소일거리를 했다.

이번에도 묘성이 준 간식, 곶감을 입에 하나 물고서 휴식을 취할 겸 책자를 하나 뽑아 연다.

이나은의 책자였다.

19일째.

오늘은 언니와 함께 감자 대신에 고구마라는 걸 심었다. 이 외에도 옥수수, 메밀, 조, 피, 기장 등의 작물은 지기를 크게 상하게 하지 않기 때문에 흉년에 양식으로 아주 적합하다고 한다. 농작물이 많이 상한 이때, 백성들에게 아주 요긴할 것 같다.

31일째.

마경에는 왜 해와 달이 있는지 이유를 들었다. 이곳
은 우마왕의 권역. 또한, 그의 '안'이라고 한다. 선인의
권능은 이처럼 쉽게 닿을 길이 없다. 이 힘을 속세에는
쓸 수 없는 걸까?

42일째.

간만에 마경 밖으로 나갔다. 여전히 세상은 나후성이
떠 있고, 손 공자는 없다. 하지만 손 공자의 흔적은 남
아 있다. 환란은 끝났고, 그들은 손 공자를 기다린다.

81일째.

백성들에게 나눠 준 작물이 어느 정도 실효를 거두는
것 같다. 고구마를 제외하면 대부분 생육 기간이 두 달
을 넘지 않아 알맞았다.

167일째.

복마전의 사람들과 함께 천하를 떠도는 중이다. 백성
들은 여전히 손 공자를 칭송하고 있고, 신인을 기리는

사당은 언제나 문전성시를 이룬다. 환란은 끝났다. 평화는 왔다. 하지만 나후성은 여전히 그대로다.

361일째.

반검맹의 주도 아래 각지에 흩어졌던 손 공자의 사당이 하나의 체재로 연결되었다. 종파의 이름은 신교. 제사장은 나, 호법장은 차예린, 고문은 납탑도인과 혜가가 맡아 주셨다.

교주석은 공석.

720일째.

제, 초, 진으로 분리되어 있던 삼국(三國)이 드디어 하나로 통합되었다. 하지만 백성들은 제의 황실이 아닌 손 공자를 노래한다. 국교(國敎)로 신교가 제정되었다.

901일째.

어린 황제는 아버지께 선위를 제안하셨다. 아버지는 세 번의 거절 끝에 결국 제안을 수락하시고 황좌에 오르셨다.

국호는 명. 국교는 신교.

제정일치의 국가다.

백관들은 태평성대를 노래하고, 백성들은 이제 환란이 없을 거라며 기뻐서 눈물을 흘린다. 절교는 이 땅에서 사라지고, 신교의 깃발이 펄럭인다.

하지만 나는 공허하기만 하다.

어디에도 같이 기뻐할 사람이 없으니.

당신은…… 대체 어디에 계신 건가요?

왜 아직도 돌아오시지 않는 건가요?

3년.

저쪽 세상은 이쪽 세상과 다르게 너무나 빠르게 시간이 흐르고 있다. 그 시간만큼 저쪽은 지호가 어떻게 손을 댈 수 없을 정도로 달라졌다.

그럴수록 이나은의 가슴속에 있는 어떤 것은 자꾸만 삐그덕, 삐그덕, 마모가 되어 간다.

지호는 이나은의 상황을 알지만, 정작 이나은은 지호의 상황을 알 길이 없다.

그것이 답답하다.

가슴이 울컥거리고 만다.

'내가 여기에 있다는 걸 전할 수만 있다면.'

아무런 소식도 없이 1년을 기다리게 한 것만 해도 크나큰 중죄였건만.

다시 저쪽 세상을 방문했을 때에도 이나은과 같이 있었던 시간은 끽해야 며칠밖에 되지 않는다.

이제는 자신을 잊고 다른 사람을 찾아도 되건만.

그런데도 이나은은 매일 같이 나후성이 뜬 잿빛 하늘을 바라보면서 자신을 그린다. 그리고 자신이 돌아올 때를 위해 세상을 바꿔 나간다.

오래도록 자신을 애타게 기다리면서.

지호는 천천히 이나은의 책자를 손으로 쓰다듬다가 문득 주머니에서 펜을 꺼냈다.

오늘 이곳으로 넘어오기 전에 메모를 할 일이 있어 잠깐 꽂았었는데, 심상이 그대로 이데아에 투영되면서 같이 넘어온 듯했다.

혹시나 하는 마음에 펜의 뚜껑을 열어 빈 페이지 끝에다가 글자를 써 넣었다.

나, 여기에 있어.

하지만 글자는 잠시 떠올랐다가 종이 안쪽으로 스며들어 사라졌다.

역시 그럴 수밖에 없겠지.

지호는 씁쓸하게 웃었다.

이 책은 어디까지나 사람의 마음을 정리한 기록.

거기다 다른 흔적을 남긴다 한들 덧씌울 수 있을 리 만무하다.

"하아!"

결국 한숨을 내쉬면서 책자를 도로 제자리에 꽂아 넣으려는데,

손…… 공자?

글씨를 써 넣었던 자리에 다른 글씨가 올라온다.

그러다 이어지는 글씨.

손 공자? 손 공자, 맞죠? 어디에 계시는 거예요?

이쪽의 목소리가 전해진다!

지호는 눈을 휘둥그렇게 뜨면서 그 아래에 글씨를 써 으려다가 잠시 멈칫거렸다. 자신은 며칠 되지 않았지만 저쪽은 3년이나 흘렀다.

뭐라고 해야 할까?

잠깐 고민 끝에 펜촉을 갖다 댄다.

잘 지냈어?

＊　　　＊　　　＊

시간은 다시 빠른 속도로 흐른다.

지호는 여느 때와 마찬가지로 익숙한 감각을 따라 세계수의 의지에 접속한다.

처음에는 엄청난 의식의 흐름 앞에 정신을 유지하는 것만 해도 어려웠던 게, 이제는 도구를 다루는 것처럼 편하다.

하지만 지금은 평소와 다르다.

단순히 책자를 읽으며 수양을 쌓던 것과 다르게 세계수의 의지, 안쪽으로 들어간다.

줄기를 따라, 뿌리로. 다시 그 아래로.

깊고, 더 깊게.

익숙한 감각을 따라 시야를 비춘다.

숨이 막히는 게 아닐까 싶을 정도로 시야를 가득 메우던 푸른색 물결을 한참이나 물리자, 커튼을 확 친 것처럼 드디어 다른 광경이 드러난다.

세계수의 의지는 만상(萬象)을 비춘다.

덕분에 지호는 세계를 넘지 않고서도 원하던 걸 볼 수 있었다.

동승신주.

손오공과 이나은이 살아가는 땅.

3년이 지났다고 한 지금은 환란이 가득했던 때와는 확연히 달랐다.

곡식이 무르익어 황금색 물결이 가득한 논.

농부들이 웃음을 지으며 작물을 캐는 밭.

만선이라며 소리치는 배가 가득한 바다.

"이게 전부 신인 덕분이야."

"신인께서 은혜를 내려 주셨으니 그렇지. 암 그렇고 말고!"

모두가 태평성대를 노래한다.

사람들의 입가에는 미소가 떠나지 않는다. 유랑민들은 정착해 제 땅에서 경작을 일구고, 아이들은 걱정 없이 마을을 뛰어다닌다.

노인들은 그러다 위험하다면서 소리를 치다가도 피식 웃어 버린다. 마을 위로는 밥을 짓는 따끈따끈한 연기가 오른다.

'나은이가 많이 노력했구나.'

마치 신이 된 것처럼. 신의 관점에서 동승신주를 굽어보면서 지호는 살짝 미소를 지었다.

그녀는 최근 들어 마경에서 나와 다시 세상을 일궜다고 했다.

그 결과가 이것이었던가.

사람들이 웃는 모습을 보니 가슴까지 따뜻해진다.

다만, 단 한 가지 옥의 티가 있다면.

'나후성.'

여전히 하늘은 나후성이 있는 잿빛 하늘.

지호는 그걸 지우고자 여의주에 손을 얹었다.

지이이이이이이잉.

가벼운 떨림과 함께.

끼릭. 끼리리릭.

이데아 어느 한가운데에 박힌 톱니바퀴가 움직인다. 지호는 그걸 잡고 더 크게 돌렸다.

동쪽 산. 해가 오른다.

붉은 물결이 하늘 가득히 퍼지면서 잿빛 융단을 물리친다. 그 뒤에 숨겨졌던 파란 하늘이 드러난다.

높고 푸르른 하늘.

구름이 둥둥 떠다니고 햇볕이 반짝이는 하늘.

사람들은 저마다 고개를 들어 그런 하늘을 쳐다봤다.

농부들의 얼굴에 화색이 돈다. 군인들은 만세를 외친다. 노인들은 눈물을 흘리고, 아이들은 와아아아! 하고 감탄을 흘린다.

4년 만에 나타난 하늘을 보고 사람들은 전부 만세를 외쳤다.

해는 동쪽에서 남쪽을 지나 서쪽으로, 아주 천천히 지났다.

푸른 하늘에 까맣게 어둠이 내려앉는다.

이번엔 달이 뜬다. 별이 총총하게 박혀 반짝인다.

밤이 찾아왔다.

하루가 지났는데도 사람들은 잠자리에 들어가지 않았다.

기쁜 마음에 마을 밖으로 나와 덩실덩실 춤을 춘다. 나무를 모아 모닥불을 피우고, 저마다 손을 잡고 뱅글뱅글 돌며 노래를 부른다.

달이 다시 서쪽으로 질 때까지, 새벽이 지나도록 사람들의 웃음소리는 그치지 않는다.

그 와중에 걱정하는 사람도 있었다.

혹시 해와 달이 이번으로 끝나면 어떻게 될까?

또 나후성이 뜨면 어쩌면 좋지?

하지만 그들의 우려는 단번에 불식되었다.

해가 떴다.

다시 파란 하늘이 찾아와 만물을 따스하게 비춘다.

사람들은 기뻐하면서 서서히 잠에 빠졌다. 밤새도록 춤을 추고 노래를 불렀으니 지칠 법도 하다.

오늘 하루만큼은 쉬자.

놀고, 먹고, 자자.

얼마나 기다렸던 날들인가.

그렇게 다시 하루, 이틀, 사흘…… 해와 달이 찾아와 시간이 흐른다.

이제는 너무나 당연하게 찾아온 시간 앞에 사람들은 다시 일상으로 돌아간다. 농부들은 논밭을 메고, 어부들은 배를 띄우고, 아이들은 뛰어다니고, 노인들은 달랜다. 아낙네들은 삼삼오오 모여 수다를 떤다.

그리고 한 달이 지나 그믐달이 된다.

아주 희미한 달만이 남아 어둠이 자욱하게 내린 그때,

스르르르—

지상으로 아주 희미한 달빛이 내려와 어느 연못에 내려 앉는다.

눈을 크게 뜨지 않으면 잘 보이지 않을 만큼 아주 얇은 달빛.

월궁까지 올라가는 동아줄의 재료. 새끼줄.

'찾았다.'

지호는 손을 뻗었다.

묘성이 말했다.

동아줄을 만들라고.

"선녀들이 하계에 내려오기 위해 내렸던 동아줄
은, 과거 이예의 일로 화가 단단히 난 옥황상제가 모
두 끊어 버렸다. 그렇다면 하나 새로 만들어야 하지
않겠느냐?"

그 주재료가 바로 새끼줄. 그믐의 달빛이다.

지호는 실수라도 하면 달빛이 사라져 버릴지도 모른다는
생각으로 조심스럽게 달빛을 잡아 갔다.

저쪽 세상으로 넘어가는 것이 아니라, 저쪽 세상에 비치
는 현상의 이치를 되짚어 간다. 이데아에 새겨진 달빛의 형
상을 더듬다가 겨우 찾으며 조심스레 뽑는다.

지호의 손에는 어느새 아주 가느다란 실이 감겼다.

머리카락보다도 얇은 새끼줄.

황금색으로 빛나 보는 것만으로도 눈이 황홀해질 정도로
아름답다. 바람이 불면 훅 날아갈 것처럼 하늘하늘거린다.

하지만 이걸로 동아줄을 만들어 봤자 달에 닿기는커녕
당기는 즉시 끊어질 테지.

동아줄은 수백 개의 새끼줄을 엮어서 만드는 것.

당연히 더 많은 새끼줄을 뽑아야 한다.

지호는 한 걸음 물러섰다. 동승신주의 광경이 멀어지면서 빈자리를 파란 물결이 대신한다.

이번엔 왼쪽으로 시선을 돌린다.

파란 물결 사이로 구멍이 뚫리면서 다른 세상을 비춘다.

콘크리트가 가득한 숲. 남섬부주의 하늘.

마침 오늘 현실 세상도 그믐이다.

지호는 거기에도 손을 뻗어 달빛을 뽑았다.

동승신주와 남섬부주, 두 세상에서 뽑은 달빛이 손가락 끝에 걸리며 저들끼리 뭉친다.

그런 식으로 지호는 아주 천천히 달빛에서 실을 뽑는다.

마치 누에에서 실을 뽑아내듯이 양쪽 세상의 그믐달에서 하나하나씩 정성스럽게 달빛을 받는다.

그게 하나, 둘, 셋…… 조금씩 늘어나면서 어느덧 뭉치가 된다.

상당한 수고와 노력, 집중이 필요한 작업이 계속된다.

하지만 지호의 미간은 서서히 좁혀졌다.

'너무 얇아.'

많은 시간을 공들였지만 정작 뽑을 수 있었던 새끼줄은 끽 해야 한 줌.

이걸로는 기본적인 줄도 만들지 못한다.

조금씩 숙달되어 간다지만 달빛을 뽑아내기란 쉬운 일이 아니다.

이데아의 속을 하나하나 손끝으로 집다가 아주 가느다란 걸 뽑아내기란 어렵기만 하다.

이래서는 제시간 안에 동아줄을 만들 수 없을 것 같았다.

그래서는 또 그믐이 뜨는 한 달을 기다려야 한다…….

마음이 다급해지니 감각도 조금씩 흐트러진다.

덕분에 달빛이 물처럼 허무하게 손끝을 통과해 사라지는 경우가 허다했다.

　—너무 조급해하지 마라.

그때 들리는 묘성의 목소리.

　—한평생 노래를 부르던 아이가 그만큼 달빛을 뽑아낸 것만 해도 대단한 것이야. 누조가 아니고서야 어느 누가 그믐에서 달빛의 실을 뽑을 수 있을까?

묘성은 지호가 다급한 마음을 가지지 않도록 천천히 달

랬다.

덕분에 지호는 다시 마음을 차분하게 앉힐 수 있었다.

'그럼 어떻게 해야 할까요?'

─느긋하게. 천천히. 지금이 아니면 어떻고, 다음이면 어떨까? 오히려 한 번을 하더라도 최선을 다해 정성을 기울여야 하는 것이다.

후우우우!

지호는 천천히 숨을 골랐다.

그러고는 다시 양쪽 세상의 달빛에 손을 가져간다.

오른손에는 동승신주를, 왼손에는 남섬부주를.

두 개의 달에서, 두 개의 그믐의 빛을 받아 간다.

하나를 엮고, 또 다른 하나를 엮고, 천천히 엮어 가면서 손에 하나둘씩 뭉치를 늘려 나간다.

그의 신위는 빛.

달빛 역시 그의 것이니 의지에 따라 흘러나올 수밖에 없다.

속도가 점차 빨라진다. 손에 감기는 달빛의 양도 서서히 늘어난다.

그러면서도 집중을 잃지 않고 꼼꼼하게 받는다.

끊어지는 것 없이. 놓치는 것 없이.

—참으로 기특한 아이야.

묘성은 그런 지호를 한 발자국 뒤에서 지켜보면서 흐뭇
하게 웃었다.

**—내게 무슨 복이 있어 이런 아이를 만나는 인
연이 닿았을까?**

한평생 묘성은 갈등과 번민 속에서 살아야만 했다.
태초의 빛이었으되, 두 개로 갈라진 쌍둥이 형제.
형제는 같은 곳에서 태어났으나, 뜻이 달랐다.
결국 한 명은 천신의 진영에 서서 해와 달을 올려 만인을
비추려 했고, 다른 한 명은 마신에 투신해 해와 달을 삼켜
자신만을 밝히려 했다.
또 다른 분신이자 형제였던 이와의 싸움에서 묘성은 언
제나 눈물을 흘렸다.
빛이란 언제나 고독하다.
자신을 덮으려는 어둠 속에서 홀연히 빛나야만 한다.
홀로 어둠과 싸우고 다른 것들을 품어야만 한다.

그렇기에 약한 모습을 보여서는 안 되고, 그렇기에 타인에게 마음을 내줘서는 안 된다.

약점을 보이는 순간, 어둠에 먹히고 말 테니.

묘성이 그랬다.

나후와의 일에 대해서 다른 신들에게는 속내를 털어놓을 수가 없었다. 오로지 자신의 숙명이라 받아들이면서 묵묵히 부딪치고 또 부딪쳤다.

결국 그것은 삼장 법사와의 인연을 거쳐, 이렇게 지호에게까지 닿았다.

오로지 홀로만 걸어야 했던 길.

하지만 이 자리에서 지난날을 돌아보건대, 그건 동생 나후도 마찬가지였던 듯싶었다.

아수라왕으로 묶여 있다고는 하지만, 그 역시 홀로 떨어져 있었으니. 그렇지 않으면 여의봉에 있던 다른 마신들과 다르게 그는 왜 따로 떨어져 있었을까.

지호도 다르지 않을 줄 알았다.

묘성과 나후를 계승한 존재. 갈라진 빛을 하나로 합친 존재.

그렇기에 고독하게 빛나는 존재.

그래야만 했는데.

―너는 다르구나.

지호는 달랐다.

　　―우리들과는 너무 달라.

빛은 혼자 있어야만 하는 것인데.
　그의 주변에는 항상 무언가가 돌아다닌다. 빛이 꺼지지
않도록 보호해 주는 것들이 있다. 함께해 주는 것들이 있
다. 어쩌면 빛이라는 건 고독하기에 아름다운 것이 아니라,
함께하기에 더 활발하게 타오르는 게 아닐까?
　더 많은 불빛들이 모여 커다란 불꽃이 되는 것처럼.
　빛과 빛이 모이면 더 큰 빛이 되는 것처럼.
　그렇게 말이다.

　　―그래. 그러니 언제나 그렇게 있어 다오. 언제
　까지나.

　묘성은 해맑게 웃었다. 꼬마 아이의 함박웃음을 입가에
가득 달고서 한 발자국 뒤로 물러선다.

―나는 너. 너는 나. 여태까지 그러했듯, 앞으로도 그곳에서 너를 지켜보고 있을 테니.

다시 물러선다. 두 발자국.

―그리하여 진짜 빛이 되어라.

세 발자국.
어둠이 차츰 내려온다.

―어둠과 혼란만이 가득한 이 땅에. 비명과 절규가 흐르는 이 세상에. 증오와 후회로 얼룩진 이 세계를 밝히는 빛이.

네 발자국. 어느덧 묘성의 모습은 어둠의 장막에 반쯤 가려져 거의 보이지 않았다.

―그래서 새로운 세상을 열어 다오.

마지막 다섯 발자국.
묘성은 그 말을 남기며 어둠 속으로 완전히 사라졌다.

그리고 지호의 심장에 박혀 있던 마지막 의지가 사라지면서 세계수에서 흐릿해져 간다. 더불어 그의 존재는 빛이 되어 지호의 심장에 충실하게 자리 잡았다.

묘성은 그렇게 지호에게로 완전히 환원했다.

나후의 핵이 녹아내렸듯이.

끼이이이이이이이!

옛 주인의 동화를 알아차린 청룡이 구슬픈 눈물을 흘린다.

더불어 화려하게 빛나는 여의주를 보면서 길게 울음을 터뜨렸다.

"성아?"

지호는 한참 달빛을 뽑는 데 정신이 팔려 있다가 뒤늦게 청룡의 울음소리를 듣고 정신이 퍼뜩 깼다.

더불어 충만하게 오르는 힘에 살짝 눈을 감았다.

말하지 않아도 알 수 있었다.

묘성이 이제 완전히 사라졌다는 것을.

"……작별 인사라도 하고 가시지."

세계수에 있는 짧지 않은 시간 동안 묘성은 지호에게 있어 스승과 같았다.

신으로서 걸어야 할 자세에 대해 가르침을 받았다.

이루 말로 못다 할 은혜를 받았다.

아마 그건 평생 잊지 못할 테지.

하지만 한편으로는 이렇게 말없이 떠나는 게 묘성다운 것일지도 모른다는 생각이 들었다.

묘성은 처음 나타났을 때에도 갑작스레 모습을 비추었고, 세계수에 나타날 때에도 뜬금없이 나타났다.

그러니 사라지는 것 또한 그러는 게 당연한 수순일지도.

무엇보다 묘성, 실제 플라이아데스 성단은 좀생이별이라고 불릴 정도로 자잘한 별 여러 개가 뭉쳐 있다가 흩어지기를 반복한다. 이 시간에도 점차 지구에서 멀어지면서 빛을 희미하게 잃어 간다.

그래도 플레이아데스는 실제로 젊은 축에 속해 아주 화려하게 빛난다.

그 모습이 마치 묘성을 꼭 닮은 것 같아 지호는 자기도 모르게 웃음이 나왔다.

화아아아악!

지호의 왼쪽 눈동자 위로 선이 연결된 여섯 개의 점이 잇달아 찍혀 올라온다.

육연성(六連星).

여섯 개의 별이 이어진 것이라는 묘성의 별칭이 어린다.

더불어 손에 감기는 달빛의 숫자도 부쩍 늘어난다.

지호는 부쩍 달아오른 감각을 따라 달빛의 실을 더 과감하게 잡아당겼다.

찌이이익!

마치 비단폭이 찢어진 것처럼 그믐달을 이루고 있던 실타래가 풀리면서 밤을 가득 채운다.

실선으로 이뤄진 달빛의 실들이 한 올 한 올, 천천히 지상으로 내려온다. 자잘한 실들은 연속으로 늘어지면서 금색 물결무늬를 가득 그린다.

그 모습이 마치 북극에서나 볼 수 있다는 오로라처럼 아름답다.

"우와아아아! 저게 뭐지?"

"오로라인가? 아닌데. 다른데. 대체 뭐지?"

"그래도 예쁘다."

동승신주와 남섬부주, 차원을 가릴 것 없이 사람들이 밖으로 나와 구경하기에 바쁘다.

동승신주의 사람들은 신인께서 또 이 땅에 기적을 내리셨다며 기쁜 마음에 만세를 외친다. 이나은을 비롯한 신교의 사람들은 밤하늘을 보면서 깊은 생각에 잠긴다.

남섬부주의 사람들은 모두 밖으로 나온다. 뉴스에서는

이상한 오로라에 대한 소식이 전해지고, 연인들은 삼삼오오 모여 서로의 어깨에 머리를 기대며 사랑을 속삭인다.

그렇게 황금색 오로라는 차근차근히 지호의 손 위로 쌓이다 이내 한가득 잡혔다.

지호의 얼굴에 화색이 돈다.

이것이라면 동아줄을 만들 수 있으리라.

하지만 여전히 월궁에 걸기 위한 양으로는 아직 부족하다.

그래도 몇 번을 더 반복하다 보면 충분히 수량을 확보할 수 있으리라.

때마침 그믐달은 서산으로 넘어가고, 동녘이 트기 시작한다.

달빛이 서서히 지워진다. 금색 오로라도 사라진다.

지호는 마무리를 위해 오로라의 마지막 부분을 크게 손으로 감아 실 뭉치로 만들려고 했다. 동녘이 가위처럼 실타래를 말끔하게 잘라 낸다.

그렇게 세계수와의 동화도 끝내려는 순간,

—그 실 뭉치, 나도 좀 받아야겠어.

갑자기 동녘의 붉은 노을을 뚫고, 푸른색 물결로 충만한 세계수의 의지를 거스르며 굵직한 손 하나가 덥석 튀어나와 실 뭉치를 잡아챈다.

지호가 깜짝 놀라 빼앗기지 않기 위해 도로 거두려는 순간,

쾅!

세계수와의 동화가 끊어지면서 본래 그가 있었던 도서관 내부가 나타난다.

지호는 살짝 도는 현기증을 억누르면서 화안금정을 밝혔다.

바로 눈앞에 여기엔 있어서는 안 될 존재가 있었다.

"아쉽군. 빼앗았을 수 있었는데 말이야. 못 본 사이에 제법 늘었나 보지?"

손에 잡혔다가 스르르 풀려 허망하게 사라지는 황금실 몇 가닥을 보면서 차갑게 웃는다. 송곳니가 훤히 드러나며 살기가 물씬 풍긴다.

빠득!

지호는 이를 악물며 놈을 노려보았다.

"어떻게 빠져나온 거지, 이예?"

36장

응룡

피식.

이예는 입가로 바람 빠지는 소리를 냈다. 한쪽 입술 끝이 비틀린다.

비웃음이다.

하지만 그건 조소라기보다는, 악의에 찬 웃음이었다.

"덕분에 깨나 고생 좀 했지. 거기서 보낸 시간은 절대 잊지 못할 거야."

이예의 두 눈은 광기로 번들거린다.

바짝 약이 오른 짐승은 들끓는 분노를 크게 드러내지 않고, 대신에 적의 목을 일격에 물어뜯을 기회를 노리며 으르렁거린다.

이예가 딱 그런 상태였다.

시간도 공간도 존재하지 않는 허무로 가득 찬 공간에다 자신을 가둬 버린 지호.

그에 대한 분노는 대단할 수밖에 없다.

오랜 세월 의욕을 잃고 연옥에서 살면서 감정이란 감정은 죄다 마모되었다고 생각했건만. 덕분에 감정에 다시 불이 지펴졌다. 격한 감정만 남았지만.

지호는 그런 이예의 생각들을 화안금정을 통해 모두 읽었다.

꿈의 세계에서 무슨 일이 있었는지 대충이나마 보였다.

"통천교주를 이용했나?"

"놈의 멍청한 짓거리 때문에 벌어진 일이 아닌가? 그렇다면 제깟 놈이 책임져야 하는 것도 당연하지."

*   *   *

통천교주와 이예는 어디까지나 서로의 목적을 달성하기 위해 손을 잡은 협업 관계. 그렇기에 목적 달성을 실패하고 난 후의 결별은 당연한 수순이었다.

환몽이 지호에게 속박되어 닫히던 당시.

통천교주는 분노한 나머지 지호를 붙잡기 위해 달려들었다.

하지만 이예는 뒤쪽에서 다른 생각에 잠겼다.

공격이 허무로 돌아간 이상, 이곳은 이미 빠져나가지 못하는 감옥이 된다. 그렇다면 방법을 바꿔야 했다.

그는 한때 천계가 자랑하던 제일의 장수.

그가 잡았던 요괴가 몇이며 마신이 또 몇이던가?

그게 가능했던 이유는 무슨 일이 있어도 상황을 냉철하게 판단 내리고 기회를 노릴 줄 알기 때문이다.

무엇보다 그에게 가장 중요한 것은 기원.

그래서 이예는 바짝 엎드리기로 마음먹었다. 통천교주처럼 꿈을 거부하는 대신에 모든 걸 풀어 놓고 그 속에 녹아내렸다. 허무에 빨려 들었다.

미몽(迷夢).

존재 자체를 지워 버리면서 끝내 허무에서도 완전히 사라져 버렸다.

그리고 다시 눈을 떴을 때, 그가 있는 곳은 이데아였다.

흐릿해져 넓게 퍼진 존재의 티끌 중 하나가, 꿈속 세계에 갇히지 않고 빠져나간 조각 하나가 이데아에 닿으면서 세계수의 의지에 따라 다시 존재를 갖춘 것이다.

이를테면 존재의 분리라 할 수 있었다.

묘성이 자신의 의지를 내비쳐 스스로 현현한 것처럼, 이예 역시 의지를 가지면서 육신을 복원시켰다. 하지만 들켜서는 안 되기 때문에 차분하게 기회를 노렸다.

그리고 지금.

지호가 해와 달을 올리며 월궁으로 오르는 달빛을 한가득 손에 쥐었을 때에 모습을 드러냈다.

그것이야말로 자신의 기원을 이룰 도구였기에.

* * *

'역시 무리를 해서라도 이예를 여의봉에 가뒀어야 했었나?'

지호의 눈이 딱딱하게 굳는다.

명단이 적혀 이름을 확인할 수 있는 마신들과 다르게 이예는 처음부터 동떨어진 존재였으니 움직임을 읽을 길이 없었다.

더구나 녀석의 싸움 방식은 너무나 다채롭다.

경험의 차이가 달랐다.

녀석은 수천 년간 투쟁을 계속해 온 자가 아닌가.

그래서 허점이 노출된 듯싶다.

무엇보다 상대는 자신에게 큰 원한을 가진 상태.

이대로 둬서는 안 된다.

'아니. 지금이라도 늦지 않았어. 녀석을 가두면 돼.'

지호는 이예가 흘리는 살의에 맞서 내공을 잔뜩 끌어올렸다.

화안금정이 요요하게 빛을 발한다.

"이예, 네가 저지른 가장 멍청한 실수가 뭔지 알아?"

지호가 차갑게 웃었다.

"기회가 있을 때 도망치지 않은 거야."

츠츠츠츠!

발끝을 따라 근두운이 일어난다.

근두운은 모두 세 갈래로 나뉘어 마치 뱀처럼 이예의 주변을 칭칭 감아 간다. 황금빛 서기가 녀석의 움직임을 속박하려 한다.

여기에 맞서 이예를 둘러싼 빛의 입자들이 뱅글뱅글 소용돌이를 그리면서 근두운의 모가지를 치기 위해 날카로운 이빨을 드러낸다.

하지만 근두운은 그걸 잘게 씹고, 부수고, 삼켜 버리면서 도리어 더 크게 덩치를 불린다.

지호의 신위는 빛.

이예가 제아무리 뛰어난 사냥꾼이라 해도, 그 화살의 속성이 빛에 있는 한 절대 지호를 능가하지 못한다.

지난날, 지호의 천적이었던 자는, 이제 반대로 지호가 천적이 되어 있었다.

더불어,

"성아!"

─응. 맡겨 둬!

청룡이 지호에게 부름을 받자마자 세계수 밖에서 움직이기 시작했다. 문밖에서 아가리를 쩍 벌리며 녀석이 도망칠 퇴로까지 막아 버린다.

2대 1.

이미 환몽에서도 청룡을 상대로 승부를 내지 못했던 이예에게 있어, 지호까지 같이 상대하라는 것은 여러모로 불리할 수밖에 없다.

이예는 자신을 둘러싼 덫을 보면서 헛웃음을 흘렸다.

언제라도 물어뜯을 준비가 된 근두운의 독니. 무저갱처럼 깊은 청룡의 아가리. 폭풍우를 닮은 거센 지호의 기세까지.

자신이 미몽에 잠겨 허무를 맴도는 동안, 지호는 몰라볼 정도로 달라졌다.

과거와 현재를 통틀어 이만큼 발전이 빠른 존재가 있었던가?

아니, 미래까지 포함시킨다고 해도 있을까?

제아무리 제천대성의 영혼을 갖고 있다지만 이건 불가사의하다고 해야 할 정도다.

과거 천계에서 가장 진급이 빠르다고 알려져 많은 이들의 시기와 질투를 샀던 자신 또한 저 정도는 아니었건만.

하긴 그러니 이런 기회를 얻은 것이겠지만.

"내가 멍청한 실수를 했다고? 천만에."

철그럭.

이예가 갑자기 손에 들고 있던 동궁을 땅에 떨어뜨렸다. 그리고 어깨를 감고 있던 전통의 끈도 같이 풀었다. 소중 수십여 개가 아무렇게나 굴렀다.

그러고는 양손을 높이 든다.

전혀 싸울 생각이 없다는 뜻.

갑작스러운 상황에 지호의 얼굴이 딱딱하게 굳었다.

"······뭘 하는 짓이지?"

"보는 그대로다."

이예는 투항을 하면서도 자신만만한 기세를 숨기지 않으며 잔혹한 송곳니를 드러냈다.

"항복하지."

*   *   *

"다시 말해 줘야 하나? 투항하겠다. 설마하니 제천대성의 환생이나 되는 작자가, 곧 빛의 자리에 앉을 신인께서 무기를 버린 항장(降將)을 베지는 않겠지?"

이게 어딜 봐서 항장의 태도라고 해야 하는 건지.

지호는 전혀 생각지도 못한 녀석의 태도에 어이가 없었다.

하지만 진실을 꿰뚫는다는 화안금정이 말했다.

녀석의 말에는 한 치의 거짓도 없노라고.

물론 그렇다고 해서 무조건 신용할 수도, 하지 않을 수도 없는 노릇이라, 동궁과 소중을 빼앗아 널찍이 떨어뜨렸다.

동시에 신체에 제재를 가했다.

지호는 근두운을 농밀하게 압축시켜 다섯 개의 금테를 만들었다. 그러고는 그걸 각각 이예의 팔목과 발목, 그리고 목에 하나씩 걸었다.

찰칵, 찰칵. 금테는 풀리지 않도록 딱 맞게 잠겼다.

다섯 개가 모두 잠기자 서로 공명을 일으키면서 체내로 오행공의 기운을 흘려보낸다. 성질이 다른 다섯 개의 기운은 주요 혈도에 단단히 똬리를 틀었다.

우우우우우웅.

목에는 화염륜이. 왼팔에는 유수행이. 오른팔에는 뇌벽세가. 왼발에는 금강포가. 오른발에는 신목령이.

그들은 서로 하나의 고리로 연결되면서 여차하면 바로 심장과 단전을 부술 수 있도록 단단히 날을 세웠다.

"호오. 이건 긴고아주인가?"

여차하면 바로 목숨을 잃을 수 있는 강한 제재. 자존심이 센 사람이라면 절대 용납하지 않을 것들인데도 불구하고, 이예는 오히려 호기심까지 내비친다.

"이걸 아나?"

"알다마다. 옛날 제천대성을 부렸다는 선술인데 모를 리가."

서유기에서 손오공은 석가여래에 의해 오행산에서 오백 년 동안 봉인되었다가, 삼장 법사의 도움으로 겨우 풀려난다.

이때 삼장 법사는 천방지축인 손오공을 다루기 위해 관세음보살로부터 한 가지 진언을 배웠는데, 그게 바로 긴고아주다.

특정 주문을 외게 되면 금테가 바로 발동되어 막대한 고통을 가한다. 손오공도 이 때문에 순순히 삼장 법사의 말을 들을 수밖에 없었다.

이번에 지호가 이예에게 가한 긴고아주는 손오공의 것보다 훨씬 지독했다.

배우라고 해서 일단 배워 두긴 했는데, 이럴 때 쓸 줄은 몰랐다.

"알고 있다면 이야기하기 쉽겠네. 허튼짓은 하지 않는 게 좋을 거야. 이건 정도가 심해서 주문을 외면 바로 그 자리에서 목이 떨어지니까."

이예가 냉소를 던진다.

"겁이 많군."

"만용을 부리는 것보다야 낫지."

지호는 코웃음으로 무시를 하고서는, 맞은편에 자리를 깔고 앉았다.

"그럼 이제 말해 봐. 무슨 생각이지?"

이예는 자신의 목과 사지를 감싼 금테를 보다가 지호의 화안금정을 마주했다.

"물론 무조건적인 항복은 아니다. 조건이 있지."

"기원인가?"

"역시 아는군. 내 기록이라도 보았나?"

이예는 세계수의 도서관을 둘러보면서 웃었다.

"조금."

"뭐, 상관없겠지. 적을 아는 건 병법에 있어 가장 기초니까. 여하튼 내 기원을 안다면 이야기가 편하겠어."

이예는 웃음을 뚝 그치고 차가운 눈매로 말했다.

"난 월궁으로 가길 원한다. 그곳으로 가는 길에 나도 동참시켜 다오.”

“…….”

월궁의 지하 감옥에는 한 사람이 갇혀 있다.

오래전에 그가 잃어버린 아내, 항아.

그녀를 찾는 것이야말로 그가 오랫동안 간절히 바랐던 기원.

“월궁으로 데려가 주기만 한다면 날 아무렇게나 부려도 좋다. 종복으로 삼아도 좋고, 내단을 빼앗아도 좋다. 원한다면 동궁과 소중은 물론, 내가 오래도록 모았던 재화를 모두 너에게 주마.”

이예는 과거 세상을 떨쳐 울렸던 장수로서의 명예나 자존심 따위는 아무렇게나 버렸다.

그깟 것은 아무런 문제도 되지 않는다는 듯.

그만큼 이예는 절실했다.

절교의 수구가 되었던 것도. 아무런 이해관계도 없는 지호를 공격해 신위를 빼앗으려 했던 것도. 모두 한 가지 이유 때문이었다.

“내가 너의 백성들을 죽인 자라 할지라도?”

“할지라도. 도리어 그것이 녀석들이 죽기 전까지 바라던 것이었다.”

“…….”

그만큼 항아라는 존재는 이예에게 더할 나위 없이 소중했다.

지호는 그런 이예의 마음이 절실하게 와 닿았다.

남들이 설사 박쥐라고 손가락질을 하더라도 이예에게는 아무렇지 않으리라.

절교가 필요 없어졌으니 버리고 다른 것을 취한다. 이예에게는 지극히 당연한 일이다.

하지만 그 마음을 안다고 해서 섣불리 받아들일 수도 없다.

당장 지호가 월궁을 손에 넣을 방법을 얻었다 하더라도 만약 상황이 달라진다면 이예는 뒤도 돌아보지 않고 등을 돌릴 것이다.

무엇보다 지호는 이예를 도와줄 이유가 전혀 없다.

불쌍해서? 연민 때문에? 동정으로?

웃기는 소리.

이미 지호는 그런 자잘한 감정 따위 버린 지 오래였다.

신격이 오르면 감성은 점차 무뎌지고 이성만 뚜렷해진다. 당장 이 손에 쥔 녀석의 목숨 줄을 날리는 게 장기적으로 봤을 때는 더 나을지 모른다.

"널 노예로 부릴 생각도, 재화를 뺏을 생각도 없어. 다른 걸 말해. 내가 널 받아들였을 때 얻는 대가는?"

이예는 절대 멍청하지 않다.

뭔가 갖고 있는 게 있으니 거래를 제시한 것이겠지.

이예는 가면을 쓴 것처럼 무표정한 얼굴로 말했다.

"제천대성."

"뭐?"

이건 또 무슨 헛소리야?

지호가 한 마디 쏘아붙이려는 순간,

"제천대성이 아직 의식을 못 찾고 있지 않나?"

지호의 안색이 딱딱하게 굳었다.

"어떤 노력을 하고 있는지는 모르겠지만, 아마 모두 부질없을 거다."

"무슨…… 뜻이지?"

"제천대성의 수명이 얼마 남지 않았단 뜻이다."

"……!"

*　　　*　　　*

왜 미처 생각하지 못했을까?

손오공이 언젠가는 죽을지도 모른다는 사실을.

당장 손오공이 절교에 납치되어 있어도 막상 그가 죽으리란 생각은 하지 못했다.

그는 손오공이니까.

그는 제천대성이니까.

어떻게든 살아남아 자신이 찾아갈 때까지 기다리고 있을 거라 굳게 믿었다.

어디 그뿐이랴.

서유기에서 손오공은 저승을 뒤집고 염라대왕에게서 사생부를 빼앗아 자신의 수명을 지워 버리고, 천계로 올라가 서왕모의 과일을 먹고 영생을 누린다.

여러 선인들이 그러하듯이 그 역시 계속 살 것이란 그런 생각을 했다.

하지만 상식적으로 생각을 해 보면 말이 안 된다.

손오공은 자신의 전생이 아닌가.

그렇다는 건,

'손오공이 죽어 다시 태어난 게 나.'

손오공이 죽어 윤회의 고리를 타고 흐르다 다른 세상에서 태어나야만 지호가 된다.

그뿐만이 아니다.

여태 눈치를 채지 못했을 뿐, 그런 비슷한 뉘앙스는 몇 번씩 있었다.

"잠깐만! 죽지 않으면 환생이 없다며? 그런데 아

우에게 환생이 있다는 건 아우도 언젠가……?"

사타왕을 처음 만났을 때에 했던 말.

"그대의 미래는 어차피 얼마 안 가 덧없이 사라지
는 것. 그렇다면 뜻 깊은 곳에 담는 게 좋을 테지."

손오공이 납치된 어느 섬에서 교주와 맞닥뜨렸을 때에
나눴던 대화.
그리고,
'나타의 부름에 이 세상에 왔을 때 봤던 예지.'
거기서 손오공은 어느 누군가에 의해 죽음을 맞이하고
있지 않던가.
그 모든 것들이 파노라마처럼 스쳐 지나갔다.
이가 악물린다.
'처음부터…… 오공은 알고 있었어.'
그때마다 손오공은 별것 아니라는 식으로 치부했다. 거
기서는 절대 화를 내거나, 부정을 하는 모습을 내비친 적이
없었다.
거기까지 생각이 미치자 머리가 멍했다.
손오공이…… 정말 죽을지도 모른다고?

"······어떻게 된 거지?"

기나긴 침묵 끝에 지호는 천천히 입을 열었다. 목이 잠겨 목소리가 칼칼하다.

하지만 두 눈빛만큼은 날카롭다.

"통천교주가 무슨 장난이라도 친 건가?"

당장 드는 생각은 그 정도밖에 없다.

통천교주는 지옥으로 내려가 한때 자신을 따랐던 자들을 규합하고 천계를 침범하려 했다. 그 과정에서 염라대왕의 권능을 빼앗았다.

만약 그걸 이용한 거라면?

이예가 대답했다.

"통천교주가 심장을 부수긴 했지."

지호가 바득, 이를 간다.

"하지만 그건 하나의 이유에 지나지 않아. 이건 그 이전의 문제다. 이미 제천대성은 그 전부터 상당히 약해져 있었어. 천기가 흐트러지고 있었지."

지호는 얼핏 점차 약해지던 손오공을 떠올렸다.

"······이미 내정된 결과였다?"

"인과(因果)라 하여 보통 원인이 있어야만 결과가 있다고 알고 있지만, 때로는 그 전에 결과가 있기에 원인이 나오는 경우도 있지."

지호가 있다는 결과가 있기에 손오공이 죽는다는 원인이 나온단 뜻이다. 손오공이 약해지고, 심장이 부서진 건 그중에 발생한 과정에 지나지 않는다는 건데…….

그렇다면 여기서 또 이야기는 더 복잡해진다.

손오공은 왜 환생인 지호를 부른 것일까?

단순히 호기심 때문에?

자신의 운명이 결정되었다는 걸 알기 때문에 그 미래가 궁금했던 건가?

지호는 주먹을 꽉 쥐었다. 이를 악문다.

그딴 게 어디 있어?

"좋아. 그럼 네가 내놓을 수 있다는 건 뭐지? 설마 수명을 복원시켜 주겠다거나 하는 건 아니겠지?"

"아무리 신이라 해도 이미 결정된 사항을 바꿀 수 없다. 하물며 나 같은 덜떨어진 반편이 임에야. 대신에 다른 걸 주지."

"뭘?"

"해결책."

"……해결책?"

"그래. 해결책. 내정된 원인과 결과의 고리를 끊을 수 있는 해결책. 이만하면 월궁으로 가는 통행료로 적당하지 않은가?"

"네가 그걸 안다는 근거는?"

"이걸 내게 걸치고도 그런 말이 나오나? 월궁에 도착하는 즉시 말해 주마. 만약 널 기만한 것이라면, 바로 그 자리에서 긴고아주를 발동시켜라."

확실히 이예로서는 기원을 코앞에 두고 정확하지도 않는 내용으로 거래를 하려 하지는 않을 것이다. 거짓말을 하려 해도 화안금정을 속일 수는 없을 테니.

"좋아. 그럼 이걸로."

"계약은 성립되었다."

　　—신의 뜻대로.
　　—신의 뜻대로.

　지호와 이예는 신의 목소리를 빌어 서로의 거래 내용을 삼라만상에다 새겨 넣었다.

신은 삼라만상의 법칙을 구현하는 자.

그의 말은 신성이 담겨 있어 한 치의 거짓이라도 있을 경우 영혼이 타락하게 된다.

그것에다 구속력을 더해 법칙으로 계약을 성립시켰으니, 내용이 거짓이 되는 즉시 당사자는 모든 격을 잃어버리게 될 것이다.

찰칵. 찰칵.

지호는 심장을 따라 단단하게 감도는 기운을 느끼면서 다시 이예에게 물었다.

"그런데 내가 너에게 동아줄을 빌려준다고 해도 어떻게 오를 생각이지?"

이데아에는 달이 없다. 그러니 오를 수가 없다.

"어떻게 가긴."

이예는 송곳니를 드러내며 웃었다.

"나도 널 따라 너희 세상으로 넘어가면 될 일이 아닌 가?"

＊　　　＊　　　＊

이데아의 접속을 해제한다.

의식이 돌아오면서 천천히 눈을 떴다.

컴퓨터가 놓인 책상. 푹신한 침대. 한쪽 구석에 놓은 기타. 악보가 가득한 책장.

그게 전부인 조그마한 방.

그리고,

'이예.'

녀석이 바로 옆에서 신기하단 얼굴로 방 내부를 구경하

고 있었다.

"정말 넘어올 줄이야."

세상을 넘는다는 게 이렇게 쉬운 거였나?

"나는 어디까지나 네가 개척한 길을 따라온 것일 뿐. 이렇게 영혼이 구속되어 있으니 세상을 속일 수 있었던 거다."

이예는 지호의 의문을 풀어 주려는 듯 금테가 둘러진 양손을 흔들어 보였다.

"그렇다는 건 나도 우마왕이나 다른 사람 불러서 그냥 따라 넘어가면 되는 거네?"

이나은에게 대화를 걸었듯이 우마왕에게도 메시지를 보내면 되는 거 아냐?

"아직도 모르겠나?"

"뭘?"

"세계수에 다른 사람들이 없었던 이유."

지호는 눈살을 찌푸리다가 고개를 절레절레 흔들었다.

모를 리가 있나.

거기서 보낸 시간이 얼만데.

"닫혀서 그런 거겠지."

"맞다."

천계로 오르려던 통천교주의 준비는 예상했던 것 이상으

로 철두철미했다.

아바타와 이예를 이용해서 길을 개척하고, 지옥에서 군단을 조직하는 한편, 나후성을 띄우면서 천계가 다른 손을 쓰지 못하도록 주변에다 벽을 둘러친 것이다.

의지를 내비칠 수 있는 것은 오로지 하늘의 문에만 집중시키면서 천계의 밖은 두텁게 만들고 문은 얇게 만드는, 그런 방해물을 설치했다.

덕분에 평소 신들의 방문으로 넘쳐나야 할 세계수는 사람 한 명 없는 한적한 곳이 되어 버렸다.

그건 하계의 다른 선인들도 마찬가지다.

세계수에 접촉할 만한 자격을 갖춘 선인도 몇 없지만, 있는 이들도 접근할 수 없도록 막아 버렸다.

반면에 지호는 동승신주가 아닌 남섬부주에서 접속을 했기 때문에 가능했던 것이고.

"그러니 우마왕을 부를 생각은 않는 게 좋아."

"아, 예이. 예이."

지호는 귀찮다는 듯이 손사래를 치면서 벌러덩 침대에 누웠다.

해와 달을 올리고, 달빛을 받고. 묘성이 사라지고, 이예가 나타나고.

새벽 사이에 너무 많은 일이 있어 피곤하다.

한숨 잠이라도 자 둘까.

"그런데 말이다."

"……?"

지호는 어느새 베개를 끌어안고 살짝 감았던 눈을 게슴 츠레 반개했다.

이예는 여전히 방 내부를 구경하기 여념 없었다.

"이곳은 우리인가?"

"뭐?"

지호는 녀석을 내쫓을까 하다가 꾹 참으면서 옷장에서 적당한 옷을 꺼냈다.

"일단 이걸로 갈아입어."

키가 크고 나서 오버핏으로 산 옷들이라 지호보다 조금 더 큰 이예에게는 얼추 사이즈가 맞았다.

"양식이 제법 신기해. 질감도 괜찮고. 집은 이렇게 숨 막 히고 누추한 곳에 살면서, 의복은 좋은 것을 쓰다니."

지호는 더 대화를 해 봤자 머리만 지끈거릴 것 같아 무시 하고는 책상에 앉아 손을 가볍게 허공에 흔들었다.

그러자 공간이 출렁이면서 아무것도 없던 책상 위로 곤히 잠에 들어 있는 손오공이 나타났다.

쌔액, 쌔액, 가늘게 숨을 몰아쉬는 그의 아래에는 진법이 그려져 있었다.

지호가 여러 선인들로부터 빼앗은 선술 중 공간을 왜곡하는 선술이었다. 무언가로부터 중요한 걸 보호할 때 좋았다.

이예는 눈을 가느다랗게 좁혔다.

"천하의 제천대성이 저렇게까지 영락하다니. 교주가 알면 참으로 좋아하겠어."

지호는 역시나 이예의 말을 무시하고 손오공에 손을 얹고 가만히 눈을 감았다.

내공을 돌리면서 주천을 시도한다. 매일 아침이면 행하던 작업이라 어렵지 않았다.

선천지기가 크게 돈다.

한 바퀴, 두 바퀴, 세 바퀴…… 이미 상당한 주천으로 체내에 존재하던 공허도 내공으로 꽉 찬 상태였다. 거기에 몇 방울이 더해진다고 한들 크게 달라질 건 없었다.

결국 지호는 다시 선천지기를 거뒀다.

손오공은 안색만 더 평온해졌을 뿐, 여전히 의식이 없다.

그래도 혹시나 하는 마음에 시도했건만.

아무래도 인정해야 할 것 같다.

손오공은 일어날 기미를 보이지 않는다.

지호는 다시 공간을 왜곡시켜 손오공을 숨기고, 손을 활짝 펼쳤다.

화아아아.

손바닥 위를 뱅글뱅글 춤추는 황금색 구체.

달빛의 실을 한데 뭉쳐 놓은 실타래다.

순간, 이예의 눈가로 탐욕이 어렸지만 다시 숨긴다.

"아까 전과 같은 방식으로 필요한 달빛을 모으려면 앞으로 열 번은 족히 더 해야 해. 꼬박 1년이 걸리는 거지. 하지만 그것도 최소일 뿐이고, 날씨가 흐리거나 바람이 많이 불어서 달빛이 약하기라도 하면 그땐 꽝이야. 거기다 네 것까지 뽑으려면…… 얼마나 걸릴지 감도 안 잡혀."

이예가 고개를 갸웃거린다.

"그게 무슨 문제라도 되나?"

이예는 수천 년을 살아온 선인. 지호 역시 앞으로 신이 될 예정인 반신이다. 남들이 봤을 때는 영원을 누리는 것과 같기에 시간은 별로 중요치 않다.

손오공 역시 수명이 결정되었다지만, 그건 그들의 기준에서일 뿐, 남은 기간은 보통 사람으로는 짐작도 하기 힘들 정도로 까마득할 것이다.

하지만,

"돼. 나한테는 엄청."

지호는 저쪽 세상에 자신을 기다리는 사람이 있었다.

세계수에서 수양을 쌓는 사이, 저쪽은 벌써 3년이 지나 버렸다. 더 지나는 건 용납하지 못한다. 그리고 손오공에 대한 이야기를 들었는데 그냥 지나칠 수도 없다.

"뭘 원하는 거지?"

"동아줄을 빨리 만들 수 있는 방법."

지호의 눈이 빛을 발한다.

"알고 있는 게 있으면 말해 봐."

녀석이라면 온갖 시도를 다 해 보지 않았을까?

남들은 짐작하기도 힘든 까마득한 세월 동안.

그런데도 여태껏 연옥에서 웅크리고 앉아 있었던 것은, 그 모든 시도가 실패로 돌아갔다는 뜻이 된다.

"확실히 월궁으로 오르는 방법 중 가장 확실한 건 동아줄이다. 하지만 빛과 연관이 없는 내게 있어 달빛을 모은다는 건 절대 있을 수 없는 일이었지."

이예는 턱을 짚으며 깊은 생각에 잠겼다.

"그래서 시도했던 것들 중에서 쓸 만한 것을 몇 가지 꼽으라 한다면, 동아줄에 쓰일 법한 게 있긴 하다."

지호가 고개를 끄덕인다. 어서 말하라는 듯이.

이예는 손을 내리면서 여전히 지호의 손바닥 위에서 춤을 추는 황금색 구체를 보았다.

"달빛을 보강하면 된다."

"보강?"

"그래. 우선 지금 가지고 있는 달빛을 엮어 대략적인 줄을 만들고, 부족한 부분을 다른 것으로 대체하는 거다. 끊어지지 않도록 손을 쓸 수 있으면 더욱 좋을 테고."

"어떻게?"

"가령, 영물."

지호는 낯을 잔뜩 구겼다.

"나랑 장난치자는 거냐?"

지호가 말했다.

"무슨 생각을 하는지 모르겠지만, 애초 이 세상에는 그런 건 없어. 영물도. 선인도."

"너야말로 무슨 소리를 하는 거지? 영물과 선인이 없는 세상이라니."

"사실이야."

"말도 안 되는……!"

이예는 눈을 크게 떴다.

"애초 나는 너네 세상으로 가기 전에 선인이니 영물이니 하는 건 그냥 전설이나 신화 정도로만 치부했었어."

"그건 우리의 땅도 다르지 않다. 절교 녀석들이 최근 나서서 그렇지, 일반 백성들은 우리의 존재를 모르는 경우가 허다해."

"그런 거랑은 차원이 다르다니까."

"이상한 소리……."

"못 믿겠으면 닥치고 눈 감고 기운부터 느껴 봐."

이예는 여전히 납득하지 못하는 얼굴로 지호를 빤히 노려보다가 눈을 감았다.

잠시 후, 다시 열린 그의 두 눈은 크게 떨렸다.

"말도 안 돼. 어떻게……?"

이예는 믿을 수가 없었다.

이토록 기가 희박한 세상이라니.

어떻게 이런 게 가능한 거지?

"네가 세계의 구조에 대해 얼마나 많은 걸 알고 있는지는 모르겠지만, 이 세상은 기가 터무니없이 부족해. 그래서 애초 내공이니 무공이니 하는 건 있을 수가 없고, 있다 해도 아주 저급해. 당연히 선인이나 영물이 태어날 수 있는 토양이 되질 못해."

"……."

이예는 입을 꾹 다물었다. 여전히 두 눈은 불신으로 가득했지만, 이성은 어느 정도 납득하고 있었다.

하지만 기가 충만하고 온갖 신비와 이적이 가득한 세상에서 살아온 그로서는, 도저히 지금의 세상이 이해가 가지 않을 수밖에 없다.

"……그럼 이 세상의 인간들은, 대체 어떻게 살아갈 수 있는 거지?"

"어차피 사람 사는 곳인데 뭘 못 살아?"

이예는 가만히 지호를 보다가 피식 웃었다.

"하긴 그도 그렇군."

오랜 세월을 살았기에 수많은 사람을 보았다. 그래서 잘 안다.

인간이야말로 한계를 모른다. 엄청난 적응력과 생존력을 자랑한다. 태초의 여와가 인간의 모습을 자신에게서 본뜬 이유는 다른 데 있지 않았다.

본래 네 개의 세상은 수미산이 분리한 형태.

하나의 세상이 네 갈래로 나뉜 것에 다르지 않다.

그렇기에 동승신주의 '중원' 이라는 땅은 남섬부주의 '중국'과 모양이 똑같다. 확인하진 못했지만, 중동, 유럽, 아프리카, 저 바다 너머의 아메리카와 오스트레일리아까지 다르지 않을 것이다.

그건 서우화주와 북구로주도 마찬가지일 테지.

같은 모습에서 출발했으나, 지금은 서로가 몰라볼 정도로 너무나 달라진 네 개의 땅.

그것은 서로가 원래 가질 수도 있었을 '가능성' 이다.

평행 차원이라고 하면 이야기가 편할까?

지호 역시 묘성의 가르침 아래에 세계의 구조에 대해 공부하지 않았다면 아직도 제대로 이해하지 못했을 것이다.

그러니 내공이란 가능성 대신에 과학이라는 가능성이 발달한 이 세상에서는 영물이 없을……

"잠깐."

"왜 그러나?"

이예가 눈살을 찌푸린다. 이 세상에 대한 구조를 어떻게 파악해야 할까 싶어 머리가 복잡한데, 갑자기 지호가 제자리에서 벌떡 일어난다.

"왜 그 생각을 못 했지?"

"뭘?"

"잠깐만."

지호는 전지의 문 너머에서 무언가를 재빨리 찾다가, 컴퓨터를 켜서 인터넷으로 세계 지도를 띄웠다.

이예는 눈이 커다래지면서 신기한 얼굴이 되었다.

"이건 세상의 지도로군. 아주 정교해. 어떻게 이런 게 가능한 거지?"

지호는 뭔가를 찾느라고 집중하는 나머지 들리는 대로 대충 대꾸했다.

"인공위성이란 것 때문에."

"인공위성?"

"있어. 하늘 밖으로 우주에 쏘아 보내는 거."

"그럼 달에도 갈 수 있나?"

"어. 비슷한 거 있긴 해. 로켓이라고."

"그럼 그거면 되겠구나."

"......?"

이건 또 뭔 헛소리야?

"그걸 타고 달에 가면 될 일이 아닌가. 참으로 신기한 문명이로구나."

"......그거 엄청 비싸거든?"

"얼마나 들길래?"

"하나 쏘아 보내려면 국가 단위로 움직여야 해."

"그럼 세계 정복을 하면 되지 않겠나? 너와 내가 힘을 합친다면 뭔들 못할까."

"......하기만 해 봐. 네 대가리부터 쪼개 버릴 테니까."

예상치도 못한 순간에 세상을 구한 셈이다.

"하여간 이거나 봐."

이예는 묘한 눈빛이 되었다.

지호는 그중에서 중국과 한국, 일본을 포함한 동아시아 전역으로 지도를 확대시켜 놓았다. 그러고는 마우스로 점을 찍었다.

동아시아 전역을 따라 붉은 점이 찍힌다.

모두 7개.

"이게 뭘 거 같아?"

이예는 지호가 무슨 말을 하는지 몰라 인상을 살짝 찡그리다가 놀란 얼굴이 되었다.

"영물의…… 위치?"

지호는 무겁게 고개를 끄덕였다.

상고 시대는 수미산이 있던 시절이다. 그 후에 세상은 네 개로 갈렸다. 그 안에서 존재하던 모든 것들도 같이 분화되어 하나의 세상에 속박되었다.

그렇다면.

상고 시대 때부터 살고 있었으나, 천계로 오르지 않고 이 땅에 남아 있던 다른 것들은. 어떻게 되는 걸까?

존재가 두 개로 나뉘는 건가?

아니면 살 곳을 택해야 하는 건가?

상고 시대에 있던 지기나 영물 중에 동승신주가 아닌 남섬부주를 택한 것도 있을 수 있지 않을까?

"맞아. 정확하게는 상고 시대 때부터 살던 영물들의 위치. 대부분 동승신주를 택했던 것과는 다르게 이놈들은 이상하게 여기를 택했더라고. 그중에서도 죽은 게 확인된 것들은 뺐어."

"그렇군."

이예의 얼굴에 희열이 감돈다. 그 역시 지호가 무슨 말을 하려는지를 알아차렸다.

세계가 갈라진 뒤로 남섬부주에서 영물이 태어날 확률은 제로다.

그렇다면 갈라지기 전부터 살던 녀석이라면 어떨까?

"저쪽이야 절교 놈들이나 네가 꽤 많이 잡고 다녔으니 씨가 말랐다지만, 이쪽은 그렇지 않으니까. 실제로 찾아보니까 전부 인근에 괴소문이 많이 나도는 곳이야."

"일리가 있군. 그럼?"

"잡아야지. 싹 다."

지호는 당연하지 않느냐는 듯이 대답했다.

*　　　*　　　*

"갑자기 배낭여행이라니."

아버지는 등산용 가방에 옷과 먹을 것을 수북하게 쌓고 어깨에 메는 지호를 염려 가득한 얼굴로 봤다.

작곡을 한다는 핑계로 히키코모리처럼 한 달이 넘도록 혼자 방에 틀어박혀 나올 생각을 않던 녀석이, 이제는 다짜고짜 여행을 떠난다고 하니 답답할 수밖에 없다.

덕분에 지호를 찾는 밴드 멤버들의 전화를 그가 대신 받느라 얼마나 고생을 했던가.

그런데 또 이러고 있으니.

"작곡 여행이에요. 영감이 안 떠올라서요."

"그래도……."

"어머니께는 잘 말씀드려 주세요."

"너, 설마……!"

아버지는 혹시나 하는 생각에 눈을 살짝 좁혔다.

노래를 못 부르게 되었다며 의기소침했던 아들이 떠오른다.

그땐 얼마나 고생을 했던가.

겉으로는 내색을 하지 않으면서도 남 몰래 눈물을 훔치던 아이다.

어떻게 손을 썼는지 지금은 노래를 다시 부르기 시작하면서 예전처럼 얼굴에 화색이 돈다 싶어 기뻐했었는데, 갑자기 안 하던 짓을 하니 혹시 무슨 문제라도 생긴 게 아닌가 하는 우려가 들었다.

멤버들을 슬슬 피하는 것 같기도 하고.

"걱정 마세요. 생각하시는 그런 거 아니니까. 멤버들한테는 제가 잘 얘기해 둘게요."

"정말 위험한 거 아니지?"

"당연하죠. 걱정 마세요."

지호는 씩 웃으면서 가방을 어깨에 멨다.

"그럼 다녀올게요."

아파트 밖으로 나오자, 이예가 서 있었다.

그는 끝을 모르고 이어지는 아파트며 콘크리트 건물들, 그리고 바쁘게 오고 가는 사람들과 자동차를 한참이나 쳐다보고 있었다.

내색은 하지 않지만, 눈빛은 크게 떨린다.

그래도 경계심은 잃지 않은 듯했다.

지호가 옆에 다가오자 옆도 보지 않고 말한다.

"이 세상은…… 참으로 신기해. 끝도 없이 세워진 전각이며 철로 만든 마차, 이상한 복장을 한 사람들. 이곳은 전부 이렇게 바쁘게 살아가나?"

지호는 처음 저쪽 세상에 도착했을 때에 넋이 나갔던 걸 떠올리며 녀석의 어깨를 쳤다.

"앞으로 볼 건 더 많아. 일단 가자."

"그러지."

축지로 이동한다면 많은 곳을 빠른 시일 내에 돌아볼 수 있다. 배낭여행을 한다는 핑계도 그냥 며칠 비우기 위해 둘러댄 변명일 뿐, 그사이 뒤져 볼 곳이 많았다.

한국과 북한은 물론, 중국과 일본, 멀리는 동남아시아까지 싹 다 돌아볼 생각이었다.

둘은 그렇게 축지를 밟으며 허공으로 사라졌다.

＊　　　＊　　　＊

며칠 뒤.

중국의 어느 이름 모를 동굴.

마치 커다란 용이 용틀임을 하고 지나간 듯, 지하 깊숙하게 둥근 굴이 미로처럼 이리저리 얽혀 있다.

지호는 빛의 입자를 띄워 어두운 공동을 밝혔다.

곧 이예가 나타난다.

"찾았어?"

이예는 무뚝뚝하게 고개를 저었다.

지호는 인상을 팍 찡그리면서 벽을 발로 걷어찼다.

"젠장!"

땅이 살짝 떨리면서 천장에서 돌조각이 부스스 떨어진다.

"이곳이 마지막 장소가 아니었나?"

"맞아. 제기랄."

지호는 신경질적인 태도로 뒷머리를 벅벅 긁었다.

"세계수의 기록은?"

"있다고 나와."

"그럼 전부 다 다른 곳으로 이동했다는 건가?"

"아니면 기록이 누락되도록 누가 손을 쓰기라도 했나?"

이예는 그럴 리 없다는 듯이 고개를 저었다.

"기록을 보호할 수는 있어도 누락은 불가능하다."

실제로 지호는 통천교주와 이예의 기록 중 뒷부분을 읽을 수 없었으니.

"그럼 왜 없는 건데?"

"나야 모를 일이지."

"니미. 역시 딴 방법을 찾아야 하나? 뭐, 마땅한 거 없어?"

이예가 피식 웃어 버린다.

"있었다면 얘기했겠지. 하지만 이곳에서는 전부 부질없는 것이더군."

"으아아아아아!"

지호는 발을 동동 굴리면서 신경질을 부렸다.

"아. 하나 있긴 하다."

"뭔데?"

"세계 정복."

"대가리 쪼개 버리기 전에 좀 닥쳐!"

그들이 방문한 일곱 곳 중, 어디에서도 영물을 찾을 수 없었다.

하지만 분명 뭔가가 다녀간 흔적은 있었다.

크기를 짐작할 수 없는 커다란 어떤 것.

그것이 지나고 나면 원래 있어야 할 것이 사라지고 없다.

'젠장. 왜 안 보이는 거지?'

지호는 화안금정을 밝혀 각 장소에 어린 사념을 쫓았다. 전지의 문을 활짝 열어 흔적의 주인을 찾으려고 애썼다.

하지만 보이는 것이라고는 오로지 하나.

허무.

밤보다 더 어둡고, 무저갱보다 더 깊으며, 빛조차 닿을 수 없는 무언가만이 화안금정을 가득 메운다. 그곳에서는 소리도, 냄새도, 색깔도 모두 먹힌다.

그 어떤 것도 존재하지 못하는 세계.

그걸 보고 있노라면 스스로도 먹힐 것 같아 계속 주시할 수가 없었다.

"대체…… 이게 뭐야?"

허무가 지난 자리에는 모든 게 사라진다.

상고 시대 때부터 살았던 녀석들이라면 먹은 나이만큼이나 가진 힘도 대단할 것이다.

그런 걸 삼켰다면 어떤 건지 짐작도 가질 않는다.

점점 머리가 지끈거린다.

"일단은, 돌아가자."

"그러지."

결국 지호는 아무런 소득도 없이 집으로 돌아가야만 했다.

　　　　　　＊　　　　＊　　　＊

파라라락.

세계수의 의지에 동화된 채 수많은 책자를 뒤진다. 도서관에 있는 기록이란 기록은 모두 찾아볼 생각이었다.

검색어 코드는 세 개. 상고 시대, 남섬부주, 영물.

끼이이?

─지호야, 뭐 찾아?

"기록 찾아."

─찾던 거 없어?

"그런 거 같아."

지호는 정보의 물결을 눈대중으로 훑어보면서 땅이 꺼져라 한숨을 내쉬었다.

분명 그가 뒤지는 정보들은 잠금장치도 걸려 있지 않다.

수많은 기록을 뒤져 보지만 전부 살아 있는 것으로 나올 뿐.

아니, 정확하게는 '잠들어 있다'고 기록되어 있다.

겨울철 곰이 에너지 소비를 아끼기 위해서 동면을 취하듯, 남섬부주가 가진 기가 너무 적기 때문에 살기 위해서 어쩔 수 없이 긴 수면에 잠겨 있다고.

하지만 진짜 세상의 결과는 그렇지 않다.

"제기랄."

지호는 결국 뒷머리를 벅벅 긁었다.

*　　　*　　　*

다시 찾은 도시의 콘크리트 숲.

수많은 빌딩들이 나열되고, 대로를 따라 수많은 차들이 쌩쌩 지난다. 사람들은 저마다 손에 뭔가를 하나씩 쥐고 바쁘게 돌아다닌다.

그 한가운데에서, 이예는 눈살을 찌푸렸다.

"역시 도통 적응이 되질 않아."

이예는 고개를 절레절레 흔들었다.

벌써 이 세상으로 넘어온 지 5일째.

그동안 이예는 몇 번이고 충격을 받았다.

분명 같은 땅, 같은 지리, 같은 사람이 사는 세상인데도 불구하고 사는 모습은 너무나 천차만별이다.

동승신주의 사람들은 자신의 마을에 틀어박혀 평생을 나오지 않는 경우가 허다하고, 풍족하지는 않아도 보통 자신에게 주어진 것에 만족하는 게 보통이다.

하지만 남섬부주는 다르다.

모든 게 풍족한 세상이다. 먹을 걸 남기고, 쓰던 걸 쓰레기라고 버리고, 필요 없다고 땅바닥에다 던진다.

이 마을에서 저 마을을 가는 데 자동차라는 걸 이용하면 5분이면 충분하고, 나라에서 나라를 이동하는 데 많이 잡아야 12시간이면 갈 수 있다.

도보로 이동하는 게 전부인 동승신주에서 새가 아닌 물체가 하늘을 날고, 말이 아닌 것이 땅 위를 달린다는 건 절대 생각지도 못할 일이다.

선인이 되어 선술이라도 부리면 또 모를까.

그래. 이 세상은 선술이 난무하는 세상이다.

자신의 것이라며 수백 년이 지나도록 선인 한 사람이 죽을 때까지 품고 지내는 것이 아닌, 만인이 공용으로 쓸 수 있게 내놓는 것.

그렇기에 만인은 그걸 편하게 사용하고, 불편한 점이 있으면 머리를 맞대어 더 나은 쪽으로 보강을 한다. 그것이 발전하면 발전할수록 선술은 더 크게 발달한다.

이런 중요한 것들은 오로지 소수 정예가 독점해 가공해

서 다수에게 나눠 줘야 한다는 하향식 체계만 생각해 왔던 이예로서는, 집단 지성이라는 개념에 대해 깨닫는 순간 세상을 보는 모든 틀이 깨지는 것 같았다.

가치관이 박살 나 버렸다.

그 뒤에 남은 것은 충격. 그리고 한탄이었다.

'만약 이런 것이 내 나라에도 있었다면.'

그랬더라면. 자신의 나라는 그렇게 허망하게 몰락하지 않을 수 있었을까?

스스로 다른 왕들과는 다르게 백성들과 격 없이 지냈다고 생각하고 자부했던 그에게는 많은 생각이 들게 만드는 나날이었다.

'항아, 당신을 만난다면 다시 그런 나라를 만들 수 있겠소?'

깊은 고민에 잠기던 때였다.

빌딩 숲 위로 매달린 대형 스크린에서 이상한 장면을 송출하고 있었다.

"음?"

미사일이 불꽃과 함께 하늘로 날아오르는 광경. 아래쪽에는 '[속보] 북한, 대포동 미사일 발사'라 적힌 빨간 띠가 박혀 웬 여자가 나와서 알아들을 수 없는 말을 떠들어 대고 있었다.

뭔가 싶어서 옆을 보니, 어떤 노인이 휴대폰으로 대형 스크린과 같은 장면을 보고 있는 중이었다.

[우리 위대하신 위원장 동지께서는 공화국의 원대한 우주 개발에 박차를 가하시고자, 직접 연구소를 방문하시어 과학도들을 응원하시었다. 이에 동지들은 위원장 동지의 기대에 부응하기 위해 로켓을 발사하였으니, 이는 달을 개척하기 위한 우리 공화국의 위대한 첫 걸음…….]

"로켓은 무슨! 달은 또 뭐여! 미사일이나 쾅쾅 쏴 대려는 거지! 못돼 처먹은 돼지 새끼 같으니라고."

노인은 역정을 버럭버럭 냈다. 하지만 이예의 귀에는 '로켓'과 '달'이라는 말밖에 들리지 않았다.

"말씀 좀 묻겠소."

"무, 뭐여?"

노인은 젊은 놈이 어디서 평대를 쓰냐고 따지려다가 부리부리한 눈매를 보고 찔끔했다.

"그 로켓을 쏘았다는 나라. 어떤 곳이기에 그리 역정을 내는 것이오?"

"나라는 무슨! 북괴가 무슨 나라여! 동네 깡패지!"

"그렇다는 건 악의 축이란 뜻이오?"

이예의 눈이 반짝였다.

"네가 김정은이냐?"

"이, 이놈은 뭐내! 도, 동지들은 뭘 하고 있나우! 어서 저 무뢰배를 잡으라우!"

북한의 국방위원장은 갑자기 활과 화살을 들고 주석궁 지붕을 부수며 난입한 테러범에 까무러치고 말았다.

하지만 호위 병사들은 갑자기 기절해 버린다.

이예는 화살을 두 겹이나 되는 녀석의 목에다 바짝 갖다 댔다.

"로켓을 내놔라. 그럼 목숨만은 살려 주겠다."

국방위원장의 눈은 두려움으로 부르르 떨렸다.

"바, 밖에 누구 없……!"

"일단 좀 맞아야겠군."

퍽! 퍽!

이예는 살려 달라며 돼지 멱따는 소리를 꽥꽥 질러 대는 놈을 죽기 직전만큼 두들겨 팼다.

악의 국가라고 했으니 로켓을 빼앗아도 절대 무리가 없으리라 여겼다.

하지만,

"이 새끼, 어디로 갔나 했더니, 여기서 뭐하고 있어!"

지호가 공간을 열고 나타난다.

로켓을 갖겠답시고 북한을 털어먹으려 들다니.

"마침 잘 왔다. 너도 같이 이놈을 두들겨 패는 데 동참해라. 로켓을 내놓으라는데 끝까지 내놓지 않겠다고 발버둥을 치는……!"

지호는 말하기도 귀찮다는 듯 이예의 뒷덜미를 잡았다.

"뭘 하는 거냐! 달에 바로 갈 수 있는 방법이 눈앞에 있다! 이놈만 잡으면 만사가 해결되는……!"

"대가리 쪼개 버리기 전에 닥쳐!"

지호는 이예를 질질 끌고 다시 축지를 밟았다.

폐허가 된 주석궁에는 푸르딩딩하게 부어오른 얼굴에서 흘러나오는 울음소리만이 퍼졌다.

"으헝헝헝헝."

녀석은 철들고 처음으로 목 놓아 울었다.

그날, 북한 조선중앙TV에서는 로켓이 이상한 빛줄기에 맞아 폭발하는 장면이 송출되면서 다음과 같은 성명 보도가 발표되었다.

[오늘, 남조선의 병사가 활과 화살을 들고 주석궁에 난입해 위대하신 위원장 동지를 겁박하였다. 이에 미제 괴뢰에서는 우리 공화국의 우주 진출을 막고자 로켓을 폭발시켜……!]

하지만 그들의 말을 믿는 곳은 한 군데도 없었다.

오히려 '5,000억짜리 불꽃놀이' 혹은 '인민들의 세금이 터지고 있습니다!'라는 헤드라인을 단 기사가 한국과 미국에서 연일 발표되었다.

*　　　　*　　　　*

"하라는 거만 하라고, 하라는 거만!"

이예는 지호의 역정에 뾰루퉁하게 있다가 어쩔 수 없이 알겠다면서 고개를 끄덕였다.

지호는 뒷머리를 벅벅 긁었다.

이 새끼, 납득 못하고 있어. 내버려 두면 나중에 또 쳐들어갈 거야.

결국 지호는 한참 동안이나 우주에 존재하는 달과 월궁이 있는 달의 차이에 대해서 장황하게 설명해야 했다.

"……그런 건가? 정말이지 이상한 세상이로군."

여전히 이해가 잘 가지 않는다는 표정이었지만, 그래도 지호는 크게 신경 쓰지 않았다.

억지로라도 다르다는 것을 납득시켰으니 다시는 그딴 짓을 하지 않겠지.

"으으. 머리야."

가뜩이나 허무라는 것 때문에 머리가 아파 죽겠는데 이

놈까지 사고를 쳐 대니.

두통이 쿡쿡 몰려왔다.

"다녀왔습니다."

지호는 심드렁한 얼굴로 가방을 바닥에 내려놓으면서 신발을 벗었다. 현관문 밖에서 멀뚱멀뚱하게 서 있는 이예에게 들어오라며 손짓을 한다.

이예도 중국과 일본 등을 돌며 여러 숙소에서 지내 본 경험이 있기 때문에 크게 어려워하지 않았다.

다만, 입식과 좌식의 구분이 조금 어려운지 집으로 들어올 때 신발을 벗는 걸 어려워했다.

"형, 왔어? 그런데 뒤에 계신 분은?"

지성이 집에 있었는지 방에서 어슬렁어슬렁 나온다. 눈밑이 까맣게 죽은 게 밤새 또 무슨 공부를 했나 보다.

"같이 여행했던 친구. 며칠 내 방에서 잘 거야."

멤버들이 집에 쳐들어온 경우도 많았기 때문에 이번에도 그런 것이려니, 지성은 대충 납득하고 그러라며 고개를 끄덕였다.

"아버지랑 어머니는?"

"아버지는 회사. 어머니는 출장."

"또?"

"원래 바쁜 분이시잖아."

"이번엔 어디로 가셨는데?"

"구미."

"멀리도 가셨네. 지수는?"

"친구들이랑 놀러. 아, 그리고 형. 멤버들한테서 전화 왔
어. 연락 안 된다고. 전화 한 통화 안 했다며?"

"아."

지호는 뒷머리를 벅벅 긁었다.

세계수에서 달빛, 영물까지. 현실로 돌아오고 난 뒤로 할
일이 너무 많아서 미처 신경을 못 썼다.

그러고 보니 벌써 한 달이 넘게 지났지?

본선이 시작된 지도 꽤 되었는데 그동안 한 번도 찾지 않
았던 셈이다. 리더로서는 실격이네.

이따 전화 한 통화 해 줘야겠다고 생각하면서 신발을 완
전히 벗고 거실로 들어섰다.

"땡큐."

지호는 이예를 데리고 자신의 방으로 돌아와 책상과 침
대를 최대한 물리고, 기타 같은 바닥에 놓인 것들을 한쪽
구석에다 치워 휜한 자리를 만들었다.

일단은 상황 정리부터 해야 한다.

빈자리에다 동아시아 지도를 펼쳐 놓고, 빨간 사인펜으로 7일 동안 다녀간 곳들을 'X' 자로 표시했다.

"자, 여기가 우리가 여태 돌아다녔던 곳들이야."

북한: 백두산
중국: 황산, 구채구, 타클라마칸 사막
베트남: 하롱베이
필리핀: 바나하우 산
일본: 후지산

"이렇게 보니 참으로 많이도 돌아다녔군."

"내 말이."

북한은 쓸데없이 한 번 더 방문하기도 했지?

이예는 몇 번이고 봐도 적응이 가질 않는 정교한 지도를 보면서 눈을 반짝였다.

지형과 지리가 자세히 나 있는 이 지도를 동승신주로 갖고 갈 수 있다면 일대 파란이 일겠다는 생각이 가장 먼저 들었다.

그러다 뒤늦게 쓰게 웃고 만다.

나라를 잃은 지 벌써 수천 년이나 지났는데도 불구하고 자신은 여전히 과거에 얽매여 있구나 하는 생각이 퍼뜩 든 것이다.

"하여간 표시한 곳들은 영물들이 살던 장소고."

지호는 이번엔 까만 사인펜을 들어 'X' 자 표시 옆에다가 숫자를 기입했다.

백두산에는 'B.C.108년', 황산에는 '167년', 구채구에는 '263년' 등을 쓰더니, 마지막 후지산에는 '1582년'을 썼다. 그리고 이예가 알아보기 쉽게 동승신주 식으로 숫자를 기입했다.

"이건 영물들이 사라진 연도. 일이 년 정도 오차는 있을 수 있지만 대략 맞을 거야."

"그 뒤는 전부 허무인가?"

"맞아."

"그런데 이게 어떻다는 거지?"

"날짜를 확인해 보니까, 당시 자리 잡고 있던 나라들이 무너지거나, 자연 재해를 입었던 연도더라고."

"어렵군."

"그러니까. 허무가 올 때, 주변 나라는 재해로 인식할 만큼 큰……."

우우웅.

그때 휴대폰이 떨렸다.

"잠깐만. 여……!"

[선배, 대체 그동안 뭐하고 있었던 거예요!]

받자마자 수화기 저편에서 날아오는 건 서은영의 날카로운 고음이었다. 옆에서 하동률이 구시렁대는 소리도 들린다.

아, 전화한다는 거 깜빡했다.

지호는 살짝 식은땀을 흘렸다.

"떠오르는 게 있어서. 그거 쓰느라고 연락 못 받았어."

한창 밴드에 열중할 때도 지호는 뭔가 영감이 떠오른다면서 훌쩍 잠수를 타거나 할 때가 많았다. 이번에도 적당히 그런 식으로 둘러대니 납득을 한 모양이었다.

[하아! 저희가 전부 얼마나 걱정했는지 알아요?]

"미안. 미안."

[하여간……! 으휴! 그럼 본선은 보기라도 하셨어요?]

"목소리 들어 보니까 아직도 붙어 있는 거 같네."

[……저희 이번 주가 결승전이거든요?]

"벌써?"

지호는 깜짝 놀라 벽에 걸린 달력을 봤다.

벌써 시간이 이렇게 되었나?

[정말 모르고 계셨잖아. 하! 여! 간! 이번에는 꼭 오실 거죠?]

지호는 차마 안 된다는 말을 할 수 없었다.

손오공이 중요한 만큼 자신에게는 밴드도 소중하다. 우승을 이미 예지했다지만, 그래도 멤버들이 기뻐하는 마지막 순간은 직접 눈으로 보고 싶었다.

그래도 이러니까 답답했던 속은 좀 풀리는 것 같네.

잠깐 머리를 식히는 정도는 괜찮겠지?

"어디까지 이야기했지?"

전화를 끊고 보자 이예는 인상을 살짝 찌푸리고 있었다.

"차라리 선인이라도 있으면 좀 편할 텐데. 참으로 어려운 세상이야."

지호는 휴대폰을 내리다 말고 깜짝 놀랐다.

"뭐? 선인? 선인으로도 돼?"

"당연하지. 달빛을 보강하는 데 영물이 필요하다는 건 가진 영혼의 무게가 남다르기 때문이다. 그러니 선인이어도 상관없는 것이지."

"……씨발."

"왜 그러지?"

허무가 영물과 같은 것들을 노린다면 그와 비슷한 것들도 노릴 공산이 크다.

거기에 생각이 미치자 바로 누군가가 떠올랐다.

나후의 후유증으로 나타난 망량들이 쉴 새 없이 맴돌던 인물.

서은영.

"젠장!"

쉭!

지호는 츄리닝 차림으로 집을 바로 나왔다.

축지를 밟으면서 건물의 옥상 위를 마구 지나친다.

머릿속으로는 한 가지 단어가 자꾸만 맴돌았다.

왕.

그 말이 뭘 뜻하는지는 모른다.

단순히 망량들의 왕을 뜻하는 말이라면 음장생이 있기 때문에 말이 안 된다. 그렇다고 죽은 사람이냐고 물으면 아니라고 말할 수밖에 없다.

지호가 알기로, 망량들이 왕이라고 불렀던 존재는 둘.

서은영과 이나은.

하지만 그중에서 이나은은 저쪽 세상에 있으니, 이쪽 세상에는 서은영밖에 없다.

그녀의 영혼이 어떤 비밀을 가졌는지는 모른다.

굳이 알아볼 생각을 하지 않았다.

어느 누구나 전생을 갖고 있기 마련이고, 지호 역시 손오공이라는 전생을 지니고 있으니. 서은영 역시 그런 위대한 자의 환생이라고 해도 이상하지는 않다.

하지만 다른 누군가가 그녀를 노린다고 하면 이야기는

전혀 달라진다.

"망량만 해도 골치 아파 죽을 것 같았는데!"

허무가 대체 뭘 노리는지는 모른다.

하지만 그걸 마주하고 있노라면 지호는 자신의 영혼은 물론 존재까지 모두 빨려 들어갈 것만 같은 착각에 빠질 정도였다.

그건 깊은 어둠과 달랐다. 통천교주가 부렸던 악몽의 바다와도 또 달랐다.

그냥 아무것도 없는 세상.

아니, 있질 못하는 세상.

그래. 차라리 블랙홀이라고 하면 편할까?

그건 빛도 어둠도 모두 빨아들인다고 하니.

그런 게 서은영에게 찾아온다면?

탁!

지호는 어느 건물 위에 섰다.

그에게는 익숙한 장소. 서은영이 머무는 숙소다.

화안금정을 연다. 주변을 떠돌아다니는 사념을 빠른 속도로 읽어 들이며 그녀가 어디에 있는지를 쫓는다.

물론 그냥 노파심에 가지게 된 우려일 수도 있다.

허무는 1600년도 이후로 활약을 펼친 적이 없고, 아직 있다고 해도 반드시 한국으로 온다는 보장도 없다. 어쩌면

한국을 지나서 북쪽 시베리아나 다른 구역으로 이동했을
수도 있다.

　무엇보다 서은영과 마찬가지로 위대한 영혼을 가지고 태
어난 존재가 어디 이 세상에 한둘일까.

　그들이 전부 허무에 먹혔을 리는 없으니 사실상 허무가
그녀를 노릴 확률은 극히 저조하다.

　하지만.

　혹시나 하는 감정이 마음을 갉아먹는다.

　허무가 서은영에게 찾아올까 하는 걸 예지하고 싶어도
세계수에도 기록이 되지 않는 것이니 그러지도 못한다.

　다만, 걸리는 점이 있다면 자꾸만 신경이 쓰인다는 것.

　감각이 날카로워진 상태에서 걸리는 것이니 정말로 뭔가
가 벌어질지도 모른다.

　'지금은 스케줄을 소화하고 있나?'

　마침 결승전이 내일. 녹음을 끝내고 미션을 수행하느라
한창 정신이 없을 것이다.

　그곳으로 가야 하나?

　지호가 이동 경로를 따라서 다시 축지를 밟으려는데,

　스륵!

　뒤쪽에서 이예가 나타났다.

　"뭔가 알아낸 게 있나 보지?"

"만약 왕이라고 불리는 영혼이 있다면 뭐가 있지?"

"왕?"

이예는 무슨 소리냐며 지호를 보다가 진지한 표정에 잠깐 생각에 잠겼다.

"왕이라고 할 정도의 신이라면 일계(一界)를 통치한다는 뜻일 텐데 많지는 않지. 사천왕이나 명부시왕, 팔대용왕 외에는 몇몇이 전부일까?"

"그중에 공석은?"

"없어."

"없다고?"

지호의 시선이 이예에게로 향한다.

"그만한 존재가 죽었다면 삼라만상이 버텨 낼 리가 없지 않은가? 법칙이 바로 일그러질 텐데. 바로 다음 사람으로 채우거나 했겠지. 게다가 내가 알기로 근 천 년 동안에 죽은 사람은 아무도 없어."

"확실히…… 그렇겠지."

자신이나 청룡이 모를 리도 없을 테고.

"하지만 그냥 단순히 왕이라고 칭하는 것이라면 꽤 많다. 천신 중에 상당수는 한때 한 나라를 경영했던 자들이 많으니. 그중에는 나도 포함될 테고."

지호는 알겠다는 듯이 고개를 끄덕였다.

그럼 역시 그중에 한 사람인 모양이다. 그만큼만 되어도 위대한 영혼이라 할 수 있으니 망량들이 왕이라고 숭배를 해도 이상하지 않다.

"그런데 그걸 왜 묻는 거지?"

"이제부터 보면 알 거야."

지호는 서은영이 감지된 장소로 이동했다.

이예가 바로 그 뒤를 따랐다.

지호가 도착한 곳은 경기도 외곽에 위치한 스튜디오였다. 산을 배경 삼아 한적하게 지낼 수 있어 녹음을 하다가 휴식을 취하고 싶으면 놀 수도 있는 곳이었다.

마당에는 이미 복잡한 카메라 기기들이며 장비들이 늘어서 스태프들이 바쁘게 돌아다닌다.

"흠."

"왜?"

갑자기 이예가 눈살을 좁히더니 침음을 흘린다.

"이 세상에서 딱 하나 끝까지 이해가 가지 않는 게 있다."

"뭔데?"

"이곳은 다른 건 풍족하지만, 천이나 비단은 아주 귀한가 보지?"

"뭔 뜻이야?"

"여자들이 전부 헐벗고 다니지 않나."

이예는 여자 스태프들을 보면서 안타까운 얼굴이 되었다. 대부분 미니스커트에 핫팬츠, 크롭티를 입어 살결이 훤히 드러난다.

"패션이란 거야, 인마."

"패션?"

이예가 고개를 갸웃거린다. 키도 멀대 같이 크고 우락부락하게 생긴 녀석이 저딴 모습이라니.

지호는 설명하기 귀찮았지만, 이 녀석이 또 무슨 사고를 칠지 몰라 최대한 짧게 설명했다.

"과연. 그런 거로군."

이예는 다시 스태프들 쪽을 봤다.

마침 다른 출연자인지 예쁘게 생긴 여자가 지나가고 있었다. 안쪽 속옷까지 비치는 시스루룩에 초미니 핫팬츠.

"참으로 바람직한 세상이로다."

이예는 아주 흐뭇하게 여자들을 구경, 아니, 감상했다.

지호는 괜히 끼어들었다가 소란만 일 것 같아 이예에게서 신경을 끄고 다른 쪽으로 시선을 돌렸다.

한쪽 구석에는 출연자들을 위해 특별히 만들어진 대기실이 있었다. 안쪽에서 나누는 대화가 훤히 잘 들렸다.

"으으으으! 하루 종일 녹음만 했더니 손목 아파 죽겠다. 나 진짜 다시는 오디션 같은 거 안 볼 거야!"

"내일이면 끝나잖아요. 조금만 참으세요."

"그러게. 우승이 뭔지. 이제는 정말 후딱 끝내고 집에 가고 싶은 마음뿐이야."

멤버들이 늘어져라 기지개를 펴고 있었다. 하루 종일 녹음과 녹화에 피곤이 이만저만이 아니었다.

하동률과 백동준은 이런저런 이야기를 나누다가 슬쩍 한쪽 구석에서 닌텐도 게임에 빠져 있는 박민상을 봤다.

"너는 하루 종일 베이스 두들기고 게임까지 하면 손가락 안 아프냐?"

"지금 한창 배지 따려고 하고 있거든요."

"배지?"

"포켓몬이요. 지금 마지막 배지 따려는데 자꾸 죽어요. 잠시만 조용히 해 주세요."

"저 새끼 한 번씩 보면 누가 선배인지 후배인지 모르겠다니까?"

하동률은 시건방진 후배 녀석을 한 대 쥐어박을까 싶다가 베이스가 사라지면 밴드도 망가지기 때문에 다음 기회로 미뤘다.

대신에 의자에 반쯤 누우면서 다시 늘어져라 기지개를

펴며 하품을 쩍쩍 한다.

"으아아아아아. 우리 지호 형 보고 싶다. 딱 한 번만 괴롭히면 스트레스가 확 풀릴 것 같은데."

"그러다 지호 형한테 또 맞을걸요?"

"지금 여기에 없잖아? 한 달 잠수 탔으면 그 정도는 각오해야지."

"내일 오시는 거 맞죠?"

"아마도. 은영이한테는 그렇게 말했다던데. 그리고 양심이 있으면 그 정도는 와 줘야지. 안 그러냐? 우리가 여태올려 준 저작권료만 해도 얼만데! 소를 한 마리 잡아도 돼! 소! 소!"

하동률이 시끄럽게 떠드는 목소리가 들렸는지 갑자기 문이 벌컥 열리면서 서은영이 들어왔다.

"다들 다음 장소로 이동할 준비해. 그리고 하동률. 네 목소리, 밖에까지 다 들려. 조용히 좀 해."

"네에. 네에. 하여간 지호 형만 없으면 마녀라니까, 마녀."

"죽을래?"

"잘못했습니다."

하동률이 귀찮다는 듯이 손사래를 치자, 서은영이 도끼눈을 뜬다. 하동률은 재빨리 자라목이 되어서 도망칠 준비를 한다.

서은영은 박수를 쳐서 밴드 분위기를 환기시켰다.

"자자, 조금만 더 노력하자. 내일 선배 오신다니까, 그동안 못 보여 드렸던 거 보여 드려야지? 민상이도 게임기 집어넣고."

전체적으로 분위기는 그녀가 주도하고 있었다. 너무 자유분방해서 자칫 풀어질 수 있는 멤버들을 잘 이끌어 나갔다.

바깥에서 나뭇가지 사이 보이는 창 너머로 그 광경을 지켜보고 있던 지호는 기분이 묘했다.

언제나 자신이 없으면 제대로 돌아가지 않을 것 같던 밴드였건만. 사실은 못 본 동안에도 녀석들은 잘 해내고 있었다.

'자식들, 잘하고 있네.'

살짝 입가에 미소가 감돈다.

"저 아이가 네가 말한 왕이란 건가? 과연. 보기 드문 영혼을 지녔어. 달빛으로 쓰기 딱 좋아."

그때 이예가 감상을 끝내고 지호가 보던 쪽을 보고는 눈을 반짝인다.

지호가 낯을 잔뜩 일그러뜨렸다.

"죽을래?"

이예는 콧방귀를 꼈다.

"농담이다. 아무리 자존심을 내버렸다 한들, 나 역시 명예는 남아 있는 전사. 여자와 아이를 건드리지는 않아. 더구나 동맹 관계의 여자는 더더욱."

저렇게 살벌한 얼굴로 농담이라고 하면 누가 믿어?

지호가 핀잔을 주려는데 갑자기 아래쪽에서 스태프 하나가 고래고래 소리를 질렀다.

"이봐요, 거기! 내려오세요! 뭘 하고 있는 겁니까!"

"……젠장."

지호는 이예와 떠들다가 들켰다는 생각에 한숨을 내쉬면서 이예와 함께 땅에 착지했다.

스태프는 촬영 현장을 구경하기 위해서 몰래 숨어든 불청객이라 생각하고 내쫓으려다가 익숙한 얼굴에 눈을 동그랗게 떴다. 동시에 뒤에서 누군가 나타났다. 백정연PD였다.

"지호 씨?"

"오랜만이에요."

지호가 계면쩍은 얼굴로 볼을 긁적였다.

백정연은 고양이처럼 눈을 가느다랗게 떴다.

"흐응. 그동안 연락 한 번 없더니. 멤버들 보러 몰래 온 건가요? 불러 드려요?"

"그냥 조용히 떠나……!"

"여기까지 왔는데 무슨. 월! 여기 좀 나와 보세요! 지호 씨 오셨어요!"

고래고래 소리를 지르자, 대기실 문이 쾅 열린다.

멤버들이 놀란 얼굴로 지호를 쳐다봤다.

"형?"

"여긴 갑자기 무슨 일이에요?"

지호는 어색하게 웃었다.

"지나던 길에 잠깐 들렀어."

"우리가 여기서 촬영하는 줄 어떻게 알고?"

하동률은 고개를 갸웃거리다, 지호와 백정연이 같이 있는 걸 보고 음흉하게 웃었다.

"으흐흐! 혹시 둘이서 몰래 만나려고 하……! 컥!"

"쓸데없는 말 하지 말고 비켜."

서은영은 지호가 보이지 않게 뒤에서 몰래 주먹으로 하동률의 옆구리를 세게 때리고는 화사하게 웃으면서 대기실 밖으로 나섰다.

그런데 웃는 얼굴과 달리 분위기는 조금 살벌했다.

"오셨어요?"

"으, 응."

"그럼 내일 봬요. 안녕히 들어가세요."

서은영은 웃는 낯 그대로 지호를 배웅하고는 멤버들을 강제로 대기실로 밀어 넣고 문을 쾅 하고 닫아 버렸다.

"……."

"픔. 아무래도 은영 씨 화가 단단히 나신 거 같은데요? 그럼 저도 바빠서 먼저 가 볼게요. 내일 봐요."

백정연은 살짝 웃으면서 한쪽 눈을 찡긋거리고는 철수하는 스태프들을 지휘하러 갔다.

홀로 남은 지호는 쓴웃음을 지었다.

옆에서 가만히 보고 있던 이예가 한 마디 툭 던진다.

"연애가 참 많이 서툴군."

"뭐, 이 새꺄?"

이 놈이 불을 지르네?

이예는 그런 지호를 빤히 쳐다보더니, 갑자기 지호를 붙잡고 대기실 앞으로 끌고 갔다. 그러고는 문을 벌컥 열어 버린다.

"야, 뭐하는 짓……! 야! 야!"

이예는 지호가 발버둥을 치건 말건 간에 안쪽에다 밀어 넣고 세게 닫았다.

쾅!

"으, 은영아? 화, 화내지 말고 자, 잠깐만 이야기 좀…… 아아아아악! 은영아아아아아!"

곧 안쪽에서는 요란한 비명 소리가 울렸다.

이예는 살려 달라며 덜컥덜컥, 몇 번이고 열리려는 문고리를 힘으로 세게 붙잡았다.

"……씨발, 개새끼."

지호는 머리가 잔뜩 볶인 채로 이를 바득바득 간다.

하지만 이예는 코웃음을 쳤다.

"고생했나 보군."

"당연하지, 이 자식아! 가라는데 왜 왔냐고 쪼아 대는데 얼마나 난감했는지 알아?"

"그래서? 뭐라고 했지?"

"몰라! 있는 이유 없는 이유 그냥 다 말했지."

피식.

"틀렸어."

지호가 눈살을 찌푸린다.

"뭐가?"

"보고 싶어서 왔다고 해야지."

지호는 한 마디를 쏘아붙이려다, 이예의 눈가에 어린 씁쓸한 감정을 읽고 낯을 일그러뜨렸다. 녀석이 자신과 서은영에게서 뭘 읽었는지 알 수 있었다.

"젠장!"

그래도 억울한 마음을 풀 길이 없어 애꿎은 돌멩이를 발로 차며 자리를 떠난다.

이예는 그런 지호의 뒷모습을 보다가 중얼거렸다.

"……조금만 더 기다려 주시구려, 항아."

* * *

그 순간, 허무가 눈을 떴다.

* * *

지호는 서은영과 멤버들을 태운 버스가 다음 스케줄을 소화하고 숙소에 도착할 때까지 조용히 뒤를 따라다녔다. 이번에는 주변 공간을 왜곡해 타인들의 시선에서 벗어나는 걸 잊지 않았다.

달이 뜨고, 다시 지다가, 해가 뜬다.

결승전 날이 찾아왔다.

* * *

"한낱 악사와 무희를 보고자 이토록 많은 사람들이 찾아오는 건가? 대단하군."

이예는 스타디움을 가득 메운 인파를 보면서 고개를 절레절레 흔들었다.

대충 눈대중으로만 잡아도 만 단위에 가깝다.

대략 8천 명. 지금도 계속 입장을 하고 있으니 얼마나 더 모일지 모른다.

이만한 숫자는 전쟁이나 장성을 쌓기 위한 대규모 인력 동원을 제외하고선 본 적이 없기 때문에 크게 놀랄 수밖에 없었다.

하물며 '악사와 무희는 단순히 신을 즐겁게 하기 위한 광대'라는 인식이 박혀 있는 이예로서는 더 대단한 일로 느껴졌다.

"미안하지만 나도 그 악사 중에 한 명이다만?"

"뭐라?"

"그리고 십만 명씩 동원하는 사람도 있는데 무슨."

"허어! 역시 참으로 신기한 세상이로다."

"알았으면 됐어. 그리고 제발 촌놈처럼 구경 좀 그만할래? 쪽팔려 죽겠거든!"

이예는 반쯤 벌거벗다시피 한 여자들 구경에 여념이 없었다. 지호는 그런 녀석의 뒷덜미를 잡고 따로 배정 받은 1등석으로 이동했다.

그사이 무대에서는 리허설이 한창 준비 중이었다.

목에 팻말을 단 멤버들이 스테이지에 올라 악기를 세팅한다. 스탠드 마이크 앞에서 아아, 가볍게 목을 풀던 서은영은 지호를 발견하고 살짝 눈웃음을 지었다.

다행히 화는 풀렸나 보네. 지호는 안도에 찬 한숨을 내쉬며 손을 흔들어 주다가 하늘을 살짝 봤다.

아무 일도 없어야 할 텐데.

하지만 하늘은 곧 우승이 예지된 밴드를 축하해 주기 위해 햇볕을 드리우기는커녕 점차 먹구름이 드리우고 있었다.

*   *   *

깜빡 잠이라도 들었나?

지호는 멤버들과 그동안 있었던 일에 대해서 이런저런 이야기를 나누다가 생방송이 시작된다는 말에 이예를 데리고 바로 관객석으로 돌아왔다.

며칠 동안 쉬지 않고 계속 움직인 까닭에 피로가 몰려왔는지 잠깐 눈을 감았나 보다.

지호는 다시 눈을 뜨려 하다가 익숙한 광경에 멈칫거렸다.

검은 머리와 금색 눈을 가진 사내와 토끼 인형을 품에 꼭 끌어안은 여자 아이.

"……정위."

"응?"

"정. 위."

여자 아이가 우락부락한 사내들의 틈바구니 속에 섞여 살게 된 지 어언 1년째.

여느 때와 다르지 않게 동료들을 열심히 땅바닥에 굴리고 보람찬 하루를 시작하던 사내는, 갑자기 여자 아이가 불쑥 꺼낸 말에 금색 눈을 동그랗게 떴다.

실어증에 걸린 게 아닐까 싶을 정도로 걱정했었는데.

처음으로 들은 여자 아이의 목소리는 너무나 맑았다.

하물며 그 단어가 여자 아이의 이름이라는 걸 깨달았을 때는 모든 걸 다 가진 것 같았다.

"그렇구나! 네가 정위구나!"

"응. 나, 정위."

"아휴! 우리 정위, 얼굴만큼이나 이름도 예쁘네, 예뻐."

사내는 온갖 호들갑을 떨면서 정위를 쓰다듬었다.

이번에는 웃게 해 주겠다는 일념 하나로 여자 아이가 좋아할 만한 선물을 주거나 우스꽝스러운 모습을 보여 주면서 방긋방긋 웃어 댔다.

정위는 여전히 말없이 무뚝뚝했지만.

그걸 보는 동료들의 얼굴에는 딱하다는 표정이 어렸다.

"대장, 갑자기 왜 저런데?"

"몰라. 꼬맹이가 말을 하기 시작했단다."

"그래서 저러는 거야? 참 지극정성이다."

"전쟁터에 나서면 그렇게 악귀 같은 인간이 저러니까 도저히 적응이 안 돼. 막 속이 울렁거려. 우웨에엑."

동료들이 씹어 대건 말건 간에 사내는 정위를 웃게 하는 데 정성을 쏟아부었다.

하지만 정위는 그런데 전혀 관심이 없다는 듯 토끼만 계속 매만지다가 다시 사내의 금색 눈을 바라봤다. 토끼 손을 움직여 자신을 가리킨다.

"나, 정위."

"그래그래. 우리 정위, 예쁘다. 우쭈쭈."

토끼 손은 사내를 가리킨다.

"너, ……야."

"옳지. 잘 아네. 기억하고 있었어?"

사내는 1년 전에 말했던 자신의 이름을 기억해 준다는 사실에 감격하고 말았다.

"나, 배고파."

"그래그래. 우리 정위, 뭐 먹고 싶니? 아저씨가 오늘 특별히 다 사 줄게!"

사내는 방긋방긋 웃어 댔다.

정말 행복하다는 듯이.

*   *   *

"뭐가 그리 즐거운가?"

"……어?"

지호는 자기도 모르게 눈을 떴다.

"즐거운 꿈이라도 꿨나?"

이예의 물음에 지호는 반사적으로 입가를 매만졌다. 미소가 살짝 걸려 있었다.

아무래도 꿈에서 손오공이 행복해하는 모습에 같이 감화되었던 모양이다.

정위라는 여자아이가 말을 하고 배고프다면서 칭얼대는 모습이, 손오공에게는 너무나 가슴 따뜻하게 와 닿았으니.

'오공도 그렇게 소소한 데서 행복을 느낄 때가 있었네요.'

지호는 손오공이 이 자리에 있으면 해 주고 싶은 말이 아주 많았다.

"재미있는 꿈이긴 했어."

"그렇다면 다행이군."

"뭘?"

"신이 꾸는 꿈이라는 건 대게 예지몽인 경우가 많다. 세계의 법칙을 받는 자리인 만큼 천기의 영향을 많이 받으니. 그런데 만약 즐거운 꿈을 꾸었다면……."

"앞으로 있을 일도 즐거울 거다?"

이예는 크게 고개를 끄덕였다.

"아무래도 큰 위기 없이 허무를 물리고 달빛을 만들 수 있지 않겠나 싶다만."

"그렇다면 정말 땡큐지."

지호가 작게 중얼거릴 무렵이었다.

그때 스테이지 바로 아래 대기하고 있던 백정연PD가 시계를 보더니 바로 큐 사인을 내렸다.

카메라가 돌아가면서 MC가 마이크를 쥐고 이런저런 오프닝 무대를 가지다 크게 소리를 지른다.

"K스타 오디션, 대망의 결승! 지금부터 시작합니다!"

오디션 프로그램은 황금 시간대라는 토요일 6시부터 7시 30분까지, 1시간 반가량을 방송한다.

하지만 결승전이기 때문에 두 무대밖에 올릴 수 없어 남은 시간은 MC가 결승전에 올라온 두 팀과 가벼운 소감 인터뷰를 하거나, 그동안 프로그램에서 있었던 일들을 되돌아보는 시간으로 채웠다.

대형 스크린은 그동안 멤버들이 몇 주에 걸쳐서 진행했던 미션과 발표했던 노래들을 대략적으로나마 소개 해 주었다.

지호는 흐뭇한 마음에 그걸 감상하고 있다가, 갑자기 카메라가 지호 쪽으로 들어와 깜짝 놀라기도 하는 등 다채로운 모습들을 보여 주었다.

MC는 요즘 센세이션을 일으키는 의리남이 왜 커튼 싱어 이후 한 번도 방송에서 모습을 내비치지 않았는지 짓궂게 물으면서도, 한 달이 넘도록 음원 차트에서 롱런을 하고 있는 밴드 월의 인기 이유를 묻는 등 원활한 진행을 유도했다.

그러다 본격적인 무대가 시작되었다.

처음으로 오른 사람은 여자였다.

색기 있는 눈매에 날렵한 몸매. 하지만 예쁘장한 모습과 다르게 허스키한 목소리와 안정된 음정과 박자로 남성 팬들의 인기를 독식해 이번 오디션에서 월의 유일한 대항마로 꼽히던 참가자였다.

"아주 좋군."

음악이 좋다는 건지, 몸매가 좋다는 건지. 이예는 팔짱을 끼고 흐뭇한 미소를 하며 무대를 관람했다.

지호는 가만히 그런 녀석의 옆모습을 보다가 불쑥 호기심이 들었다.

"너 이런 모습, 나중에 항아 만나거든 말해도 되냐?"

순간, 이예는 얼굴을 와락 일그러뜨렸다. 잔뜩 살의 섞인 눈빛으로 지호를 노려본다.

"하기만 해 봐라. 네놈의 대가리부터 쪼개 버릴 테니."

이 새끼, 공처가네.

지호는 이예의 태도에서 얼핏 '두려운' 감정을 느끼고는 고개를 절레절레 흔들었다.

예나 지금이나 여자들에게 쥐어 사는 건 남자들의 운명이다 싶었다.

그사이 밴드 월의 무대가 시작되었다.

멤버들은 몇 번의 대형 공연과 생방송에 익숙한 듯, 별빛대축제 때처럼 긴장한 모습은 보이지 않았다.

오히려 관객들의 호응을 유도하고 불빛이 들어온 카메라를 보며 눈을 찡긋거리는 등 여유까지 보일 정도였다.

박민상의 낮게 깔리는 베이스 저음을 따라 하동률이 신나게 드럼을 치면서 비트를 깔기 시작한다.

스네어를 톡톡 두들겨 경쾌한 분위기를 덧칠하고, 그 위에 백동준이 얌전한 성격에 어울리지 않는 화려한 기타 속주를 하면서 본격적인 음악이 시작되었다.

밴드 윌의 특징은 대중이 쉽게 질리지 않을 경쾌한 사운드와 멜로디를 하면서도 화려한 퍼포먼스를 이따금 보여 준다는 점이었다.

관객들은 익숙한 듯이 저마다 자리에서 일어나 박자에 따라 몸을 움직이기 시작하더니, 서은영이 마이크를 붙잡고 입을 열자 환호성을 질렀다.

미션을 진행하면서 여러 전문가들의 조언과 훈련으로 안정감을 찾으면서도 또 다른 자신만의 색깔을 찾게 된 서은영의 목소리는, 아담한 체구와는 다르게 관객들을 휘어잡는 무언가가 있었다.

야릇한 눈빛으로 관객들을 둘러보면서 의미심장한 미소를 던지고, 리듬에 따라 손가락을 살짝살짝 움직이면서 관능적인 모습을 더한다.

그러다 일어서서 응원하는 관객들과 다르게 유일하게 앉아서 이쪽을 구경하는 지호를 발견하고는 한쪽 눈을 찡긋거렸다.

그리고 다시 노래에 집중한다.

3분 30초라는 짧지만 절대 짧지 않는 시간 동안, 멤버들은 자신들이 여태 쌓은 기량을 모두 토해 내겠다는 듯이 공연에 몰두했다.

"재미있군."

"뭐가?"

지호는 이예를 돌아봤다.

이예는 묘한 미소를 띠면서 서은영에 집중했다.

"모든 게 다."

"……?"

"정말로 재미있어."

지호는 무슨 뜻이냐고 다시 묻지 않았다.

이예의 입가에 어린 미소.

그건 단순히 짧은 옷을 입은 여자들을 구경할 때와는 많이 달랐다.

꿈속에서 손오공이 정위라는 아이에게서 이름을 들었을 때와 닮은 미소다.

녀석은 정말로 즐기고 있었다.

지난 기나긴 세월 동안 기원에 사로잡혀 괴로움에 몸부림치던 녀석이, 뭔가 가슴속에 품었던 응어리 하나를 푼 듯한 느낌이었다.

어쩌면 이 모습이, 이예라는 사람이 가진 진짜 모습이 아닐까?

이런저런 생각을 하던 와중에 어느새 공연은 막바지에 이르고 있었다.

마지막 클라이맥스. 서은영이 마이크를 손에 쥐며 입가에 붙인다.

어차피 이번 오디션의 우승자는 밴드 윌이다. 지호는 그걸 알고 있기에 느긋한 마음으로 감상하려 했다. 허무에 대한 존재는 아주 잠깐 잊고 있었다.

그 순간,

……!

뭔가가 뒤틀린다.

뭔가가 강제로 비틀어진다. 삼켜진다. 먹힌다.

그것은 소리도 흔적도 없이 갑자기 불쑥 찾아왔다.

지호와 이예는 뭐라고 대화를 나눌 기회도 없었다. 존재의 불가사의에 놀라 두 눈을 크게 뜬 채 하늘을 쳐다본다.

보통 사람들에게는 절대 닿지 않을 하늘 한쪽 구석.

겉으로 보기엔 아무런 변화도 없기에 지호와 이예를 제외한 어느 누구도 눈치를 채지 못한다. 음악은 여전히 계속되고, 관객들은 함성을 지른다. 서은영은 마지막 부분을 마무리하기 위해 음을 길게 늘어뜨린다.

그때 스테이지의 뻥 뚫린 천장 너머로 무언가가, 감히 크기도 깊이도 짐작하기 힘든 무언가가 크게 열리면서 단숨에 아래로 쑥 내려왔다.

허무.

세계수에 기록도 되지 않아 당연히 존재도 하지 않아야 할 그것은 식탐에 젖은 짐승의 아가리처럼 크게 젖히면서 공연장 전체를 삼키려 한다.

녀석의 목표는 단순히 서은영만이 아니었다.

이곳에 있는 지호와 이예를 포함한 전부였다!

"젠장!"

끼이이이이이이익!

지호가 서은영을 보호하기 위해 무대 쪽으로 몸을 날리는 것과 동시에 대형 스피커에서 노이즈가 발생하면서 노래와 음악을 전부 삼킨다.

허무는 모든 걸 게걸스럽게 먹어 치운다.

빛도, 감각도, 그들의 인식조차도.

축하와 환의로 가득 차야 할 공연장은 순식간에 침묵에 잠기고 말았다.

지호가 서은영을 안는 것과 동시에 허무가 앉았다.

'은영이를 만나러 오는 게 아니었어!'

왜 미처 생각하지 못했던 걸까.

허무를 깨운 건 서은영이 아니다.

바로 자신과 이예다.

서은영이 위대한 영혼을 타고났다지만 겉으로 봤을 때는 그저 노래를 좋아하는 평범한 여자에 불과하다. 그러니 세상에 미치는 영향도 아주 적다.

반면에 지호와 이예는 어떤가?

그들은 반신이다.

한 사람은 지고의 자리가 약속된 자이고, 다른 한 사람은 한때 최고위에 올랐던 자이다. 여태 영물들을 삼켜 왔던 허무로서는 그들만 한 먹잇감이 없었다.

'제길!'

허무가 자리 잡은 곳은 어둡다.

시각, 촉각, 청각, 미각, 후각. 오감이 모두 정지되어 아무것도 느낄 수가 없다.

자아라는 의식이 남아 있다지만 이렇게 아무것도 없는 허무 속에서는 금방 해체되고 말 것이다.

지호가 그렇게 느낄진대, 보통 사람들은 어떨까?

"은영아. 조금만 참아."

지호는 자신의 품에 안겨 오들오들 떨고 있을 서은영을 달랬다. 허무가 완전히 내려앉기 전에 보호하기 위해 안았으니 지금 이 팔 안에 있을 것이다.

비록 아무런 감각도 느껴지지 않지만.

지호는 고개를 높이 들었다. 아니, 든다고 생각했다. 화안금정을 밝혀, 아니, 밝힌다고 생각하면서 허무를 직시한다.

역시나 아무것도 보이지 않는다.

하지만,

끼이이이이이이이.

아주 희미하게나마. 집중하지 않는다면 캐치하지 못했을 정말 사소한 크기의 느낌.

그 순간, 지호는 문득 그런 생각이 들었다.

아무리 알아내려 해도 알 수 없었던 허무의 정체.

만약 그것이 영물이라면?

이 세상은 기가 현저히 부족하다. 그래서 영물들은 깊은 수면기에 들었다.

하지만 수면기로도 부족하다면? 그럴 때는 다른 영물을 잡아먹어 영양분을 보충해야 하지 않을까?

사념 속에서 영물들은 언제나 허무가 내려앉을 때면 무언가에 쫓기듯이 크게 광란을 부렸다.

만약 그것이 포식자에게서 달아나고자 하는 녀석들의 몸부림이었다면?

그런 것이라면 모두 말이 된다.

"성아."

─응. 맞아.

언제나 어린아이처럼 들떴던 청룡의 목소리는 다른 어느 때보다 착 가라앉았다.

—이건 용이야! 아주아주 큰 용!

그럼 지금 자신이 마주하고 있는 건 녀석의 아가리 속이라는 걸까?

도대체 덩치가 얼마나 크기에 허무라고 착각을 할 만큼 입이 큰 거지? 아니, 애초 그런 녀석이 어떻게 한 번도 이 세상 사람들에게 들키지 않을 수 있었지?

이유가 어찌 되었건 간에 한 가지만은 확실하다.

여기서 어떻게 손을 쓰지 않으면 허무에 녹아내리고 만다!

하지만 섣불리 움직일 생각을 하지 못한다. 품에는 서은영이 있어 자칫 그녀가 허무에 휘말릴 수 있었다.

그렇다면 이예가 어떻게든 손을 써야 할 텐데……!

녀석이 빨리 허무의 정체를 알아채기만 바라던 그때, 저 먼 곳에서 바람을 가르는 희미한 소리가 들렸다.

쐐애애애애애애애액!

화살 같은 것이 천장을 모르고 계속 오르고 또 오르다 흔적조차 희미해진다.

그리고,

쿠쿠쿠쿠쿠쿠쿠쿠쿠!

허무가 떨리기 시작한다. 마치 목 안에 가시가 걸린 것처럼 크게 출렁이다가 저 높은 곳에서 핏방울이 폭포수처럼 후두둑 떨어졌다.

그것으로 시각이 잡힌다. 이어서 사라졌던 청각, 후각, 촉각이 차례로 돌아오며 미각까지 갖춰지면서 마지막 오감 너머의 영역, 육감(六感)이 활짝 열린다.

화안금정의 금색 광망이 허무를 꿰뚫었다.

"거기구나."

지호는 피가 떨어진 장소, 아마도 이예의 화살이 꽂혀 상처가 났으리라 생각되는 지점을 향해 주먹을 힘껏 내질렀다.

허무가 통째로 떠밀린다. 어둠이 또 다른 파도에 휩쓸려 크게 진동하더니 그 너머로 붉은 불 폭풍이 화려하게 퍼져나가면서 저 위를 화려하게 장식한다.

콰르르르르르르!

화염륜에 이어 이번에는 뇌벽세가, 그 뒤는 유수행이, 신목령과 금강포가 잇달아 작렬하면서 오행공은 허무에 난 상처를 더 크게 쑤시고, 찢고, 강제로 벌렸다.

피가 쉴 새 없이 쏟아진다.

키에에에에에에엑!

이대로 세상이 무너지는 게 아닐까 싶을 정도로 어마어마한 소리가 폭풍처럼 불어닥치더니 세상에 가라앉았던 허무가 물로 씻은 듯이 사라진다.

그리고 드러나는 스타디움.

열광에 젖은 함성이 다시 쏟아진다. 노이즈를 냈던 음악은 언제 그랬냐는 듯이 끝마무리를 맺는다. 어디에서도 허무의 흔적은 찾아볼 수 없었다.

인식마저 삼켰기에 그들은 방금 전까지 무슨 일이 있었는지 아무도 눈치채지 못했다. 그저 서은영만이 잠시 넋이 나간 채로 서 있을 뿐.

"은영아? 은영아!"

"선…… 배?"

"무슨 소리하는 거야! 노래 끝났어! 마무리해야지!"

잠시 이지가 흐릿해졌다가 또렷해진다.

하동률이 걱정 가득한 얼굴로 쳐다보고 있다. 서은영은 그제야 뒤늦게 관객들이 자신을 멀뚱히 쳐다보고 있다는 걸 깨닫고 고개를 숙였다.

그러면서 얼핏 엿본 지호의 자리는 비어 있었다.

열광과 함성이 아직 가시지 않은 천장 위.

어느새 지호와 이예가 섰다.

"녀석은?"

"잠깐만."

지호는 화안금정으로 주변을 싹 훑었다.

세계수의 기록도 벗어나는 녀석이라지만, 두 사람은 거기에다 상처를 냈다. 상처라는 기록을 새긴 것이다. 그렇다면 쫓는 건 힘들지 않았다.

"저기야."

지호는 동남쪽을 향해 축지를 밟았다.

이예가 바로 뒤를 따랐다.

*　　　*　　　*

지호와 이예는 허무의 상처가 남긴 흔적을 따라 축지를 밟고 또 밟았다.

오로지 동남쪽으로만 밟는다.

발아래 땅끝 마을이 나타나고, 동해를 지나, 일본을 또다시 거친다. 그러다 마지막에 도착한 곳은 바다가 끝없이 이어지는 태평양이었다.

"여긴가?"

"맞아. 흔적은 여기서 끊겼어."

"골치 아프군. 보이는 거라고는 바다밖에 없건만."

이예는 눈살을 찌푸렸다.

어떻게 하다 보니 허무의 흔적은 찾았다. 하지만 여기서 도중에 끊어지면 어떻게 찾는단 말인가.

"그만한 허무를 가지고 있을 정도라면 덩치도 크겠지. 일단 들어가 보자."

지호는 마찰열로 근두운을 일으켜 몸 주변을 원구 형태로 둘러쌌다. 그러고는 과감하게 바다로 뛰어든다.

이예는 짜증 섞인 얼굴로 바다를 노려보다가 뒤질 새라 선술 피수결을 맺고 안으로 들어선다.

둘은 깊게 가라앉았다.

온갖 물고기들이 두 사람 주변을 맴돌다가 사라진다. 수면 아래로 들어오는 빛살이 보석처럼 아름답게 반짝거린다. 해초들이 살랑살랑 춤을 춘다.

하지만 그런 광경들도 빛이 닿지 않는 심해의 영역에 들어서는 순간 보이지 않게 되었다.

어마어마한 압력이 근두운을 짜부라뜨릴 듯이 누른다.

그래도 지호와 이예는 계속 아래로 가라앉았다.

압력이 거세져도 근두운은 더 팽팽하게 불어나 도리어 무거운 심해를 밀어낸다.

불편한 것이 있다면 빛이 닿지 않는다는 점이었지만, 그마저도 지호가 빛의 입자를 일으켜 주변을 환하게 만들어 큰 문제가 없었다.

오랜 세월 빛을 모르고 살아왔던 심해어들은 갑작스러운 침입자들의 등장에 소스라치게 놀라 도망친다. 칠흑빛보다 더 새카만 어둠 사이로 흙먼지가 올라온다.

「놈은?」

「역시 안 보여.」

「제길. 그새 숨었나?」

육성이 닿을 수 없으니 심어로 대화를 주고받는다.

태평양의 깊이는 어떻게 측정할 수 없을 만큼 아주 깊었다. 비행기가 다닌다는 성층권의 높이보다도 더 깊기에 새로운 것들투성이였다.

이미 심해는 그 자체로도 하나의 세상이었다.

단 한 번도 인간의 발걸음을 허락하지 않은 어둠의 세계. 빛의 입자를 아무리 띄워 놔도 가시거리가 제대로 잡히지 않았다.

이대로는 제대로 된 수색이 되질 않는다.

하지만 다른 감각이 예민하게 작동해 주변을 샅샅이 수색한다.

곳곳에 어린 사념이며 정보를 빠른 속도로 읽어 내리고 어딘가에 있을 허무의 흔적을 쫓는다.

「여태 녀석의 흔적을 찾을 수 없었던 건 역시나 너무 오래되었기 때문인가?」

「아마도.」

둘은 왜 허무를 가질 정도로 큰 영물이 기록에서 누락되었는지를 생각했다.

　결론은 하나다.

　세계수의 기록이 만들어지기 이전부터 존재했던 용.

　상고 시대, 아니, 그보다도 훨씬 오래된 태고 때부터 살았던 용이라면 가능하다. 그때부터 깊은 잠에 들어 기록에 새겨지지 않았다면 어떤 활동을 하더라도 잡히지 않는다.

　「얼마나 오래되었을지 도저히 짐작도 가지 않는군.」

　이예는 고개를 절레절레 흔들었다.

　사람들이 봤을 때는 그 역시 영생을 누렸다고 할 정도로 오래 살았다지만, 태고 시대는 그로서도 도저히 엄두가 나지 않는다.

　「그래도 이제는 기록에 강제로 기입시켰으니 보이겠지. 찾았다. 여기야.」

　지호는 화안금정을 요요히 빛내며 주변을 둘러보다가 무언가가 비치는 곳으로 축지를 밟았다.

　그러자 엄습하는 건 붉은 빛무리와 수증기를 동반한 격류, 그리고 거센 열 폭풍.

　두 사람은 가까스로 균형을 잡다가, 곧 시야에 한껏 가득 들어온 자연이 빚어낸 천혜의 광경에 잠깐 넋을 잃었다.

　심해의 바닥을 따라 울룩불룩한 온갖 산맥들이 끝없이 펼쳐진다.

수십 개의 산봉우리에서는 붉은 마그마가 토해져 어마어마한 열기를 쏟아 내고, 심해의 압력과 뒤섞여 엄청난 양의 포말을 만들어 낸다.

까만 바다. 붉은 용암. 하얀 포말. 갈색 산맥.

그 모든 것들이 한데 어우러지면서 심해를 쉴 새 없이 흔들어 대고, 덕분에 발생한 격류를 따라 해류가 소용돌이를 치며 두 사람을 집어삼킬 것처럼 위협한다.

환태평양 조산대.

맨틀 위를 떠다니는 지각의 판과 판이 만나는 지점.

지각이 서로 충돌하기 때문에 이곳에는 지진이 자주 일어나고, 지하를 타고 흐르던 용암이 솟구쳐 화산이 일 년에도 몇 개씩 만들어졌다가 사그라지기를 반복한다.

인간이 지구에서 닿을 수 있는 최저 지점까지 도착한 것이다.

「……바다 속에 이런 것이 있다니. 참으로 신기해.」

한평생 바다 속을 탐험할 생각도 못 했던 이예로서는 지구가 주는 신비에 혀를 내둘렀다.

그러다 해류의 소용돌이 곳곳으로 느껴지는 감각에 눈을 가느다랗게 떴다.

「허무가 여기에 있다.」

「맞아. 그런데 어딘지를 모르겠어. 꽉 찬 느낌이야.」

화안금정은 분명 허무를 찾았다.

문제는 그 허무가 주변에 가득 찼다는 점이다.

앞에도, 옆에도, 뒤에도, 위에도, 아래에도.

어느 한가운데를 콕 집을 수가 없다.

이곳 전체가 허무라며 경고를 왱왱 울려 댄다.

물론 허무로 보일 만큼 커다란 아가리를 지녔으리라 추측한다면 어마어마한 크기를 자랑하니 그럴 수도 있다.

하지만 그걸 반대로 이야기하면 그만큼 크다는 뜻. 발견하기도 쉬울 것이다.

그러나 보이는 것이라고는 계속되는 화산이며 새카만 심해밖에는 없다. 미칠 노릇이었다.

이예는 눈살을 찌푸린다.

「주변에 없다면 남은 건 여기밖에 없을 텐데?」

이예는 발아래를 내려다봤다.

지호 역시 시선을 아래쪽으로 향한다.

하지만 역시나 화산이며 거친 산맥, 그 위를 떠다니는 몇몇 신기하게 생긴 심해어밖에는 없다.

그렇다는 건 허무가 화산대 아래에 깔려 있다는 뜻인데. 그것도 말이 되질 않는다.

「하지만 그만한 놈이 숨어서 우리를 노린다면 산맥이 통째로 망가졌을 테고. 우리를 속였나? 다른 곳에서 다시 찾아올 때를 기다려야 하나?」

사실 허무의 크기를 생각해 본다면 녀석이 뭔가를 한다고 하는 것 자체가 이상하다.

그만한 덩치를 움직이는 것 자체가 어마어마한 에너지를 소비할 것이고, 거기서 파생되는 여파도 엄청날 것이다.

이예는 고개를 절레절레 흔들었다. 확실히 지구상에서 허무가 다른 이들의 이목을 피해 몸을 숨길 만한 곳은 심해 밖에는 없다.

하지만 그렇다고 이곳은 아니다. 다른 곳을 뒤져야 할 것 같았다.

이예가 지호를 설득하기 위해 돌아보는데, 여전히 지호는 화산대에 단단히 시선이 박혀 있었다.

「뭘 하나? 다른 곳을 찾아봐야지.」

「아냐. 우리가 제대로 온 거 맞아.」

지호의 목소리는 다른 어느 때보다 침착했다. 아니, 어떻게 보면 긴장하는 기색이 역력했다.

통천교주와 이예, 두 반신과의 싸움에서도 긴장하지 않고 막상막하를 이루던 녀석이 긴장을 한다고? 아니, 그때와는 비교도 할 수 없게 더 강해졌는데도?

「뭐?」

「찾았어.」

이예가 눈을 동그랗게 뜬다.

「어디에 있지?」

「네 눈앞에.」

「……?」

이예가 무슨 말이냐며 물으려는 순간,

쿠르르르르르르르……!

갑자기 엄청난 지진이 일어나면서 화산이 더 큰 불길을
내뿜는다.

거친 산맥 사이사이로 끝없는 길이의 균열이 쩌걱 벌어
지더니 좌우로 갈라지면서 어마어마한 깊이의 협곡이 만들
어진다.

끝없이 이어지는 무저갱.

그 아래에는 지각 밑의 맨틀이 있는 게 아닐까 싶을 정도
로 너무 깊어서 화안금정으로도 닿지 않았다.

그것은 바로 허무였다.

그리고 허무 사이로 붉은 무언가가 번뜩였다.

마치 살아 있는 생명처럼. 먹잇감을 찾기 위해 움직이는
포식자의 눈동자처럼 꿈틀거린다.

붉은 물결이 출렁이는 게 아닐까 싶을 정도로 거대한 용
의 눈이었다.

「이게 무슨……!」

이예가 충격으로 부르르 떤다.

지호는 얕게 침음을 흘렸다.

「우리가 보고 있던 것들. 그게 전부 녀석이었어.」

환태평양 조산대. 전체가 바로 놈의 몸뚱이었다.

〈다음 권에 계속〉

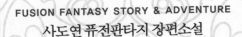

사도연 퓨전판타지 장편소설

신세기전

이전에는 보지 못한 새로운 판타지
눈부신 신의 세계가 눈앞에 펼쳐진다!

사도연이 보여 주는 퓨전 판타지 장편소설!

『카카오페이지』에서 최신권 독점 연재 중!

'스마트폰으로 접속!'

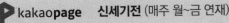

kakao**page** 　신세기전 (매주 월~금 연재)

dream
books
드림북스